Le chevalier de l'aube

CATHERINE MARCH

Le chevalier de l'aube

LES HISTORIQUES

éditionsHarlequin

Cet ouvrage a été publié en langue anglaise
sous le titre :
THE KING'S CHAMPION

Traduction française de
MARIE-JOSÉ LAMORLETTE

Illustration de couverture :
Couple : © JUDY YORK / THOMAS SCHLUCK

83-85, boulevard Vincent-Auriol, 75013 PARIS — Tél. : 01 42 16 63 63
Service Lectrices — Tél. : 01 45 82 47 47
ISBN 978-2-2808-3916-7 — ISSN 1159-5981

À cette époque...

L'héroïne de ce roman médiéval n'est encore qu'une enfant quand, lors d'un tournoi, elle tombe amoureuse du nouveau et séduisant champion du roi...
Au Moyen Age, un jour de tournoi donne lieu à de grandes réjouissances. Il rompt la monotonie du quotidien, offre aux chevaliers l'occasion de montrer leur bravoure, et permet aux écuyers de s'exercer à leur futur métier de soldat. Le spectacle est superbe quand, au son des trompettes, les hommes pénètrent dans la lice. On admire les montures, qui avancent lentement, caparaçonnées d'étoffes chamarrées. Les lances sont peintes de couleurs vives ; les heaumes sont surmontés d'emblèmes divers : aigles, licornes, lions, fleurs de lys... Tout autour, recouvrant les estrades, les tapisseries, les bannières et les écussons multicolores luisent au soleil. Puis le combat commence et se poursuit des heures durant. La dernière joute s'appelle « la lance des dames », et les combattants mettent un point d'honneur à y briller. A l'heure de la remise des prix, une dame, choisie pour sa noblesse ou sa beauté, remet le trophée au vainqueur et lui donne un baiser pour parachever son triomphe. On festoie toute la nuit, et, parfois, l'aube est déjà levée depuis bien longtemps quand s'éteignent les dernières chandelles.

Prologue

Château d'Arundel, 20 avril 1289

Pour célébrer le printemps, le roi avait convoqué un tournoi royal. Le parfum de l'herbe et des pommiers embaumait l'air, dont la douceur était bienvenue après le rude et long hiver. Toutefois les teintes pastel des pétales, rose et crème, pâlissaient à côté des couleurs vives des centaines de pavillons qui se dressaient dans les prairies entourant le château. Certains étaient en toile ordinaire, appartenant à des chevaliers de moindre rang qui espéraient gagner récompenses et prestige par leur adresse dans les joutes, mais la plupart étaient rayés en un déploiement varié de tissus coûteux, et des bannières flottaient dans la forte brise depuis le sommet des tentes.

Les terrains étaient envahis par des chevaliers et des écuyers, des chevaux et des hérauts, des dames qui se promenaient avec leur seigneur, et le bruit des forgerons qui martelaient des armures abîmées et des fers à cheval ajoutait au vacarme qui imprégnait l'atmosphère. Le ciel était d'un bleu sans nuages et des enfants s'ébattaient au soleil, débordant d'énergie après de nombreux jours passés à l'intérieur pendant les mois d'hiver.

Deux chevaliers cheminaient, l'un très blond et l'autre brun, regardant autour d'eux avec intérêt. Ils discutaient avec sérieux des mérites de leurs adversaires, et faisaient de temps à autre des commentaires sur les plaisantes filles de joie qui étaient présentes ce jour-là ; ils souriaient poliment aux premiers, avec une petite courbette, et adressaient de larges sourires aux secondes, avec un clin d'œil effronté.

Leur progression fut gênée quand deux enfants surgirent soudain d'une rangée de pavillons aux rayures jaunes et rouges qui arboraient la bannière de sire Henry Raven d'Ashton. Le chevalier blond poussa une exclamation et bondit en arrière, saisissant le coude de son ami pour le prévenir tandis que deux épées de bois fendaient l'air.

— Allez ! cria l'un des enfants en attaquant l'autre avec des coups farouches d'un côté à l'autre, impressionnant grandement les chevaliers qui les observaient.

Les deux jeunes combattants étaient vêtus d'une manière identique de tuniques en lin et de chausses aux liens croisés, et le plus fougueux des deux avait un foulard bleu sur la tête. Bien que plus petit que son adversaire, il chargeait de façon téméraire avec des assauts souples et gracieux, brandissant son épée d'une manière précise et contrôlée qui ne tarda pas à faire trébucher son rival, lequel cria : « Trêve ! » en s'affalant par terre. Le premier lança un cri de triomphe et s'assit promptement sur sa victime, agitant son épée en rond et proclamant sa victoire d'un ton excité.

Les deux chevaliers applaudirent et crièrent leur admiration devant une si belle démonstration d'adresse juvénile, puis l'enfant se tourna et pointa un menton délicat par-dessus son épaule, les fixant avec des yeux solennels de la couleur des bleuets.

— Par Dieu, c'est une fille ! s'exclama le chevalier aux cheveux blonds.

— Par tous les saints ! dit son compagnon aussi surpris que lui. As-tu déjà vu une chose pareille, Austin ?

Mettant un genou en terre, Austin Stratford prit avec douceur le menton de la jeune lutteuse entre ses doigts.

— Votre mère sait-elle à quoi vous jouez, petite jouvencelle ?

Sans cligner de ses yeux si bleus, elle chassa sa main d'un coup sec de son épée de bois. Austin poussa une exclamation et bondit sur ses pieds. Il massa ses articulations meurtries pendant que son ami contemplait la scène sans chercher à réprimer un gloussement.

— Je plains l'homme qui épousera cette petite harpie, déclara Troye de Valois avec un sourire crispé.

— Je ne me marierai pas ! lança la petite fille, prompte et ferme dans sa réplique. Je me battrai dans les tournois et serai championne d'Angleterre, comme mon oncle.

— Vraiment ?

Austin sourit, promenant les yeux sur l'ovale parfait de son visage, certain qu'elle serait un jour d'une grande beauté et que son destin serait différent.

— Et qui est votre oncle, si je puis me permettre de vous le demander, ma dame ?

— Ellie ! grogna son compagnon défait. Relève-moi !

La petite fille se mit souplement sur ses pieds et lui offrit sa main. Il souffla, gémit et épousseta l'arrière de sa tunique avec de grands gestes. Elle se tourna de côté et contempla les deux chevaliers, qui lui paraissaient très grands tandis qu'elle inclinait son petit cou. L'un était blond et avait une bouche rieuse, l'autre était très brun, les yeux plus noirs que marron, et s'entourait d'un silence intimidant. Il y avait en lui une tension contrôlée qui contenait une pointe de menace. Vivement, elle écarta les yeux de lui et s'adressa à son ami, plus aimable.

Avec une grande fierté, elle gonfla son étroite poitrine et répondit :

— C'est Remy St Leger, champion d'Angleterre, et il n'y a personne qui peut le battre.

— Et vous dites qu'il est votre oncle ?

Les deux chevaliers échangèrent un regard.

— Oui.

Elle se tenait debout, appuyée sur une hanche, son épée pointée entre ses pieds, ses petites mains serrées sur le pommeau, tel un jeune chevalier.

— Quel âge avez-vous, petite jouvencelle ? demanda Austin.

— J'aurai dix ans à la Saint-Georges.

Il s'enquit gravement, jetant un œil méfiant aux petites mains qui tenaient l'épée de bois :

— Et pourquoi une dame voudrait-elle se battre plutôt que de se marier ? Il n'est pas facile d'être chevalier.

Elle souffla d'un air de dérision, levant son nez mince vers le ciel.

— C'est ennuyeux d'être une dame ! Tout ce qu'elles font est coudre, manger des douceurs et perdre leur temps à jaser. Pourquoi ne prendrais-je pas part aux joutes ? La Germanique Hildegarde je-ne-sais-quoi le fait, ainsi qu'une dame turque dont je ne me rappelle pas le nom. Et parfois elles battent les hommes, faibles créatures qu'elles sont ! Regardez comme j'ai aisément battu Rupert. C'est mon frère, vous savez, et il a deux ans de plus que moi. Et il est plus grand.

— Tais-toi ! dit Rupert en lui donnant une tape sur l'épaule, et en devenant tout rouge.

Austin cacha son amusement, et se tourna vers son ami avec un sourire dans les yeux.

Troye de Valois lui envia son charme facile qui lui permettait de converser avec tout le monde, qu'il s'agisse de rois, de chevaliers, de dames ou même d'enfants. Faisant un effort, il prit la défense du jeune garçon, de sa voix grave et solennelle qui par nature était plus ferme que rieuse.

— Votre frère est encore un garçon, mais un jour il deviendra un homme. Les hommes ont plus de force dans les bras et les épaules que les dames.

Il contempla son ossature délicate et devina qu'elle n'aurait jamais les muscles de la Germanique ou de la Turque.

— Votre silhouette féminine ne fera jamais le poids par rapport à celle d'un homme.

Ellie se méprit sur ses paroles et s'exclama, indignée :

— Je ne suis pas faible !

Troye recula en levant les deux mains, comme pour se rendre devant ce farouche assaut verbal. Austin aurait bien ébouriffé les cheveux de la petite fille s'ils n'avaient pas été retenus sous son foulard bleu, des mèches auburn s'échappant çà et là. A la place, il sourit et s'inclina devant elle.

— Je vous souhaite bonne chance, ma dame…

— Eleanor ! cria une voix stridente. Eleanor, où êtes-vous ?

— La nourrice ! s'exclamèrent Eleanor et Rupert à l'unisson, les yeux arrondis par la culpabilité.

Ils partirent ensemble en courant, accordant à peine un regard aux deux chevaliers.

Ceux-ci les regardèrent disparaître et se remirent à marcher, la fougueuse petite combattante bientôt oubliée tandis que d'autres affaires retenaient leur attention. Troye avait l'intention de mettre sa marque sur le tournoi, et il possédait assez de courage et de talent pour le faire.

Le dernier jour du tournoi, il dut s'opposer au fameux Remy St Leger. Alors qu'il attendait le signal pour charger, et que son cheval piaffait et rongeait son frein, il se rappela la petite fille et contempla la longueur des lices. Après une semaine de joutes, elles étaient poussiéreuses et le sol était inégal pour avoir été piétiné par tant de sabots. Tout au bout, St Leger était monté sur un grand étalon noir de Hanovre. Sa visière était abaissée et il resplendissait dans une armure argentée, grand, solide et bien carré sur sa selle. St Leger avait trente-quatre ans et Troye à peine vingt-cinq. Aux yeux de ce dernier, il était champion depuis trop longtemps et devait laisser la place.

— Laissez aller ! cria le marshal en agitant la bannière qui donnait le signal de la charge.

Troye éperonna les flancs de son cheval et serra fermement la lance sous son bras droit. Le sol trembla tandis que les deux destriers galopaient l'un vers l'autre à toute allure, et la foule de chaque côté des lices retint son souffle. Les deux chevaliers étaient bien assortis, chacun solide comme un roc sur sa selle, le regard fixe à travers l'étroite fente de leur visière, tandis qu'ils se ruaient l'un sur l'autre dans un bruit de tonnerre. Il y eut le craquement du bois sur l'acier, le bris d'une lance et le choc sourd d'un cavalier projeté à terre.

Pendant un moment il y eut un silence ébahi, puis une exclamation d'horreur. Tous les yeux se tournèrent du champion défait vers Troye de Valois. Les quelques personnes qui le soutenaient poussèrent des cris de joie, mais la plupart étaient choqués. Pour les deux chevaliers, cependant, il n'y avait de regrets ni d'un côté ni de l'autre, seulement l'acceptation virile de la jeunesse et du fait que certaines choses devaient se terminer pour que d'autres commencent.

Troye était triomphant et il cria, agitant son poing serré en l'air, l'adrénaline coulant rapidement dans ses veines et emplissant ses muscles d'une excitation enivrante. Mais plus tard, à la fin de la journée, quand il alla jusqu'à l'estrade royale pour recevoir son prix, il aperçut une petite fille aux longs cheveux auburn qui s'agrippait aux barrières, debout dans la galerie supérieure, et observait ce qui se passait.

Il la reconnut et sourit, mais elle ne fit que lui rendre solennellement son regard. Puis elle se tourna et courut vers une femme blonde qui ne pouvait être que sa mère, à en juger par la similarité de leurs traits fins et de leurs yeux bleus, malgré la différence de couleur étonnante de leurs cheveux qui le fit douter un instant. L'enfant se jeta dans le siège vide à côté de la femme et croisa les bras sur sa petite poitrine.

Troye prit son lingot d'or, son beau visage suscitant de nombreux regards admiratifs de la part des dames qui se trouvaient dans les gradins. Mais il n'y accorda nulle attention. Son véritable amour était à des milles de Londres, et il ne prenait pas à la légère ses serments envers elle.

Toutefois il porta son regard vers une petite femme — la jouvencelle qui voulait devenir chevalier — et il s'inclina devant elle, souriant à son signe de tête réticent pour saluer sa victoire, un geste remarquablement mûr pour quelqu'un de si jeune.

Ellie était ravagée de voir son oncle tomber en lices. Elle avait senti des larmes lui piquer les yeux, et cependant elles avaient été séchées par sa traîtresse admiration pour le chevalier qui avait prouvé ce jour-là qu'il était le vainqueur. Il était vraiment très beau, très fort, téméraire et habile dans toutes les formes de l'art du combat. Elle ne put s'empêcher de lui donner son cœur.

Bientôt, ils quittèrent Arundel et rentrèrent chez eux. Son oncle se remit assez rapidement de son bras cassé et de sa tête meurtrie, et sa tante Beatrice annonça son vif soulagement que son mari soit enfin prêt à concéder que son corps n'était plus aussi fort que son orgueil, et que le temps était venu pour lui de se retirer.

Le père d'Eleanor, sire Henry Raven d'Ashton, ne les emmena plus à des tournois pendant très longtemps. Et quand, à l'âge de douze ans, Ellie connut les changements qui faisaient d'elle une femme, elle renonça à sa tunique et à son épée de bois, sur l'insistance de sa mère. Elle se résigna à être une dame. Elle trouva d'autres passe-temps à apprécier, et tandis que les années passaient elle découvrit que ce n'était pas un tel fardeau d'être une jouvencelle.

De fait, elle prit grand plaisir à s'habiller de seyantes cottes de soie, à apprendre à mener efficacement une maison, et, avec sa tante Beatrice, à préparer de simples remèdes à base d'herbes pour les maladies communes. Elle aimait beaucoup écouter les récits des troubadours itinérants, des histoires d'actions héroïques accomplies par de beaux chevaliers au courage et à la valeur exceptionnels. Aucun d'eux ne pouvait se comparer à son oncle Remy, bien sûr. A ses yeux, il était le plus beau et le plus brave de tous les chevaliers du royaume ; mais il était son oncle, et il ne pouvait pas remplir l'endroit de son cœur qui aspirait vivement à l'amour. Un endroit qu'elle avait déjà assigné à quelqu'un.

Sa mère la formait pour sa future existence, qui serait celle d'épouse d'un chevalier de bon rang et de mère de ses enfants, lui enseignant avec douceur l'art d'être une dame et une femme. Ellie prit conscience que son visage était considéré comme très beau et sa mince silhouette désirable. En prenant de l'âge elle remarqua que ces deux atouts produisaient de l'effet sur le sexe opposé, mais elle trouvait que beaucoup de choses manquaient aux hommes de son entourage. Ce qu'elle voulait était un héros. Un homme véritable, un homme fort, plein d'honneur, de courage et de valeur, un homme qui avait lutté dans des batailles et surmonté l'adversité, et qui ne craignait pas de faire face et se battre, comme dans les chansons des troubadours. Elle connaissait un tel homme, et au fil des années elle avait maintes fois entendu mentionner son nom.

Elle avait quatorze ans quand elle s'avisa que tous les hommes devaient se mesurer au modèle incarné par Troye de Valois.

Un tel homme n'existait pas dans le très petit monde d'Ellie, car la plupart des chevaliers convenables étaient partis se battre pour le roi au pays de Galles, ou maintenant en Ecosse où Edward cherchait à mettre à terre les Ecossais rebelles et passionnés. Il ne restait plus au château d'Ashton et dans les environs que de jeunes garçons se formant comme pages ou comme prêtres, des officiers du nouveau système judiciaire du roi, shérifs, magistrats et juges, des hommes âgés trop las et usés pour se remettre en selle, et résignés à rester auprès de sire Raven.

Peut-être que s'il n'en avait pas été ainsi, et qu'elle avait pu rencontrer de jeunes chevaliers, elle ne se serait pas raccrochée à l'image de Troye de Valois. Elle le gardait ardemment dans son cœur, où ni la logique ni l'absence ne pouvaient persuader son amour de fléchir. Elle attendait avec impatience, pressée que Mère Nature achève de la mûrir et fasse de son corps et de son esprit ceux d'une femme adulte.

Quand il eut dix-huit ans, Rupert fut choisi pour faire partie de la garde personnelle du roi, servant comme cadet dans la compagnie d'élite qui protégeait la vie du roi de la sienne. Eleanor fit valoir à son père qu'il était injuste que Rupert bénéficie d'un tel avantage, alors qu'elle, une héritière en âge de se marier, restait à la campagne. Sa mère se montra pleinement d'accord sur le fait qu'ils ne trouveraient un époux convenable à leur fille qu'à la cour du roi Edward, et, enfin, ils firent le voyage à Londres dont Ellie rêvait depuis des années.

Elle avait seize ans, et son plus grand atout n'était pas l'éclat de ses longs cheveux auburn, la beauté de son visage ou sa gracieuse silhouette, mais le rayonnement intérieur de l'amour qui l'habitait, et qui se voyait sur elle. Son amour pour Troye de Valois ne s'était jamais éteint et n'avait jamais faibli au cours des années, et, pendant que ses parents réfléchissaient à des prétendants honorables, elle n'avait pas de doute sur l'homme qu'elle désirait épouser.

1.

Cheapside, Londres, août 1295

Une foule de gens avait attendu tout le matin le cortège qui approchait maintenant, et une vague d'acclamations monta dans l'air chaud. Le son des trompettes vibrait dans la brise qui agitait des dizaines de bannières colorées ornant les tribunes de chaque côté des lices, et, en plus petit, les oriflammes accrochées au bout des lances portées par les chevaliers qui allaient prendre part au tournoi.

Resplendissants dans leur armure, ceux-ci émettaient un éclat argenté sous le soleil et ne portaient pas leur heaume pour pouvoir être vus par le public qui les idolâtrait et qui avait ses favoris, ainsi que ses mal-aimés. Par-dessus le vacarme des hourras, le cliquetis des harnais et le bruit des sabots sur la piste poussiéreuse, alors qu'ils entraient dans l'arène, il y avait aussi le sifflement des huées. Il était bien connu que certains chevaliers gagnaient par des méthodes impitoyables distinctes de l'adresse, et, tandis que tous les participants devaient posséder une agressivité brutale pour ne pas se retrouver à terre, la manière dont elle était mise en œuvre faisait l'objet de débats échauffés.

En tête du cortège chevauchaient les marshals et les officiers de police en livrée, emplis de satisfaction devant leur importance, car c'étaient eux qui devaient faire régner l'ordre quand les tempéraments virils s'emportaient et devenaient incontrôlables. Mais ils n'étaient pas adulés comme les chevaliers, qui suivaient chacun leur propre héraut. A l'avant des vingt jouteurs invités à concourir cette semaine-là chevauchait le champion d'Angleterre et le favori de la foule — Troye de Valois.

Son étalon bai dansait, balançant sa noble tête tandis qu'il tenait sa bride avec une adresse décontractée. Ses cheveux sombres avaient récemment été coupés court dans le cou afin qu'il ne transpire pas trop sous son heaume dans le brûlant soleil d'été. La foule poussa des acclamations encore plus sonores à son passage. Des ribaudes se penchaient aux balcons et aux fenêtres, avides d'attirer son attention. De leurs doigts tombaient des pétales de fleurs et des rubans coupés dans leur chemise, car il n'y avait pas de spectacle plus érotique qu'un bel homme aux larges épaules, auréolé d'un halo viril de force, de courage et de danger.

Troye plissa les paupières contre le soleil ardent et l'adulation de la foule. Il ne doutait pas que s'il tombait trop souvent sur le sol poussiéreux, il ne serait plus le bien-aimé. A trente et un ans, il ne se faisait pas d'illusions sur les hommes plus jeunes impatients de provoquer sa chute et il souriait avec réticence tout en agitant la main pour saluer, remerciant le peuple de Londres de ses louanges, mais préparé à subir son rejet.

Faisant entrer son destrier dans l'arène, il s'aligna avec les autres chevaliers devant les tribunes des spectateurs, dominées par le dais royal orné de banderoles colorées, de guirlandes de lierre et de nœuds de rubans. Le soleil dardait des rayons obliques qui cuivraient son hâle et accentuaient ses pommettes hautes dans son beau visage mince.

Dans les tribunes, une très belle femme blonde, dame Joanna, s'adressa à sa fille, sa réplique en plus petit, avec des cheveux auburn retenus par des rubans de soie.

— Eleanor, se plaignit-elle d'une voix lasse, cessez de sauter sur place et de vous tordre le cou. C'est indigne d'une dame.

— Mais je ne peux pas voir Rupert, répondit Ellie en s'asseyant sur le banc et en essayant d'apercevoir quelque chose à travers la poussière, les armures étincelantes et les chevaux.

Elle rougit et montra une maladresse puérile, déguisant son intérêt pour un chevalier qui n'était pas son frère. Et n'était-il pas le plus beau, le plus fort de tous les concurrents ? Son cœur se réchauffa et palpita plus fort tandis qu'elle contemplait le visage qui n'avait été qu'un souvenir depuis si longtemps.

— Il sera à l'arrière, dit son père en se penchant dans son siège pour prendre la main de sa femme et baiser les articulations de ses doigts.

Ellie leva les yeux au ciel, exaspérée. Pourquoi ses parents ne pouvaient-ils se conduire comme des gens normaux ? Ils ne cessaient de s'embrasser et de se cajoler, pour son plus grand embarras.

— Que signifie ce regard, damoiselle ? demanda son père, un petit sourire au coin des lèvres. Votre mère est inquiète. Ne puis-je la réconforter d'un baiser ?

Ellie croisa les bras sur sa taille et laissa tomber ses épaules, détournant les yeux en marmonnant :

— En privé, oui, mais pas ici, où tout le monde peut voir.

— Il n'y a rien de mal à un peu d'affection, répliqua son père.

Puis, conscient que sa fille n'était plus une enfant, il ajouta vivement :

— Pour un couple marié, c'est-à-dire.

Dame Joanna sourit à son mari et murmura de sa voix basse et sereine :

— Laissez-la tranquille, Hal. Elle est irritée que ce soit son frère qui participe aux joutes, et pas elle.

— Ha ! souffla sire Henry. Il faudrait voir cela ! C'est un sport pour les hommes, pas pour les jouvencelles, et vous feriez bien de vous en souvenir, jeune Ellie.

Ellie soupira.

— Oui, père.

Sa réponse fut docile et pleine de respect, car elle vouait beaucoup d'amour et d'admiration à son père. Néanmoins, elle brûlait de rancœur contre les restrictions imposées à son sexe, pour plus de raisons qu'il n'y paraissait. Comme elle aurait souhaité courir vers Troye de Valois, jeter les bras autour de son cou et lui dire combien elle l'aimait ! Soudain, incapable de se contenir plus longtemps, elle bondit sur ses pieds et pointa le doigt.

— Il est là !

Elle courut aux barrières et agita la main.

— Rupert ! Rupert !

Son frère l'ignora fermement, les yeux détournés tandis que le cortège passait et sortait de l'arène, mais il sentit la rougeur gagner ses joues quand les autres chevaliers firent des commentaires égrillards sur la jolie fille aux cheveux auburn qui s'exclamait dans les tribunes.

— C'est ma sœur, gronda-t-il d'un air sombre. Alors taisez-vous !

Ceci ne fit que susciter davantage de rires tapageurs et de plaisanteries, ainsi que des spéculations plus sérieuses qui aboutirent à de subites offres d'amitié — dans l'espoir d'être présenté à une jeune et riche héritière qui n'était pas seulement de noble sang anglais, mais fort belle de surcroît. Rupert, même s'il n'avait que dix-huit ans, avait une tête raisonnable sur ses jeunes épaules et ne fut pas dupe de ces stratagèmes. Ce qu'il savait de ces chevaliers, pour avoir guerroyé et caracolé avec eux tout l'été en Ecosse et en Gascogne, ne le laissait pas douter qu'ils se battaient durement, et jouaient avec plus d'ardeur encore. La pensée de tels hommes faisant la connaissance de sa petite sœur le faisait frémir et bondir pour la protéger. En outre, il n'avait pas son mot à dire concernant Ellie — toutes les intentions honorables devaient d'abord passer par son père.

Pendant que les chevaliers se retiraient sous leur tente dans le champ voisin, la foule fut divertie par les hérauts qui firent des présentations éloquentes et souvent extravagantes, proclamant à tout va non seulement le nom de leur maître et son pays d'origine, mais aussi son lignage, ses armoiries, ses victoires et son tempérament. Seuls des nobles avaient le droit de participer aux joutes et cela faisait partie du prestige qui attirait les gens du peuple : pour eux les chevaliers n'étaient pas des hommes de leur nature, mais des demi-dieux — plus forts, plus rapides, plus courageux que tout simple mortel —, ou du moins voulaient-ils le croire.

Ellie s'ennuyait et s'agitait sur son siège, s'éventant dans la chaleur torride de l'après-midi pendant que les discours continuaient, et léchant un sorbet au citron qui fondait trop vite et lui laissait les mains poisseuses. Elle souhaitait désespérément voir Rupert et lui parler pour lui rappeler de conserver sa garde et de ne pas détourner les yeux trop vite, naïvement convaincue que sans ses conseils il allait faillir.

Elle oubliait que jusque-là il avait fort bien survécu sans elle. C'était le premier été du jeune homme dans le circuit des tournois, et il avait fallu de la persuasion pour convaincre sa mère de venir à Londres afin de le voir concourir. Dame Joanna n'avait pas souhaité que Rupert participe aux joutes, pour commencer, et cherchait à éviter à tout prix le spectacle de son fils attaqué par ses adversaires. Mais elle avait été vaincue par les supplications de son mari et de sa fille et avait vu l'opportunité de conclure une union convenable pour Eleanor parmi ce grand rassemblement de nobles.

De l'autre côté d'Ellie était assise sa tante Beatrice, ses cheveux sombres striés d'argent, mais ses yeux bruns et sa peau douce encore très beaux malgré son âge.

— Est-ce que je peux aller chercher oncle Remy pour vous ? demanda Eleanor, voyant comment elle jetait des coups d'œil fréquents et inquiets vers l'entrée.

Dame Beatrice lui tapota la main.

— Non… Il doit être sous la tente de Rupert pour lui donner des conseils de dernière minute, sans doute, et ce n'est pas un endroit pour une dame. Il sera là bientôt.

Ellie fit une moue frustrée et s'affala sur le banc d'une manière peu élégante, contrariée par son lot dans la vie. Elle eut droit à une réprimande de sa mère, qui ne perdait jamais de vue que les belles jouvencelles à marier et privilégiées comme Eleanor étaient constamment observées et jugées.

La jeune fille fut arrachée à son humeur maussade quand une sonnerie de trompettes annonça la première joute de la journée. A ce stade du tournoi c'étaient les jeunes chevaliers inexpérimentés qui s'avançaient les premiers, et Rupert en faisait partie. Elle leva les yeux quand une paire de bottes résonna sur les marches de bois et le long de l'allée de la tribune. Son oncle Remy s'approcha agilement de l'endroit où ils étaient assis et décocha un sourire à sa femme en prenant place, puis il se pencha pour rassurer dame Joanna que tout irait bien pour Rupert.

— Lui avez-vous dit de conserver sa garde ? demanda Eleanor d'un ton pressant. Il a tendance à détourner les yeux trop vite.

— Oui, répondit son oncle en riant, ses yeux bleus brillant de malice. Ne vous tourmentez pas, petite, c'est un homme adulte et ce n'est pas sa première joute.

— Mais c'est la première que je vais voir, se plaignit dame Joanna en pinçant les lèvres avec inquiétude.

Quand Rupert fit enfin entrer son destrier caparaçonné dans les lices et fit face à son adversaire, sa sœur bondit sur ses pieds et lui cria des encouragements avec la foule qui lançait des acclamations depuis les gradins. Cela, jusqu'à ce que sa mère lui saisisse le poignet et la force à s'asseoir en lui intimant de rester tranquille et de se taire. Son père et son oncle rirent, puis se dressèrent à leur tour et crièrent tandis que le sol tremblait sous le galop des chevaux et que l'air vibrait du chahut des exclamations.

Rupert participa trois fois aux joutes, et gagna trois fois. Alors que le soleil baissait dans le ciel de l'après-midi et que le tournoi s'achevait à 7 heures du soir, il y eut beaucoup de réjouissances dans le campement des Ashton. Ellie et sa famille se retirèrent sous leurs pavillons, dressés sur la prairie au-delà de Cheapside. C'était un logement peu coûteux et pratique, comparé aux tavernes de Londres infestées par la maladie et les voleurs, mais il manquait cependant de confort.

Dame Joanna et dame Beatrice surveillèrent l'eau qui bouillait et la préparation du souper dans de grands chaudrons en fonte posés sur des feux de camp. Rupert avait sa propre tente parmi les chevaliers en compétition, tout au bout de la prairie surpeuplée. Ellie décida de s'esquiver et d'aller trouver son frère, avide d'entendre de ses lèvres ce qu'il avait ressenti en gagnant par trois fois, et d'avoir des nouvelles de Troye de Valois.

Ce ne fut pas une tâche facile, et il faisait nuit quand elle réussit à glisser la faible excuse de se rendre aux commodités, après quoi elle changea de direction pour gagner le campement des chevaliers. Le frais air du soir et l'obscurité jetaient un manteau sur le champ qu'elle n'aurait pas hésité à traverser à la lumière du jour. Là, elle s'avançait avec méfiance, laissant derrière elle le bruit réconfortant et familier des cuillères qui s'entrechoquaient et des serfs qui discutaient, pour se porter à la rencontre des rires gras et de la musique stridente des chevaliers qui s'amusaient.

C'était un monde étranger, et Ellie craignait le courroux de son père s'il découvrait où elle était allée. Elle hâta le pas et se fraya un chemin entre les pavillons rayés, mais, dans les ombres noires et dansantes jetées par les feux de camp, elle se sentit désorientée et chercha en vain à apercevoir la tente de Rupert.

Une vague de panique commença à l'envahir quand elle vit les regards concupiscents que lui jetaient plusieurs groupes, et elle tira sur son front la capuche de sa cape de futaine bleu foncé. « Cela doit être ici ! » pensa-t-elle en regardant autour d'elle avec perplexité. Tandis qu'elle s'arrêtait pour s'orienter, en quête de la tente à rayures rouges et jaunes de Rupert et de la bannière des Raven, trois chevaliers assis sur des tabourets autour d'un feu de camp l'interpellèrent.

— Combien ? crièrent-ils en agitant une bourse.

Elle les fixa, ahurie, puis se détourna et hâta le pas, et décida d'appeler son frère pour le trouver.

— Rupert !

Sa voix était frêle et ténue, et fut couverte par le bruit qui l'entourait.

— Rupert !

— Ho, petite dame !

Deux gaillards contournèrent les fixations de la tente la plus proche et la heurtèrent en chancelant, visiblement ivres. Sa capuche tomba et elle poussa un petit cri alarmé tandis qu'un bras lui enlaçait la taille.

— Regardez où vous allez, ma beauté !

Des doigts rudes lui soulevèrent le menton et elle se crispa devant une telle atteinte, car aucun homme, à l'exception de ses parents, ne l'avait jamais touchée. Une forte odeur de vin émanait de leur bouche et elle repoussa le bras qui la retenait.

— Or ça, vous êtes une jolie petite gueuse si j'en ai jamais vu une ! Combien ? Pour nous deux.

Encore cette question, et Ellie retint une exclamation quand elle comprit ce qu'ils voulaient dire — ils la prenaient pour une ribaude ! Avec un cri courroucé, elle repoussa de nouveau l'homme le plus proche et fut surprise de constater qu'il ne bougeait pas. C'était une toute nouvelle expérience pour elle, de se voir contrariée ainsi.

— Lâchez-moi ! Mon frère va vous tuer...

Ceci fut accueilli par des rires tonitruants. Soudain les deux hommes échangèrent un regard, hochèrent la tête et l'entraînèrent dans l'ombre noire d'une allée derrière une rangée de tentes. Son hurlement fut étouffé par une main moite plaquée sur sa bouche et elle eut le souffle coupé quand elle fut jetée sur le dos, heurtant le sol dur avec un bruit sourd. Elle se ressaisit vivement et chercha à tâtons la dague qu'elle portait à sa ceinture, la tirant et la pointant sur l'homme qui s'était installé sur elle.

— Lâchez-moi ! Tout de suite !

A son désarroi, sa requête fut saluée par d'autres rires. Des doigts cruels lui écrasèrent le poignet, si bien qu'elle cria et fut forcée de lâcher son poignard.

— Tais-toi ! siffla l'homme, toute gaieté envolée alors qu'il haletait d'excitation et luttait pour délacer ses chausses. Cela ne prendra pas longtemps et nous te récompenserons bien.

Il se tourna vers son compagnon.

— Tiens-lui les mains, Will, pendant que je défais ce maudit nœud...

Son ami parut mal à l'aise.

— Elle ne parle pas comme une ribaude. C'est peut-être une dame...

— Une dame ! ricana l'autre. Qu'est-ce qu'une dame ferait par ici ? Non, c'est juste un jeu, pas vrai, ma jolie ?

Avec un grognement de triomphe, il ouvrit ses chausses et saisit l'ourlet de la cotte d'Ellie.

Elle poussa un autre hurlement et se débattit sauvagement quand elle sentit son genou lui écarter les jambes et ses doigts chercher le pagne de toile qu'elle portait. Ses chausses de soie blanche furent tirées dans l'action et glissèrent de manière indigne sur ses chevilles, et son cœur tambourinait à la terrible perspective de ce qui allait lui être fait. Elle fut prise d'un vertige et tourna la tête avec désespoir, fermant les yeux, fulminant de rage impuissante.

Puis, soudain, une forme noire surgit de l'obscurité et l'homme qui se trouvait sur elle fut expédié en arrière. Elle aperçut un poing qui s'abattait une fois, deux fois, trois fois dans la figure de son assaillant, avec une efficacité rapide et brutale. Du sang jaillit de son nez et il cracha des dents cassées en gargouillant sous le choc et la douleur, avant d'être saisi par le col de sa tunique et jeté loin d'Ellie. Après quoi son sauveur se tourna vers l'autre homme, mais celui-ci avait déjà vu de quoi il retournait et s'était enfui.

Le souffle court, le chevalier s'agenouilla au côté d'Ellie. Elle le contempla, trop choquée pour émettre un mot de remerciement. Elle avait la nausée et le monde tournait autour d'elle devant son regard fixe. Elle frémit quand elle sentit de nouveau des mains masculines se glisser sous ses jupes — mais celles-ci étaient impersonnelles et vérifiaient rapidement l'état de son pagne, avant de remonter ses chausses et de fixer ses jarretières. L'homme murmurait d'un ton apaisant, lui assurant d'une voix grave et virile qu'il ne lui voulait pas de mal.

— Vous êtes intacte, dit-il avec un soupir soulagé.

Elle sentit ses doigts saisir son visage et le tourner vers la lumière distante d'un feu de camp.

— Que faites-vous ici, petite jouvencelle sans escorte ?

Ellie s'assit et le fixa, avec la légère impression de le reconnaître, mais il faisait trop sombre et elle ne pouvait voir son visage à la lueur changeante du feu et dans le faible clair de lune. Elle se sentait si seule, si perdue et si sotte ! Soudain, sans prévenir, elle fondit en larmes.

— Chut ! commanda la voix masculine. Vous êtes saine et sauve. Je vous protégerai de tout mal.

Il passa les bras autour de son dos mince et elle s'appuya contre lui, sanglotant sur son torse dur et chaud. Il la laissa pleurer un moment, puis il essuya ses larmes de son pouce et la persuada de se lever.

— Venez, je vais vous raccompagner auprès de votre famille.

Avec une impatience irritée devant sa propre faiblesse féminine, Ellie finit de chasser ses larmes et marmonna :

— Merci de votre aide, messire, mais je vais retrouver mon chemin.

Il eut un rire bref.

— J'en doute ! Et vous n'avez pas répondu à ma question. Pourquoi êtes-vous ici, parmi ces rudes chevaliers ? Ce n'est pas un endroit pour une jouvencelle.

— Je cherche mon frère. Rupert Raven.

— Ah, je vois. Alors, vous êtes Ellie.

Il la conduisit entre les pavillons et la lumière d'un feu les éclaira.

— Vous avez grandi depuis la dernière fois où je vous ai vue, petit chevalier.

Troye de Valois ! Ellie retint une exclamation. Elle sentit une rougeur brûlante envahir son cou et ses joues, et elle fut à la fois transportée et mortifiée. Comme il était parfait, comme il était bien que ce soit Troye qui l'ait sauvée, et en même temps comme il était affreux de le revoir dans des circonstances aussi honteuses ! Elle ne put trouver un mot à lui dire et ils marchèrent en silence tandis qu'il la guidait entre les tentes. Elle s'avisa qu'elle avait fait complètement fausse route quand il souleva enfin le pan jaune et rouge de la tente de Rupert et qu'ils entrèrent dans la lumière dorée.

La tente n'était pas seulement occupée par Rupert, qui était adossé à un coussin avec une jeune femme allongée sur ses genoux, ses jupons remontés bien au-dessus de ses chevilles et son corselet échancré de manière immodeste. Eleanor contempla fixement la scène, apercevant les deux compagnons de son frère affalés dans des postures d'hommes ivres, tandis qu'une forte odeur de vin montait des bouteilles vides jetées par terre.

Rupert leva les yeux, coupant court à une conversation grivoise avec ses amis, et bondit soudain sur ses pieds en découvrant sa sœur, faisant choir la ribaude.

— Ellie ! Au nom du ciel, que fais-tu ici ?

Avec un sursaut coupable il tira sur le col ouvert de sa tunique, dans lequel la fille de joie avait glissé ses doigts expérimentés pour explorer son torse.

Le sauveur d'Ellie parla pour elle, en adressant à Rupert une courbette pleine de raideur et un regard réprobateur.

— Elle vous cherchait et…

— Je me suis perdue ! coupa vivement Ellie, levant des yeux implorants vers le grand homme qui se tenait à son côté.

Elle réprima un soupir en admirant à la lueur de la lampe à huile le visage de Troye qui apparaissait dans tant de ses rêves, qu'elle soit éveillée ou endormie. Mais à présent, à la lumière dure et froide de la réalité, il la regardait d'une manière impersonnelle qu'elle n'avait pas prévue.

— Vous devriez prendre plus de soin de votre sœur,

Raven, car elle errait seule dans le camp. Il n'est pas étonnant qu'elle ait été attaquée.

Ellie baissa les yeux vers le sol à cette révélation, embarrassée au-delà de toute mesure par ses paroles.

— Je suis marri, lui dit-il en notant son expression et ses lèvres pincées, mais un incident comme celui dont j'ai été témoin ne peut être tu. Je dois le rapporter à l'officier de police et les hommes qui vous ont presque violée doivent être arrêtés et punis.

— Quoi ! s'exclama Rupert.

— Oui, confirma Troye, deux hommes l'ont assaillie. Je ne doute pas que l'un d'eux sera aisément identifié à son nez cassé et à ses dents manquantes.

Il se tourna vers Rupert et s'inclina plus profondément.

— Je pense que vous allez escorter votre sœur chez elle en toute sécurité.

Rupert s'inclina à son tour.

— Mes remerciements, messire.

Troye fit une pause en tournant les talons pour partir, et sourit gentiment à Ellie.

— Ne vous ai-je pas avertie une fois que votre force de femme n'est pas de taille à affronter celle d'un homme ?

Elle fut contrainte par la politesse à répondre :

— Si fait, messire. Je vous remercie de votre assistance.

Mais ces mots ne lui vinrent pas aisément, et sortirent en un murmure à peine audible de sa gorge serrée.

Troye jeta un regard sévère à son frère.

— Je vous suggère de veiller plus étroitement sur votre sœur. Ce n'est pas un endroit pour les jouvencelles.

Une vive rougeur embrasa les joues d'Ellie, puis il se

tourna et sortit en silence, sombre et agile silhouette qui se mouvait avec l'aisance et la rapidité d'une ombre.

Rupert fit ses excuses à ses amis et à la ribaude, dont il avait payé les services pour les deux heures à venir. Cela l'irritait considérablement d'en être privé, mais il ceignit son épée. Avec une impatience bourrue, il prit sa sœur par le coude et la tira derrière lui hors de la tente.

— Par tous les diables, à quoi pensais-tu jouer ? demanda-t-il rudement en avançant rapidement et sans hésiter à travers le camp bruyant, pour se diriger vers les quartiers plus tranquilles des pavillons familiaux.

Rupert la dépassait de la tête et des épaules, et elle devait allonger le pas pour suivre ses longues enjambées. Tandis qu'ils se hâtaient, un homme ivre leur coupa le chemin, mais en grommelant un juron bien senti Rupert l'écarta d'un geste du bras.

Ellie le considérait du coin de l'œil. Toute leur vie ils avaient été proches, et avaient passé leur enfance à s'amuser ensemble et à faire des bêtises, mais elle avait soudain la conviction désagréable qu'elle ne connaissait pas ce Rupert-là, l'homme qu'il était devenu.

— Je voulais te parler, répondit-elle d'une petite voix. Je voulais t'entendre me dire ce que c'était que de participer aux joutes.

Des larmes subites lui montèrent dans la gorge et lui piquèrent les yeux. Elle avait le cœur troublé et peiné par la colère de son frère et sa rencontre avec Troye. Ses pleurs menaçaient de couler à tout moment.

Avec un soupir et un coup d'œil à son visage défait, Rupert s'arrêta, la prit gentiment par les bras et la tourna vers lui. Il courba la tête et se pencha sur ses yeux baissés.

— Ecoute, Valois a raison sur un point. Nous ne

sommes plus des enfants. Nous ne sommes plus libres de courir partout comme nous le faisions. Tu es maintenant une jeune femme, Ellie, une très jolie jeune femme, et il y a des hommes qui te mangeraient toute crue si on leur en laissait la moitié d'une chance.

Elle renifla et essuya ses joues mouillées d'un revers de main.

— Je ne pensais pas à mal. Je voulais juste te parler.

— Je sais.

Sa colère se dissipant, il l'étreignit et lui tapota l'épaule tandis que la mince silhouette était secouée de sanglots.

— Oh, Rupert…

Elle pressa sa joue sur sa tunique, les poings serrés sur sa poitrine tandis qu'elle s'abandonnait à son étreinte réconfortante.

— J'ai eu si peur ! Je croyais que je pouvais les combattre. Je n'ai jamais craint personne de ma vie, mais j'étais si impuissante !

— Rendons grâce au ciel pour l'intervention de Valois.

Elle resta silencieuse et il baissa les yeux sur elle, ajoutant :

— Tu ne t'es pas montrée très gracieuse dans tes remerciements.

Elle haussa les épaules, troublée par le tumulte d'émotions que Troye de Valois avait éveillé en elle, et, pendant un instant, se demanda si elle pouvait confier ses aspirations secrètes à son frère. Mais quand Rupert lui donna une petite accolade et se remit hâtivement en route, elle n'eut d'autre choix que de le suivre. Plus tard, peut-être, trouverait-elle une occasion de lui parler…

— Viens, pressons-nous, déclara-t-il. Nul doute que

mère doit être hors d'elle d'inquiétude, et Dieu sait quel chambardement père va causer pour te chercher.

Ils échangèrent un regard et continuèrent en silence. Quand ils atteignirent le groupe de leurs pavillons, dame Joanna les aperçut. Avec un cri de soulagement, elle releva ses jupes et courut à leur rencontre. Ellie tomba dans ses bras et s'abandonna avec reconnaissance à sa farouche étreinte.

— Oh, vilaine, vilaine fille ! s'exclama dame Joanna en écartant Eleanor d'elle et en lissant les cheveux auburn qui lui tombaient sur le front. Où étiez-vous ? Votre père est allé appeler la garde pour vous chercher.

Rupert grogna et envoya rapidement un serf avec le message qu'Eleanor avait été trouvée, puis recula quand leur oncle s'approcha d'eux à grands pas, fronçant les sourcils d'un air terrible.

— Au nom du ciel, où avez-vous été, jeune fille ?

Ellie lui fit face, jetant un coup d'œil complice à son frère dans l'espoir qu'il ne la trahirait pas comme Valois l'avait fait.

— Je suis seulement allée voir Rupert, et je me suis perdue. Mais nous avons fini par nous retrouver.

— Stupide jouvencelle ! Ne voyez-vous pas qu'un campement de tournoi n'est pas un endroit pour une femme seule ? Il pullule de mercenaires, de ribaudes, de voleurs et de toute sorte de canailles que vous ne pouvez souhaiter rencontrer !

Ellie baissa la tête dans un silence coupable, tout en observant son frère à travers ses cils.

— Calmez-vous, mon oncle, dit Rupert d'un ton apaisant. Elle n'a pas eu de mal et je suis sûr — il contempla la tête baissée de sa sœur —, tout à fait sûr qu'elle ne recommencera pas la même erreur.

— Vraiment ? lança une autre voix coléreuse, tandis que leur père les rejoignait. Qu'avez-vous à dire pour votre défense, Eleanor ?

Sire Henry prit le menton de sa fille et l'obligea à relever la tête.

— Et ne me mentez pas, ma fille, car je ne suis pas d'humeur à être trompé !

Ellie retint son souffle. Elle n'avait jamais vu son père aussi furieux et elle tourna de grands yeux effrayés vers sa mère, qui intervint en sa faveur en posant une main apaisante sur le bras de son mari.

— Tout doux, Hal, tout va bien. Elle s'était simplement perdue, mais Rupert l'a trouvée et l'a ramenée.

— Ah oui ? fit son père en la transperçant de son regard brun. Ce n'est pas ce que j'ai ouï dire.

Les autres le considérèrent d'un air interrogateur et consterné.

— Troye de Valois m'a raconté une tout autre histoire.

Il échangea un regard avec son beau-frère, qui lui demanda :

— Qu'a-t-il à voir là-dedans ?

Non sans réticence, sire Henry déclara :

— Il semble que nous lui devions notre gratitude, car il m'a rapporté une tentative de viol en m'indiquant les suspects et la victime.

— Dieu du ciel !

— Eleanor…

Sa mère se tourna vers elle d'un air anxieux.

— Est-ce vrai ?

Eleanor et Rupert se regardèrent. Puis le jeune homme

tourna les talons et lança par-dessus son épaule qu'il allait chercher Troye de Valois et le ramener pour expliquer la vérité.

— Non, Rupert ! protesta Ellie tandis que son père l'attrapait par le bras. Père, ce n'est pas…

— N'essayez pas de nier, jeune fille, coupa-t-il avec rage, avant de se tourner vers sa femme. Qu'est-ce que je vous avais dit ? Le sang ne ment pas !

— Non, Hal ! Laissez-la, je vous en prie.

Mais sire Henry n'écouta pas les supplications de sa femme, qui les suivit en chancelant quand il attrapa une cuillère de bois sur la table de la cuisinière et entraîna Eleanor dans son pavillon. Une fois à l'intérieur, il poussa la jeune fille contre une table et leva la main pour la frapper.

— Hal, de grâce ! s'écria dame Joanna en essayant désespérément d'attraper le bras de son mari qui se levait et s'abattait avec fureur. Arrêtez, pour l'amour de Dieu ! C'est ma fille, entièrement ! Elle est mienne, pas sienne !

— Le sang ne ment pas, Joanna, mais je vais lui donner une leçon et chasser d'elle la dévergondée.

2.

Eleanor ne put plus crier après sa première exclamation choquée, et resta penchée sur la table dans un silence tendu pendant que son père la corrigeait. Il n'y mettait pas trop de force ; même si chaque coup la meurtrissait, c'était sa fierté qui souffrait le plus.

— Remy, arrêtez-le ! De grâce, de grâce, arrêtez-le ! implora dame Joanna en sanglotant.

L'oncle d'Ellie s'avança, le seul homme assez grand pour maîtriser son père. Il empoigna le bras de sire Henry et le força à l'abaisser.

— Assez, Hal, grommela-t-il, les dents serrées. Ce n'est pas utile.

Sire Henry grogna.

— Croyez-vous ? Alors que faisait ma prétendue fille dans un campement plein de chevaliers, sans escorte ? Je ne tolérerai pas les mensonges et la dissipation !

— Vous n'avez même pas laissé à Eleanor une chance de s'expliquer.

— Ha ! Qu'entendrions-nous sinon des mensonges, juste comme son…

— Non ! cria dame Joanna, avec une telle force que leurs oreilles en tintèrent. Vous avez promis, Hal, ajouta-t-elle en pleurant. Vous m'avez promis de les aimer. C'est une bonne fille, avec du caractère et de la volonté, mais néanmoins une bonne fille.

Voyant sa femme avec les joues ruisselantes de larmes, et son beau visage altéré par la crainte et l'horreur, il lâcha brusquement la cuillère, libéra Eleanor et rabaissa ses jupes.

— Allez ! ordonna-t-il. Disparaissez de ma vue.

Lentement, le dos et le postérieur douloureux, Ellie se redressa et se tourna vers son père. Quand elle parla, sa voix était un murmure tremblant qui lui serra le cœur.

— Veuillez me pardonner, père, si j'ai fait quelque chose de mal.

Puis elle se dirigea d'un pas chancelant vers sa mère, qui la serra étroitement dans ses bras et l'emmena avec sa tante Beatrice.

Maintenant qu'ils étaient seuls, Remy fit face à son beau-frère et déclara tranquillement :

— Vos craintes ne sont pas fondées, Hal. Je suis d'accord avec Joanna, il n'y a rien de son père dans Ellie.

Sire Henry se détourna, dégoûté de lui-même, furieux du cruel coup du sort qui dressait sa vilaine tête pour venir les tourmenter.

— Que faire ? demanda-t-il avec un âpre désespoir. Que faire ? Elle va me détester, à présent. Ellie a toujours été lente à pardonner un tort. Mais comme je crains que le vice du père passe dans les enfants !

Remy lui saisit l'épaule pour lui offrir son soutien.

— Par nature, il y a une dose de vice dans chacun de nous. Mais je crois que vous l'avez si bien élevée — que vous les avez si bien élevés tous les deux —, qu'il n'y a rien à redouter. Je sais que vous avez de bonnes intentions, Hal.

Laissez reposer les choses un jour ou deux. Vous verrez, Ellie vous aimera encore, comme le bon père que vous avez toujours été pour elle.

— Bon !

Hal souffla avec dérision.

— Je n'avais encore jamais battu une femme, ni dans sa vie ni dans la mienne.

— Non, mais dans un élan de colère nous faisons tous des choses que nous regrettons après. Elle vous pardonnera.

Dans le pavillon voisin, Ellie était allongée à plat ventre sur sa couchette couverte de douces fourrures, trop anéantie par le choc et la tristesse pour pleurer, et même pour parler. Elle restait à contempler les murs de toile pendant que sa mère et sa tante chuchotaient derrière elle comme des conspiratrices. Rupert revint et s'agenouilla près d'elle, lui caressant les cheveux et lui murmurant qu'il n'avait pas pu trouver Valois, mais qu'il le trouverait le lendemain et lui ferait dire la vérité.

Eleanor se redressa en reniflant et saisit la manche de son frère, la voix étouffée et tendue tandis qu'elle le suppliait de n'en rien faire.

— Je t'en prie, ne le fais pas. Je ne veux pas qu'il ait connaissance de ma disgrâce.

— Mais tu n'as rien fait de mal ! protesta Rupert. Peut-être que tu as été imprudente, mais ce n'est pas ce que pense notre père. Troye de Valois lui ouvrira les yeux.

— Non ! cria Eleanor dans un sanglot. Ne dis rien.

Rupert partit avec réticence. Après un mot à sa mère, et se retenant de s'expliquer avec son père, il rejoignit sa propre tente du côté du champ réservé aux chevaliers.

*
* *

Toute la nuit et le jour suivant Ellie ne parla à personne. Elle resta allongée en silence sur son lit, refusant toute nourriture et même de l'eau. Inquiète, dame Joanna envoya chercher son fils et fit nerveusement les cent pas en attendant qu'il arrive. Mais alors qu'elle se précipitait vers lui, elle se contint quand elle vit qu'il était accompagné. D'un air interrogateur, elle contempla Troye de Valois avec un froncement de sourcils tandis qu'il s'inclinait devant elle avec respect.

— Que fait-il ici ? demanda-t-elle d'une manière fort peu gracieuse, trop tourmentée par ses enfants pour se soucier de politesse.

— J'ai pensé qu'il pouvait parler à père et le rassurer sur le fait que ce qui s'est produit n'était pas la faute d'Ellie, répondit Rupert.

Il se tourna vers Valois et l'encouragea à parler d'un haussement de sourcils.

— Cela est vrai, ma dame. Votre fille n'a rien fait d'inconvenant. Sa seule erreur a été d'être assez naïve pour croire qu'elle pouvait traverser un campement plein d'hommes ivres sans être molestée.

Dame Joanna sourit à Troye et envoya un serf chercher son mari, avant de se tourner vers Rupert d'un air anxieux.

— Elle n'a pas parlé, ni mangé, ni avalé une goutte d'eau depuis hier soir.

— C'est le choc, déclara Troye en voulant se montrer utile, alors qu'il ignorait l'étendue des événements. Mais elle est jeune et forte, elle se remettra vite.

— Non…

Dame Joanna secoua la tête.

— Mon mari était fort courroucé et… il l'a battue. Je pense que cela l'a bouleversée plus qu'aucune autre chose.

Troye se tint poliment de côté pendant que la mère et le fils se parlaient à mi-voix ; quand sire Henry entra dans la tente et lui jeta un coup d'œil interrogateur, il s'inclina respectueusement, même si en sa qualité de champion du roi il n'avait pas à s'incliner devant un autre homme. Il ne perdit pas de temps et expliqua avec soin qu'il ne doutait pas qu'Eleanor ne s'était pas conduite de manière à attirer l'attention sur elle.

— Elle a essayé de lutter contre ces hommes pour défendre son honneur, mais si je n'avais pas entendu ses cris par hasard et n'étais pas venu à son aide, elle n'aurait pas eu assez de force pour les repousser. Soyez assuré, messire, que votre fille n'est pas une délurée et que son honneur est intact.

C'était une pensée qui n'était pas encore venue à sire Henry et il s'adressa rudement à sa femme.

— Avez-vous examiné Eleanor ? Est-elle encore pucelle ?

— Bien sûr, murmura dame Joanna, l'expression crispée.

Une rougeur coupable envahit ses joues, car elle n'avait pas jugé un tel examen nécessaire. Et elle s'empourpra de plus belle en voyant son fils et son compagnon contempler leurs bottes avec embarras.

— Et vous, reprit sire Henry en s'adressant à Troye avec la même brusquerie, dans quel état était ma fille quand vous l'avez trouvée ?

— Eh bien, elle était naturellement fort affligée…

— Ce n'est pas ce que je veux dire ! Dans quel état étaient ses habits ?

Sire Henry se pencha tout près de Troye, les yeux brillants de menace.

— Etait-elle… dévêtue ?

— Non, messire ! protesta Troye avec ardeur. C'était comme je vous l'ai dit. Ses vêtements et son honneur étaient intacts.

Il pensa qu'il valait mieux ne pas mentionner qu'il avait, de fait, remis en place ses chausses et ses jarretières. Il sentait que même cette brève assistance à une damoiselle en détresse mettrait son père au paroxysme de la rage.

Sire Henry poussa un soupir pensif, puis adressa une courbette réticente à Troye.

— Mes remerciements pour votre aide. Nous vous en sommes reconnaissants. Je compte que cet incident ne fasse pas l'objet de discussions autour des feux de camp, ajouta-t-il d'un air grave. La réputation de ma fille dépend de votre discrétion.

— Vous avez ma parole.

Troye s'inclina et se tourna pour partir avec Rupert, qui se dirigea en toute hâte vers le pavillon de sa sœur. Troye l'arrêta devant l'entrée en posant une main sur son bras.

— Je voudrais lui dire un mot d'abord, en privé. Avec votre permission.

Rupert le considéra un long moment, prenant sa mesure. Puis il hocha la tête et inspecta les environs.

— Faites vite. Je monterai la garde.

Ils partagèrent en silence le soupçon que sire Henry ne verrait pas d'un bon œil le fait qu'un chevalier comme Troye de Valois soit seul avec Ellie, même si c'était juste pour lui parler.

Après le brillant soleil de fin d'après-midi, il faisait assez sombre sous le pavillon. Troye s'immobilisa un instant pour que ses yeux s'habituent à la pénombre, puis il regarda autour de lui. Les lieux confortables, mais loin d'être luxueux, indiquaient que la famille d'Ellie était assez fortunée, mais certainement pas extravagante. Il y avait plusieurs coffres bardés de laiton et emplis de linge et de fourrures, quelques petites tables supportant des gobelets en argent et un plateau de nourriture intact, deux chaises aux pieds croisés et de nombreux tapis et fourrures étalés sur le sol de toile. Quatre palettes étaient installées contre les côtés du pavillon ; sur l'une d'elles il distingua une mince silhouette féminine, seulement reconnaissable aux longs cheveux auburn qui pendaient jusqu'au sol et cachaient son visage.

Troye traversa doucement le pavillon et s'accroupit sur ses talons, murmurant :

— Ellie ?

Elle sursauta avec une petite exclamation et tourna la tête vers lui, les paupières plissées par l'alarme.

— Que faites-vous ici ?

— Rupert m'a dit que votre père était dans tous ses états, et je suis venu lui expliquer ce qui s'est passé.

Des larmes silencieuses se mirent à couler des yeux d'Ellie et à rouler sur ses joues.

— Mon père pense que je suis une fille délurée, alors de grâce partez, sinon ses craintes seront fondées.

Troye sourit, avec un léger pli entre les sourcils.

— Mais vous n'avez rien fait, et je le lui ai dit.

Il tendit la main et repoussa ses cheveux pour mieux voir son visage et son expression.

— Allons, où est le courageux petit chevalier qui voulait se battre contre le monde entier ? Un chevalier ne peut s'avouer défait devant le premier obstacle, et la vie est pleine d'obstacles.

Elle sourit alors, faiblement. Allongée sur le ventre, elle

leva les yeux vers les siens et pencha le cou en arrière pour mieux le voir.

— Ne vous gaussez pas de moi, ou ne me taquinez pas, car je n'ai pas le cœur à rire.

— Il vaut mieux rire que pleurer.

— Allez-vous-en !

Elle se tourna sur le côté, tressaillant quand la douleur traversa ses cuisses et le bas de ses reins.

Troye fronça les sourcils.

— J'ai appris que votre père vous avait battue.

— Oui. Et je souhaiterais être un homme, comme Rupert, car je lui aurais rendu ses coups ! Mais je ne suis qu'une faible femme et je n'ai d'autre choix que de laisser les hommes me dominer.

— Ce n'est pas de la faiblesse, murmura-t-il en jetant un coup d'œil par-dessus son épaule vers l'ombre de Rupert, mais du respect pour votre père. Il a eu peur, c'est pour cela qu'il s'est emporté.

— Peur de quoi ?

Troye haussa les épaules.

— Je n'en suis pas sûr, mais je vous implore de vous lever et de tenir bon, petite jouvencelle, comme le ferait n'importe quel chevalier.

Ellie poussa un soupir exaspéré, irritée par la façon dont il lui parlait, comme si elle n'était qu'une enfant.

— Fort bien.

Elle roula sur elle-même avec maladresse et se mit debout péniblement. Elle vacilla un peu, la tête légère d'avoir pleuré et jeûné, puis elle poussa une exclamation quand il passa un bras autour de sa taille pour la soutenir. Elle posa une main sur son torse, d'abord pour le repousser, puis par curiosité quand elle sentit sous ses doigts sa chaleur et ses muscles durs.

Elle renversa la tête en arrière pour le regarder, car même si elle n'était pas aussi petite que sa tante Beatrice, qui était frêle et délicate, elle n'était pas non plus aussi grande que sa mère. Le sommet de sa tête atteignait son menton, et, le contemplant avec de grands yeux méfiants, elle se dit qu'il était certainement le plus bel homme qu'elle avait jamais vu. Ses cheveux sombres étaient soyeux et coupés court dans son cou, ses sourcils droits ni trop fins ni trop épais. Elle parcourut son visage du regard, remarquant son nez qui aurait été élégant s'il n'avait pas été cassé, peut-être plusieurs fois dans sa vie. Ses narines frémissantes, son front haut et ses joues creuses étaient très virils. Elle s'attarda un moment sur sa bouche, avec sa lèvre inférieure charnue et sa lèvre supérieure fine et bien disciplinée. Ses yeux étaient d'un brun très foncé, et à présent ils étaient plissés.

Elle sentit ses mains quitter sa taille, mais ils se dévisagèrent un long moment. Puis il fit brusquement un pas en arrière, comme s'il avait soudain découvert qu'il était au bord d'une falaise et cherchait à esquiver le danger.

Pendant un instant Ellie ne put résister à l'envie de contempler encore sa bouche, et la légère ombre de sa barbe sur sa mâchoire ferme. Elle se demanda quel effet cela lui ferait d'être embrassée par lui, de sentir ses lèvres sur les siennes, le contact rugueux de son menton, si viril, sur sa peau tendre.

Ses émotions furent évidentes pour Troye et il soupira, écartant son regard de son joli visage et de ses yeux curieux.

— Je ne puis rien pour vous, petite, alors ne perdez pas votre temps à me dévisager ainsi.

Ellie sentit ses joues s'enflammer et elle baissa les yeux, mais sa fierté la poussa à demander :

— Suis-je si laide que vous vous détourniez de moi, messire ?

— Non, vous n'êtes pas laide. Cela vient de moi, pas de vous.

Il n'était pas homme à divulguer ses affaires privées, mais il eut pitié des doutes qui assombrirent son regard et de sa tendre, innocente petite personne.

— Vous êtes une très belle jouvencelle. Un jour, vous serez une excellente épouse pour quelqu'un.

Il s'inclina pour faire ses adieux et ses pas résonnèrent doucement sur le sol quand il la quitta.

Ellie soupira en le regardant partir, pas sûre du tout de ce que devait être sa réaction. Elle était en plein désarroi. Elle sursauta nerveusement quand une autre silhouette entra dans la tente, mais ce n'était que Rupert et elle courut à lui, heureuse de le voir.

— Oh, Rupert ! Dis-moi, père est-il toujours fâché ?

Elle lui saisit les bras avec anxiété.

— Non, il est plein de remords et convaincu que tu dois le détester.

Elle secoua la tête en signe de déni, puis le regarda avec un froncement de sourcils perplexe.

— Ils…

Elle hésita, puis se lança.

— Ils ont dit d'étranges choses hier soir, Rupert. As-tu entendu ?

— Non, répondit-il en fronçant également les sourcils. Que veux-tu dire ?

Elle haussa les épaules.

— Rien. Nul doute que j'ai mal entendu ou mal compris.

Rupert n'insista pas, pensant que la veille elle était de fait affligée et bouleversée.

— Comment vas-tu aujourd'hui, Ellie ? Toujours meurtrie ?

Elle hocha la tête.

— Cela passera. Au moins, il ne m'a pas frappée au visage.

— Père ne ferait jamais une chose pareille.

— Non, je suppose que non.

Mais soudain son enfance s'était évaporée et elle n'était plus sûre de rien.

— Comment s'est passée ta journée ? T'es-tu bien comporté dans les joutes ?

Il sourit.

— Oui. Mais demain je dois affronter Valois.

Ellie frémit, aussitôt effrayée, mais ne voulant pas briser la confiance de son frère en admettant qu'elle ne pensait pas qu'il pourrait triompher de Troye.

— Ne t'inquiète pas, sœurette, même moi je ne m'attends pas à vaincre le champion du roi lors de ma première saison. Ce sera seulement une bonne expérience. Viens, maintenant, la convia-t-il d'un ton enjoué. Le roi a invité presque tous les gens qui comptent au palais pour une soirée de banquet et de réjouissances. Nous danserons, je te trouverai tes douceurs en pâte d'amande favorites et nous oublierons cet incident déplaisant. Qu'en dis-tu ?

Ellie sourit et hocha la tête, mais elle était tristement consciente qu'elle ne pourrait aisément oublier l'étincelle qui avait été allumée dans son cœur, et qui menaçait de se changer en une douce flamme prête à la consumer.

3.

Ils se rendirent en barge au palais de Westminster et Ellie apprécia la brise rafraîchissante qui montait de la Tamise, les eaux noires et lisses du fleuve clapotant doucement tandis que le soleil passait en cette soirée de fin d'été. Le ciel était teinté d'une vibrante couleur rose corail, une nuance assortie à sa cotte de soie ajustée, dont les manches et le corselet étaient bordés de broderies au fil d'or et de perles fines.

Elle s'était vêtue avec soin, espérant voir Troye et qu'il remarquerait son apparence. Les plis de sa cotte drapaient ses hanches minces mais féminines et sa poitrine ronde, sa teinte offrant un contraste parfait à ses cheveux auburn qui lui tombaient jusqu'aux reins. Elle avait la tête couverte d'un voile en organza très fin maintenu par un cercle en or.

Elle était assise un peu à l'écart des autres tandis que la barge glissait sur la rivière, les avirons éclaboussant à peine et la proue avançant vers leur destination. Son père était venu la voir un peu plus tôt pour faire la paix et elle avait accepté, mais, dans son cœur, elle savait que les choses ne seraient plus jamais les mêmes entre eux. Elle l'observa, maintenant, assis avec sa grâce détendue à côté de sa mère, un bras passé souplement autour de sa taille et riant à une plaisanterie d'oncle Remy. Tante Beatrice était dans les bras de son époux, et elle paraissait radieuse dans une cotte de velours vert sombre.

Ellie les envia, ces quatre-là, ces deux couples, et elle éprouva l'amère morsure de la solitude pour la première fois de sa vie. Elle avait l'impression de ne plus appartenir au cercle de famille, et ce constat la troublait.

L'appontement de Westminster était éclairé par des torches de poix qui répandaient de petits ronds de lumière dorée, tandis que les passagers des nombreuses barges et barques débarquaient et mettaient pied à terre.

— Restons proches les uns des autres, murmura dame Joanna d'un ton pressant alors qu'ils montaient les marches et traversaient les pelouses du palais plongées dans l'ombre.

La grand-salle était brillamment illuminée et déjà bruyante de musique, de rires et du bourdonnement de bavardages enjoués. Ellie regarda autour d'elle, cherchant son frère qui avait promis de les rejoindre quand il aurait terminé ses devoirs. Participer à des tournois était pour lui un amusement et un entraînement, comme pour maints chevaliers, mais ce n'était pas le moyen de gagner sa vie. Il avait récemment été engagé comme cadet dans la garde personnelle du roi et son devoir était de servir les chevaliers qui protégeaient le souverain. Les membres de la garde étaient des hommes choisis parmi les familles les plus loyales du royaume, des combattants qui avaient prouvé leur valeur et leur adresse sur les champs de bataille, parmi lesquels Austin Stratford, Sylvester de Lacy et le champion du roi, Troye de Valois. Ellie continua à chercher son frère, car là où il serait Troye serait aussi, tous deux étant au service du roi.

Elle était fascinée par l'assemblée colorée, les invités étant vêtus de riches étoffes de velours et de soie, et par les bribes de conversation qu'elle surprenait, émaillées de rumeurs, de ragots et de plaisanteries paillardes, avant que sa mère ou sa tante ne l'entraînent hâtivement plus loin. La foule riait, buvait, dansait et se restaurait, avec toute la gaieté et l'entrain de ceux qui savaient que le roi payait ces réjouissances.

Rupert envoya un message par un page, disant qu'il serait libre à 22 heures. Ellie dansa avec son père et son oncle, et une fois avec un groupe de jouvencelles de son âge, mais la plupart du temps sa famille la gardait dans les stricts confins de sa surveillance. Elle était irritée par ces restrictions, car elle savait que Troye devait être quelque part par là et elle brûlait de le voir et de lui parler.

Elle pouvait à peine se concentrer sur quoi que ce soit, tandis que son regard parcourait la grand-salle et s'arrêtait sur l'estrade royale, espérant apercevoir le chevalier, mais il y avait tant de monde et c'était si loin qu'elle ne pouvait le voir.

Rupert apparut alors. Il lui mit une main sur les yeux et, de l'autre, plaça un objet entre ses doigts.

— Devine, dit-il en riant.

Habituée depuis longtemps à ses jeux, Ellie s'exclama :

— Un chaton blanc avec une queue noire !

— Non, petite sotte.

— Hum…

Ellie fit mine d'être déconcertée et tiraillée par ses choix.

— Une colombe ? Une écharpe de soie ? Une poignée d'air de Londres ?

Rupert la lâcha en poussant un soupir et elle ouvrit le coffret de bois, joliment décoré de nacre, puis murmura des remerciements en découvrant des pâtes d'amande reposant sur un lit de satin. Elle se haussa sur la pointe des pieds et posa un baiser sur la joue de son frère.

— Merci, mais tu n'aurais pas dû gaspiller ton argent.

— Je ne l'ai pas fait.

Il sourit largement.

— Je les ai… obtenues par mon charme, d'une dame de compagnie.

Elle lui pinça le bras en guise de remontrance, puis mit la boîte de côté quand il l'entraîna dans une danse. La soirée s'emballa et parut passer à toute allure, les parents d'Ellie ne pouvant objecter au fait qu'elle danse dans un groupe quand son frère en faisait partie et la surveillait d'un œil attentionné.

Pendant les danses ils passèrent devant le dais du roi et là, enfin, elle découvrit Troye. Il se tenait derrière le roi, sur sa droite, avec quatre autres chevaliers de confiance et d'expérience, prêts à donner leur vie pour protéger le souverain de tout mal. Troye observait l'assemblée, mais elle eut beau essayer, elle ne réussit pas à accrocher son regard.

La musique d'une farandole particulièrement enjouée venait de s'arrêter, les tambourins et les flûtes à bec égrainant leurs dernières notes, quand tout à coup un cri des gardes postés dans la grand-salle retentit.

— Attention ! Aux armes !

Cinq silhouettes vêtues de capes noires et encapuchonnées pénétrèrent en tourbillonnant dans la salle. Une exclamation collective monta de la foule vers les chevrons et les invités se bousculèrent pour laisser la place, se heurtant les uns les autres, dans un bruissement de jupes et un bruit de talons. Puis les noires apparitions ôtèrent leur cape et révélèrent cinq acrobates vêtus de blanc, avec un ruché noir autour du cou et le visage peint en blanc. Des rires et un soupir de soulagement s'échappèrent de l'assemblée, et l'on entendit le raclement de l'acier tandis que les épées à moitié tirées étaient remises dans leur fourreau. Les gardes du roi, qui s'étaient groupés autour de lui, s'écartèrent.

— Ce n'est qu'un déguisement ! s'écria tante Beatrice, jetant un coup d'œil au-delà du large dos de son époux, qui l'avait poussée derrière lui au premier signe de désordre.

C'était une sorte de divertissement assez commune, d'entrer dans une salle avec des capes noires puis de les enlever pour accomplir une performance — que ce soient des chants, des danses, des jongleries ou des acrobaties —, avant de disparaître de nouveau. Ellie émergea de derrière son frère et observa avec intérêt les tours des acrobates au visage blanc, avant d'applaudir avec tout le monde quand les saltimbanques reprirent leurs capes et sortirent en courant.

Ce moment de tension n'avait pas atténué le plaisir que chacun prenait à la fête. De fait, être confronté à la possibilité de la violence et peut-être de la mort n'avait servi qu'à fouetter l'appétit de tous pour davantage de réjouissances. Le niveau du bruit atteignit des sommets, du fort vin de Gascogne coulait librement des tonnelets dans les gobelets, et les plats somptueux qui s'amoncelaient sur les tables latérales furent bientôt consommés.

— Oh, regarde, c'est une danse en ligne ! Allons-y, Rupert !

De chaque côté de la grand-salle les danseurs formaient une ligne, chaque couple se faisant face. Quand leur tour venait ils esquissaient quelques pas de danse au milieu puis descendaient l'allée jusqu'à mi-chemin, où ils étaient rejoints par un couple arrivant de l'autre bout. Là, les deux couples dansaient ensemble un moment, avant de changer de partenaire. C'était l'une des danses favorites d'Ellie, car elle était très entraînante et lui donnait l'occasion de danser avec de nouveaux cavaliers. Ainsi que de passer devant le dais. Et peut-être de rendre Troye un peu jaloux, en la voyant danser avec d'autres hommes ?

Elle avait les joues animées et les yeux brillants tandis que ses pieds scandaient les pas compliqués, et elle arborait un sourire sur ses lèvres rouges comme des baies. Elle dansa avec un homme très brun, qui avait un nez crochu et des sourcils en broussaille, et dont elle ne connaissait pas le nom. Mais il tenait légèrement sa main et lui souriait, une boucle en or étincelant à une oreille. Elle pensa qu'il avait l'air d'un pirate, puis ils se séparèrent et elle s'éloigna pour rejoindre le bout de la ligne.

La danse réclamait de l'énergie, et il lui fallut un moment avant d'atteindre de nouveau le haut de la ligne, devant le dais du roi où celui-ci était assis avec une expression d'ennui. Elle essaya de voir si Troye de Valois la regardait, mais son visage était brouillé par la distance. Elle sourit à Rupert, et c'était leur tour de danser au milieu quand le même cri retentit pour la deuxième fois.

— Attention ! Aux armes !

Il y eut de petits rires, cette fois, et les danseurs s'arrêtèrent à peine quand cinq intrus drapés dans des capes pénétrèrent au milieu d'eux. Ellie resta où elle était, leur entrée lui barrant le passage, et elle observa la scène avec une légère expectation sur le visage. Mais celle-ci s'évanouit rapidement quand les arrivants jetèrent leur cape et tirèrent leur épée de leur fourreau, le raclement du fer sonnant comme un avertissement dans la grand-salle.

La garde royale réagit immédiatement, le sifflement des armes quand ils les dégainèrent et entourèrent le roi Edward provoquant les cris de la foule. Les planchers tremblèrent sous le choc des talons, tandis que tout le monde s'empressait de fuir la bataille à venir. Il ne faisait pas de doute cette fois que le roi était attaqué, mais Ellie resta figée sur place, frappée d'horreur et médusée par l'escarmouche qui se produisait sous ses yeux.

Elle avait passé sa vie entière à l'abri des murs d'un château, protégée et choyée. Elle avait entendu des récits de batailles, mais elle se les représentait seulement comme un terrain de jeu pour des exploits valeureux et chevaleresques. Or, à présent, elle était stupéfaite de voir les lames argentées qui fendaient l'air et tranchaient de la chair et des os, le sang jaillissant en fontaines écarlates qui éclaboussaient le sol, les murs et sa robe. Les attaquants masqués ne faisaient pas le poids face aux chevaliers, qui avaient affiné leur adresse pendant des années dans des batailles et des tournois pour un moment comme celui-là.

L'acier résonnait sur l'acier. Il y avait des cris gutturaux et des jurons brutaux tandis que les gardes du roi repoussaient les cinq meurtriers masqués. Le chaos s'était emparé de la grand-salle. Des centaines de personnes poussaient et tiraient pour se frayer un chemin à travers les portes encombrées et fuir le danger. Ellie fut renversée et tomba à terre. Quand elle leva les yeux, elle vit Troye de Valois qui se dressait au-dessus d'elle et parait les coups maladroits d'un assaillant. Tandis qu'elle se recroquevillait sur elle-même, elle le vit attaquer son adversaire avec des coups rapides, le jetant à terre et l'obligeant à lâcher son arme. D'un assaut brutal, Troye frappa l'homme en plein cœur et il mourut sur le coup, en gargouillant.

Le mort n'était qu'à quelques pas d'Ellie et elle se mit à hurler, tandis que le sang l'éclaboussait et qu'elle essayait de reculer. Des mains dures la saisirent par le bras et la redressèrent.

— Sortez de là ! cria Troye d'un ton furieux.

Elle se mit d'abord à genoux, puis sur ses pieds, heurtant la solide paroi du torse de Troye alors qu'il la tirait en arrière d'une main et combattait un attaquant de l'autre. Le cœur d'Ellie s'emballa en sentant les épées fendre l'air si près de sa tête, au point que son voile se soulevait et frémissait. Obéissant à l'insistance de la main de Troye sur son bras, elle essaya de fuir, mais son talon glissa dans une flaque de sang et elle tomba à genoux, son cri d'horreur atteignant une intensité perçante. Troye la releva de nouveau et l'entraîna, la poussant avec force vers la foule qui se pressait vers la sortie.

— Pour l'amour du ciel, sortez ! lui cria-t-il, puis il se détourna, bondissant de nouveau dans la bataille tandis que ses hommes et lui réglaient rapidement le compte des assaillants restants.

— Eleanor !

Elle sursauta au son de cette voix familière et se jeta avec un sanglot dans les bras ouverts de son oncle Remy, s'enfouissant dans son torse massif et protecteur. Comme il dépassait de la tête et des épaules la plupart des gens, il parvint à se frayer un chemin dans l'encombrement, et bientôt il la fit sortir dans l'air frais de la nuit. Il se hâta vers l'endroit où le reste de sa famille attendait, la portant à moitié, car ses genoux lui manquaient et refusaient de la soutenir. Sa mère poussa un cri désespéré en la voyant.

— C'est bon, s'empressa de la rassurer Remy. Ce n'est pas son sang. Elle n'a pas eu de mal.

Ellie tomba dans la chaude étreinte de sa mère, serrée sur sa poitrine, pendant que sa tante Beatrice se servait de son voile pour essuyer le sang de son visage. Les deux femmes émettaient des sons apaisants tandis qu'Ellie regardait fixement devant elle, choquée.

— Partons, suggéra sire Henry.

Il y eut des murmures d'acceptation, mais Rupert resta en arrière, sachant où était son devoir.

— Je dois retourner dans la grand-salle.

Sire Henry tendit la main et saisit son fils par l'épaule.

— Porte-toi bien, Rupert. Nous te verrons demain.

Avec un regard sombre aux trois femmes, il conclut sèchement :

— Notre devoir est ailleurs. Le combat t'appartient.

Rupert hocha la tête et disparut dans l'ombre de Westminster sans un regard en arrière, pendant que sa famille se hâtait de traverser les pelouses pour rejoindre l'appontement et la barge qui l'attendait.

Ce fut un trajet silencieux, ponctué seulement par le bruit des avirons qui plongeaient dans les eaux huileuses et sombres du fleuve et par les hoquets d'Eleanor, qui était prise maintenant d'un violent tremblement tandis qu'elle accusait le choc. Elle pouvait à peine croire ce qui était arrivé, et à travers tout cela elle ne voyait que la couleur rouge du sang et le visage de Troye de Valois. Jamais, de sa vie, elle n'avait vu une telle expression sur le visage d'un homme. Une telle détermination sinistre, une telle brutalité impitoyable. Elle frémit de nouveau et eut la chair de poule. Pourtant son cœur avait été transporté, car il était son héros. Son cœur avait parlé, disant oui, c'est lui, l'autre moitié qui comblerait le vide en elle, et aucun conseil venant de sa tête ne pouvait altérer cette certitude.

Elle accosta avec soulagement à Cheapside et s'empressa de regagner avec les siens le confort et la sécurité de leur campement. Alors qu'ils se réfugiaient dans l'ombre du pavillon qui portait la bannière des Raven, dame Joanna prépara du vin chaud et épicé pour les remettre de leur choc.

Oncle Remy leva son gobelet et lança :

— A Troye de Valois. Une fois encore il a sauvé notre Eleanor.

Les autres acquiescèrent par des murmures, même sire Henry, avec réticence. Fronçant légèrement les sourcils, il ajouta son propre toast de gratitude. Ellie but quelques gorgées et sentit la chaleur du vin se répandre dans son corps, puis, à mi-voix, elle s'excusa et rejoignit sa propre tente. Elle se dépouilla rapidement de sa cotte tachée de sang et la jeta. Elle se lava avec de l'eau froide. Ce fut seulement quand elle fut propre et vêtue de sa chemise de nuit qu'elle se laissa choir sur les fourrures de sa couchette et se couvrit le visage de ses mains.

Cela la transportait de penser que Troye de Valois lui avait de fait sauvé la vie. Elle aurait pu si aisément être coupée en deux dans la bataille, son corps mince tranché comme un ruban par les épées cinglantes. Et cependant la gratitude n'était pas l'émotion qui lui venait d'abord à l'esprit. Certes, son cœur pouvait être touché par les actions héroïques de Troye, mais elle ne voyait que l'horreur de cette scène. La bravoure et la chevalerie étaient des valeurs nobles, éclatantes et belles, mais il ne pouvait y avoir d'honneur dans la soif de sang. Elle brûlait de savoir si Troye allait bien, s'il avait survécu à l'attaque sans être blessé. Cela la contrariait amèrement de penser qu'elle ne pouvait aller à lui, soigner ses blessures s'il en avait, le tenir et le réconforter. Mais bientôt, un jour, elle pourrait faire tout cela. Car il était évident pour elle qu'ils étaient destinés à être ensemble. Sur ces pensées, elle s'allongea, serra son oreiller contre elle et sourit en s'endormant.

Le lendemain matin, sire Henry ne perdit pas de temps pour emmener sa famille à Cheapside, houspillant impatiemment sa femme et sa fille pendant qu'elles s'habillaient et rompaient leur jeûne avec du pain et du fromage. Lorsqu'elles sortirent leurs peignes et leurs rubans, il marmonna d'un ton irrité qu'elles étaient assez jolies pour ne pas avoir à perdre leur temps, et le sien, à « se pomponner » inutilement. La mère et la fille échangèrent un regard, dame Joanna faisant des commentaires sur l'emploi d'un tel terme, mais elle eut pitié de son mari et de son anxiété de retrouver Rupert pour avoir tous les détails de l'escarmouche de la veille.

Remy, qui restait un guerrier dans l'âme malgré les conforts du mariage, était également avide d'en savoir plus. Les deux beaux-frères discutèrent du pourquoi et du comment de l'attaque contre le roi en chevauchant jusqu'au champ du tournoi et Ellie écouta avec curiosité, anxieuse d'entendre prononcer le nom de Troye de Valois. Elle éprouva une fierté rayonnante en constatant qu'il ne recevait que des louanges, ce matin-là, car un homme qui ne se gagnait pas l'admiration et le respect des siens, à ses yeux, n'était pas un homme.

*
* *

Au tournoi, ils s'installèrent dans les tribunes couvertes, tandis que la foule arrivait et que le soleil s'élevait dans le ciel bleu. Le bruit des conversations montait et descendait dans la brise, l'odeur de la poussière et des chevaux, des cochons rôtis et de la fumée des feux de camp se répandant dans l'arène. Ce serait une autre belle et chaude journée, et les dames cherchaient déjà l'ombre des auvents et s'éventaient avec des feuilles de parchemin, en buvant de la citronnade gardée au frais dans des tonneaux d'eau de la Tamise.

Assise dans leur tribune, Ellie vit un page qui montait les marches et remettait à son père une missive roulée, attachée par un ruban rouge. Sire Henry remercia d'un signe de tête et s'écarta pour ouvrir le pli.

Eleanor regarda autour d'elle, avide d'apercevoir les chevaliers participant au tournoi, cherchant un profil particulier, des yeux sombres et de larges épaules, mais Troye de Valois n'était pas encore sur le champ. Sa curiosité à son sujet était trop vive pour résister et elle posa à son père des questions vaguement déguisées, dans l'espoir d'en apprendre davantage sur lui.

— Pensez-vous que la vie soit dure pour Rupert ? demanda-t-elle alors qu'ils étaient assis les uns près des autres sur les bancs, sa mère bavardant avec sa tante et commentant les toilettes des autres dames.

Son père leva les yeux du parchemin qu'il lisait, les sourcils froncés, et la regarda.

— Que voulez-vous dire ?

Elle haussa les épaules.

— Je me demandais ce que la vie doit être pour lui, maintenant qu'il sert dans la garde du roi.

Sire Henry roula soigneusement la missive et remit le ruban en place.

— Sa vie sera certainement plus dure qu'à la maison. Mais c'est ce à quoi s'attend un chevalier, peu de confort et pas de remerciements. Une couverture sur le sol ou dans un champ boueux, de la nourriture qui ne conviendrait pas à des chiens, et la malédiction des soldats — les longues séparations d'avec ceux qu'ils aiment.

— Alors pourquoi le faire ? s'enquit Eleanor.

Son père sourit et prit un regard lointain.

— C'est une question qui peut avoir maintes réponses, ma petite colombe. Pour certains hommes, être un soldat est tout ce qu'ils connaissent, d'autres fuient une souffrance quelconque, et quelques-uns, très rares, cherchent la gloire de la bravoure.

— Jadis je voulais devenir chevalier, dit-elle, mais à présent je suis fort contente d'être une dame.

— Moi aussi.

Il gloussa et posa un baiser sur sa tête.

— Maintenant, ne craignez rien pour Rupert, il est fort capable de prendre soin de lui.

Ellie eut la grâce de rougir, consciente qu'elle ne pouvait avouer qu'elle ne se souciait pas que de son frère. Elle se fustigea de laisser ses pensées s'appesantir sur Troye de Valois, et se rappela qu'elle devait d'abord penser à Rupert. Après tout, qui était Troye de Valois ? Ils avaient à peine échangé plus de quelques mots et, même s'il vivait dans son cœur et dans ses rêves, la vérité était qu'il n'était pas encore devenu une réalité, la partie de sa vie qu'elle souhaitait tellement qu'il soit. Mais ces faits ne diminuaient pas ses sentiments. Elle éprouvait un rayonnement heureux et souriait en envisageant un avenir tout rose, car elle était jeune et belle ; sûrement qu'à présent Troye devait savoir que sa main était offerte pour le mariage ? Ce n'était qu'une question de temps avant qu'il s'adresse à son père avec une proposition.

Elle observa avidement les joutes qui commençaient. Son impatience était grande tandis que c'était le tour des chevaliers les moins bons, leurs chevaux parcourant les lices dans un bruit de tonnerre et la foule poussant des exclamations quand l'un ou l'autre était jeté à bas de sa selle par une lance bien placée. Vers midi, enfin, Troye de Valois fit son apparition pour le plus grand plaisir de ses adorateurs, car Eleanor n'était pas la seule à être séduite.

Elle le contempla fiévreusement pendant qu'il battait ses adversaires l'un après l'autre, rapidement et impitoyablement, mais elle fut soulagée que Rupert n'entre pas en lice. Il avait perdu l'équilibre en portant le corps d'un assaillant dans un escalier, la veille, et il était assis à présent sur le côté avec une cheville tordue, se sentant un ballot pendant que ses camarades le raillaient.

La journée de compétition se termina trop vite et la foule commença à s'éloigner, discutant des mérites et des fautes de ses concurrents favoris et attendant impatiemment la gloire du couronnement.

Les chevaliers prenant part au tournoi eurent droit à une journée libre le lendemain, pour se reposer et se préparer en vue des épreuves finales du samedi. Dans l'après-midi le roi ouvrit de nouveau sa cour à Westminster, et quand Eleanor entra dans la grand-salle elle eut la chair de poule. Mais les planchers avaient été nettoyés, la garde avait été doublée et il y avait une atmosphère festive, avec une pointe de défi, dans la réunion des courtisans rassemblés pour manger, boire et se réjouir. On entendit le roi déclarer qu'aucune dérisoire tentative d'assassinat ne le ferait lâchement rester dans sa chambre.

— Ce n'est pas la façon des Anglais, messires, de se réfugier dans la peur !

— Non, certes, Votre Majesté.

Le roi leva son gobelet.

— Un salut à l'esprit combatif des Anglais !

On fit écho à son toast, mais l'un de ses plus proches chanceliers lui murmura qu'il ne serait pas sage de se montrer trop imprudents, car les Ecossais pouvaient faire une nouvelle tentative et il ne serait pas bon que le roi relâche sa garde.

— Qu'ils aillent au diable ! s'écria Edward en se levant de son trône sous le dais royal.

Il fit signe aux musiciens de jouer, réclama plus de vin, exhorta ses sujets à profiter des monceaux de délicieuse nourriture disposés sur les tables dans une pièce adjacente et appela les cinq gardes qui s'étaient battus comme des lions la veille pour défendre sa vie.

Ils sortirent de la foule, cinq jeunes gens se tenant ensemble et paraissant gênés par toute cette attention, parmi lesquels Austin Stratford et Troye de Valois. Ils étaient grands, avec de larges épaules et cette expression assurée dans les yeux qui proclamait leur métier de soldat.

— Voyez ces fiers jeunes hommes, des chevaliers qu'aucun autre royaume sur la terre n'a la bonne fortune d'avoir, et je suis heureux de disposer de leur allégeance. Ce soir, je les récompense, car ils ont protégé et sauvé ma vie de la leur. Je n'ai pas une égratignure. Tout ce qu'ils veulent, ils l'auront. Venez, messire Austin, dites-moi ce que vous désirez le plus et ce sera à vous.

Sire Austin regarda autour de lui avec un coup d'œil stupéfait et se tourna à demi vers Troye de Valois en implorant silencieusement son assistance. Troye se contenta de hausser les épaules, aussi désorienté que lui, car qu'est-ce que n'importe quel Anglais pouvait oser demander à son roi ? Prenant pitié d'Austin rougissant et hésitant, il se tourna vers le souverain avec une petite courbette et murmura :

— Nous ne demandons aucune récompense, Votre Majesté, car nous n'avons fait que notre devoir.

Quelqu'un salua d'une acclamation la réponse de Troye et d'autres tapèrent dans leurs mains, jusqu'à ce que la grand-salle tout entière résonne de cris et d'applaudissements. Puis, tandis que le roi incitait les dames présentes à danser avec ces nobles chevaliers, Troye s'avança et demanda la permission d'avoir un mot en privé avec le souverain. Ce dernier lui jeta un regard acéré, réticent à accorder ses faveurs à l'un des cinq en particulier, même s'il était vrai que Troye de Valois était bien son chevalier favori. Il appréciait les qualités d'honneur, de courage et de vaillance qui étaient clairement abondantes en Troye. Mais il lui refusa néanmoins de s'adresser à lui en privé, et lui donna à la place l'autorisation de parler haut et clair.

Troye regarda les invités qui se rapprochaient, avides d'assouvir leur soif de ragots, et une rougeur envahit son visage sous son hâle d'été. Sur un côté il aperçut le beau visage de la jeune Ellie, les yeux élargis et aussi curieux que ceux de tous les autres. Comme il aurait voulu lui éviter d'avoir à entendre en public ce qu'il avait à dire, car il ne lui avait pas échappé qu'elle avait des sentiments pour lui, une passade puérile, sans doute, mais il n'avait nul désir de blesser une petite personne si jeune et si innocente. Il serra les mâchoires en s'inclinant profondément devant le roi et murmura d'une voix tendue :

— C'est une question que je préférerais discuter en privé, Votre Majesté.

— Vraiment ?

Le roi caressa sa barbe et regarda autour de lui.

— Allons, messire Troye. Nous ne devons pas avoir de secrets ici, entre frères d'armes, car les secrets sont des armes que nos ennemis peuvent utiliser contre nous.

Il se tourna et gravit les marches de l'estrade, puis prit place sur son trône et considéra Troye avec un froncement de sourcils.

— Est-ce que cette question que vous voulez discuter a quelque chose à voir avec votre absence de la cour l'automne et l'hiver derniers ?

Pendant un moment d'affolement Troye se demanda si le roi était déjà au courant, et son cœur tambourina péniblement dans sa poitrine. Les yeux baissés, il répondit :

— Votre Majesté ne se trompe point.

— Je ne fais que deviner, messire Troye, car toutes les rumeurs du royaume finissent par me venir aux oreilles. Mais les rumeurs ne restent que des rumeurs tant que la vérité n'est pas admise.

Les yeux d'Edward se durcirent et toute chaleur en disparut rapidement tandis que ses pires craintes semblaient sur le point de se réaliser.

— Parlez, mon garçon, car je ne suis pas un homme patient.

— Votre Majesté…

Troye inspira à fond et rassembla son courage aussi vaillamment qu'il put.

— Sire… je me suis marié.

Une exclamation monta des invités qui se pressaient à proximité, avides d'entendre ce qui se passait. Du coin de l'œil, Troye vit Ellie qui pressait une main sur sa bouche et l'autre sur son cœur. Elle pâlit visiblement.

Le roi joua avec le sceau qu'il portait à la main droite, ne quittant pas Troye des yeux.

— Et le mariage est-il un crime que vous éprouvez le besoin de confesser ? J'aurais pensé que c'était plus une bénédiction à célébrer.

— Votre Majesté, j'implore votre indulgence et votre merci, car j'ai épousé la femme que j'aime sincèrement et que j'aimerai toujours, comme vous avez aimé votre Eleanor. Mais sire, pardonnez-moi, je vous en prie, ma femme est juive.

— Quoi ! rugit le roi, son cri faisant écho aux exclamations stupéfaites qui montaient de la salle. Ainsi vous avez épousé une Israélite ? Quand j'ai chassé de notre royaume ces… ces païens, ces sangsues et ces fauteurs de trouble ?

— Il n'en est pas ainsi, sire, protesta Troye. Ce sont de bonnes gens, et ma femme est douce et gentille…

Mais le roi ne voulut rien entendre. Dans sa colère, il fit signe aux gardes d'avancer et leur ordonna de conduire Troye à la Tour, où il resterait emprisonné pendant qu'il réfléchirait à cette affaire. Les gardes emmenèrent Troye, la foule se fendant comme la mer Rouge tandis qu'il passait au milieu, la mâchoire crispée et le regard plein de défi.

Ellie ne pouvait que regarder fixement tandis que le sang semblait se retirer de son visage et de son cœur, pour disparaître. La grand-salle lui parut tourner autour d'elle et s'incliner sur le côté, alors que le choc la frappait et lui donnait le vertige.

Troye était marié.

Il en aimait une autre.

Elle avait du mal à comprendre ces deux faits subits, et pour le moment il n'y avait en elle que confusion et stupeur ; la douleur et les larmes viendraient plus tard. Elle observa comme tout le monde les gardes qui l'emmenaient, se demandant ce qui allait lui arriver et combien de temps il resterait emprisonné dans les sinistres confins de la forteresse qui était connue sous le nom de la Tour.

Qui était la femme qui lui avait pris son Troye ?

Quelles que soient les réponses à ces questions, un fait demeurait — ses rêves étaient brisés.

4.

La nouvelle de la disgrâce de Troye de Valois se répandit à travers Londres comme un feu dévastant des champs asséchés par l'été. Elle ne connut pas de bornes et les gens du commun comme les nobles de la cour eurent vent de sa chute. Les épreuves finales du tournoi durent être annulées. Les tentes furent démontées, les lices aussi, et les marchands frustrés qui comptaient sur les riches profits du dernier jour du tournoi marmonnèrent sombrement. Sire Henry Raven supervisa le démontage de son pavillon et fit ses adieux à son fils.

— Prévenez-nous si vous avez besoin de quoi que ce soit, dit-il à Rupert.

— Et faites-nous savoir s'il y a des nouvelles de Valois, ajouta Remy St Leger, son attachement pour le jeune chevalier allant croissant en découvrant son imprudence pour l'amour d'une femme. J'aimerais être tenu au courant du sort de ce benêt.

Rupert hocha la tête et se pencha pour embrasser sa mère, puis pour étreindre sa sœur. Il nota la pâleur et le silence de cette dernière et posa une main sur son épaule.

— Est-ce que quelque chose ne va pas ?

Elle fit signe que non et saisit la bride de son cheval, se préparant à monter.

— Aide-moi, s'il te plaît.

Son frère la hissa sur sa selle d'amazone et l'observa pendant qu'elle arrangeait ses jupes, évitant son regard. Elle prit sa bride fermement en mains et se força à sourire tandis qu'il flattait l'encolure de son cheval et lui disait au revoir.

— Porte-toi bien, Rupert.

— Toi aussi, petite sœur.

Elle fit volter sa monture, prête à se ranger à côté de sa mère et de sa tante derrière les hommes, puis elle marqua une pause et lança à Rupert :

— Tout ira bien pour lui, n'est-ce pas ? Troye de Valois.

Rupert comprit alors d'où venait son chagrin et lui sourit gentiment.

— Oui, tout ira bien.

Il se rapprocha d'elle et lui fit signe de se baisser, pour pouvoir lui murmurer une confidence à l'oreille.

— La colère du roi était seulement une façade, pour sauver les apparences. J'ai ouï dire par un aide de camp proche de lui qu'il connaissait déjà le mariage, mais attendait que Troye se confesse. Au pire il passera trente jours dans la Tour et aura droit à une amende pour son inconduite, mais le roi le tient en haute estime pour son honnêteté et son courage et nul doute que tout ceci se tassera bientôt. Ne crains rien pour lui.

Ellie hocha la tête, rassurée pour Troye, mais ces nouvelles ne firent rien pour atténuer son chagrin. Puis elle dit au revoir et talonna les flancs de son cheval, se mettant au trot quand son père lui cria de se hâter.

Le trajet de retour au château d'Ashton, dans le Somerset, dura quatre jours. Et alors qu'ils lui parurent les plus longs de sa vie, tandis qu'elle luttait pour s'habituer au vide de son cœur, Eleanor apprécia le temps passé en selle qui la tenait occupée. Quand ils arriveraient chez eux, elle aurait tout le temps d'être seule avec ses pensées. Cette perspective l'emplissait d'une terrible mélancolie, car elle avait toujours eu de l'espoir pour l'avenir, un avenir qu'elle partagerait avec Troye, mais à présent tout espoir lui était arraché et il ne lui restait plus rien.

Elle avait beau être fatiguée par les longues heures de chevauchée sur les routes de campagne, par la chaleur estivale et la poussière presque insupportables, elle restait éveillée la nuit. Elle dormait dans une tente avec ses parents et écoutait ronfler son père, tandis que sa mère lui murmurait de temps à autre de se tourner. Elle se demandait où Troye dormait ce soir-là, s'il était toujours dans la Tour, s'il avait un lit confortable et s'il avait eu un repas… et alors des larmes coulaient en silence de ses yeux quand elle s'avisait qu'elle devait bannir toute pensée de lui, car il appartenait à une autre.

Toutefois, au fur et à mesure que les jours et les semaines passaient et qu'elle continuait à penser à Troye, son cœur n'acceptait pas aisément le ferme avis de son esprit. L'organe obstiné insistait pour que tout l'amour qu'il contenait soit réservé à un seul homme — Troye. Quoi qu'elle fasse, qu'elle travaille à une tapisserie avec sa mère, qu'elle distille des herbes avec sa tante Beatrice, qu'elle chasse au faucon dans les champs avec son père, des pensées de Troye ne cessaient de lui venir à l'improviste. Le soir il était la dernière image à son esprit, et la première quand elle se réveillait.

Ce qui rendait les choses encore plus dures à supporter, c'était qu'elle ne pouvait parler à personne de ses sentiments. Comment pouvait-elle avouer même à quelqu'un d'aussi compréhensif que sa propre mère qu'elle aimait un homme qu'elle connaissait à peine ? Un homme qui ne l'avait même jamais embrassée et qui était marié à une autre ? Elle souffrait au-delà de toute mesure de penser à lui avec cette femme inconnue, de se dire que pendant tout ce temps il l'avait aimée et qu'il n'y avait jamais eu aucun espoir qu'elle, Ellie, soit la femme qu'il aime. Elle se demandait comment était son épouse, cette juive, et en concluait qu'elle devait être très belle et très intelligente pour avoir capturé le cœur du champion du roi.

L'été laissa la place à l'automne et les feuilles séchèrent sur les arbres, couleur de bronze et d'or, avant de tomber sur le sol tout autour du château d'Ashton. Le vent se leva et les sombres nuages gris de l'hiver vinrent du nord, apportant avec eux les flocons d'une neige précoce. Ellie se retirait dans le silence et, bien que l'on notât qu'elle semblait avoir du chagrin, car son appétit diminuait grandement et ses yeux avaient perdu leur éclat téméraire, sa famille supposa que son frère lui manquait et qu'elle passait simplement par les sautes d'humeur qui affectaient les jouvenceaux lorsqu'ils évoluaient de l'enfant à l'adulte, de la jeune fille à la femme.

Ellie luttait de fait contre ses émotions, balançant d'un

jour à l'autre entre la détermination de tout oublier de Troye et l'attente désespérée d'un miracle qui les réunirait. Elle n'avait aucune idée de la façon dont cela pourrait arriver. Les jours où elle était décidée à briser l'emprise que Troye avait sur son cœur, elle badinait outrageusement avec tous les jeunes gens qui venaient au château d'Ashton, provoquant l'inquiétude de sa mère et le courroux de son père. Et quand ces jeunes gens s'en allaient, n'ayant même pas obtenu un baiser de l'impertinente jouvencelle qu'elle était, elle se retirait dans sa chambre. Là, elle se jetait sur son lit, secouée par des sanglots si violents qu'elle craignait que ses côtes ne se brisent. Elle avait beau faire des efforts, son cœur comparait tous les hommes à Troye et les trouvait terriblement décevants. Ils n'avaient pas l'allure de Troye, ne souriaient pas comme lui, n'avaient pas le timbre de sa voix ni son odeur masculine.

Ses tentatives de trouver un nouvel amour échouèrent et elle sombra dans la solitude, cherchant un baume pour son âme, convaincue qu'elle n'aimerait plus jamais. Convaincue que pour une raison inconnue elle devait attendre. Elle ne pouvait comprendre pourquoi elle éprouvait ce besoin obstiné d'attendre. Attendre quoi ? Troye ? Comment cela pouvait-il être ? demandait-elle aux étoiles quand elle se tenait devant la fenêtre ouverte de sa chambre et contemplait les cieux, le cœur douloureux.

Quand le printemps arriva, son père insista pour donner une grande fête avec de la musique et des danses afin de célébrer son dix-septième anniversaire, à la Saint-Georges. Il invita toute la noblesse locale, surtout ceux qui avaient des fils à marier. Mais à ce moment-là Ellie s'était résignée à la solitude et à un amour non partagé, et elle ne voulut rien avoir à faire avec aucun d'eux. Sire Henry fut courroucé par la perte de temps et d'argent, lorsqu'elle refusa même d'entendre parler des offres pour sa main dans les jours qui suivirent.

Ce fut dame Beatrice qui nota avec quelle impatience sa nièce courait vers tout messager apportant une lettre de Rupert, de Londres. Il n'échappa pas à son attention que c'étaient des nouvelles de Troye de Valois qu'Ellie attendait si impatiemment. Ils avaient ouï dire, bien sûr, que Troye avait été libéré de prison, n'ayant passé que dix jours enfermé. Le roi lui avait imposé une amende de cinq cents marks pour son insolence et l'avait banni de la cour pour un an. De fait, il l'avait renvoyé chez lui pour passer du temps avec l'épouse qu'il chérissait tant et pour qui il avait été prêt à tout risquer. Quand Ellie avait appris cela, elle avait été aussitôt soulagée que Troye soit sorti de prison et en sûreté chez lui, mais elle avait éprouvé de la jalousie mêlée à de l'admiration pour un homme qui pouvait aimer si tendrement une femme, même si cette femme n'était pas elle.

Dame Beatrice essaya de parler à sa nièce, de lui expliquer que le temps guérissait tout et que ses sentiments de chagrin et de rejet s'estomperaient ; qu'un jour Ellie rencontrerait un autre homme et que tout irait bien. Ellie se contentait de hocher la tête, de sourire et de se détourner. Il y eut peu de nouvelles après cela, sauf que Rupert — et donc Troye — partirent pour une campagne en Ecosse. Elle frémit de penser à ce qu'ils subiraient en se battant contre les Ecossais, qui, selon tous les rapports, étaient des barbares et des sauvages. Au bout de quelques mois Rupert envoya une note pour dire que Troye avait été grièvement blessé, qu'il avait été relevé de ses devoirs et renvoyé dans sa famille à York pour se remettre.

Eleanor fut surprise par la douleur qu'elle ressentit après tout ce temps, par son inquiétude pour lui et pour ses souffrances, et elle songea à l'épouse qui le soignait et veillait sur lui. Elle ne pouvait endurer de telles pensées. Elle essaya de les bannir en se vouant à des occupations de diverses sortes : soigner les plantes dans le jardin de simples que sa tante et elle avaient créé au château d'Ashton, ou, les jours de pluie, rester dans sa chambre à faire une copie de la Bible, chaque page étant magnifiquement décorée avec des enluminures recherchées. Elle travaillait avec diligence sous la conduite de leur prêtre, le frère Thomas, et il annonça combien il était satisfait de sa dévotion, commençant même à suggérer à sire Henry qu'il avait des espoirs qu'Ellie trouve sa vocation comme religieuse, au grand déplaisir de son seigneur.

Un autre hiver et un autre printemps passèrent, et alors survint un changement surprenant dans son existence solitaire. Remy St Leger arriva de Hepple Hill avec une nouvelle splendide et fort inattendue — Beatrice attendait un enfant. On célébra l'événement, car ils avaient gardé le secret jusqu'à ce qu'ils soient sûrs que Beatrice conserverait le bébé, et elle était déjà bien avancée dans son deuxième trimestre. Tout le monde se montra plein de joie, un enfant étant la parfaite bénédiction qui venait couronner l'amour que Remy et Beatrice partageaient depuis tant d'années. Une grossesse si tardive était risquée pour une femme de l'âge de Beatrice, mais tout était fait pour sauvegarder la santé de la mère et de l'enfant, et elle resterait à Hepple Hill jusqu'après la naissance.

Ellie décida qu'elle serait plus utile à sa tante si elle allait séjourner avec elle à Hepple Hill, et avec l'assentiment de ses deux parents elle partit quelques semaines avant la date prévue pour l'accouchement. Alors que Beatrice était forcée de rester couchée, frustrée et s'ennuyant ferme mais anxieuse de protéger la vie de son enfant à naître, Ellie prit en charge les tâches quotidiennes du château. Elle s'assura que sa tante reçoive chaque jour des repas frais et nourrissants, et supervisa tous les préparatifs pour la naissance et pour le bébé. Cela la tint occupée et l'aida à passer le temps, celui-ci étant l'élément essentiel pour guérir son cœur douloureux.

Quand le jour de la naissance arriva, le bébé naquit sans problème en dépit des craintes de Beatrice et de l'inexpérience d'Ellie comme sage-femme. C'était un beau garçon plein de vie, robuste et blond comme son père. Les parents transportés le baptisèrent Tristan.

Ellie ne put se résigner à quitter Hepple Hill et son doux petit cousin qui sentait si bon, jusqu'à ce que, le jour de la Saint-Georges, sire Henry se rende compte avec un choc que sa fille avait vingt ans et qu'elle n'était toujours pas mariée. Il la rappela aussitôt au château d'Ashton.

Presque au même moment, un messager arriva de Londres, avec une missive brève et autoritaire du roi. Il semblait qu'il éprouvait le besoin de se remarier et toutes les jouvencelles célibataires et convenables avaient l'ordre de comparaître à la cour. De ce fait, sire Henry devait y conduire sa fille Eleanor.

Eleanor remarqua que son père avait reçu plusieurs

autres lettres et qu'il semblait fort pensif, un léger froncement de sourcils sur le front tandis qu'il considérait les missives. Quelque chose se préparait, elle en était sûre, et ses soupçons se confirmèrent quand cet après-midi-là sire Henry partit pour Hepple Hill, clairement pour consulter son beau-frère.

Sire Henry s'engagea dans une conversation légère avec Beatrice, vanta ses gâteaux au miel, but le vin épicé qu'elle lui offrit, admira son neveu, mais finalement elle sentit la distraction de son frère et se retira, laissant les deux hommes avec leur vin, dans un compagnonnage chaleureux et confiant.

Remy étendit ses jambes devant lui, croisa les chevilles et jeta un regard acéré à Henry.

— Allons, dit-il avec un sourire, en désignant d'un signe de tête les quatre rouleaux de parchemin qu'Henry serrait dans sa main. Qu'est-ce qui vous tracasse, mon frère ?

Henry soupira, se leva et se mit à arpenter la pièce, tapotant les lettres contre sa cuisse avant de se tourner et de les brandir.

— J'ai reçu pas moins de quatre demandes en mariage pour Eleanor.

Remy se redressa dans son siège.

— Vraiment ? Eh bien, c'est une bonne nouvelle, car il est sûrement temps qu'Eleanor se marie. Et cela ne me surprend pas, considérant qu'elle est une belle et riche jeune femme. Pourquoi donc êtes-vous si troublé, mon ami ? Quoi que ce soit qui chagrine Ellie, sûrement que cette sottise a assez duré ?

— Oui, je ne pourrais être plus d'accord avec vous. Je

connais mes devoirs envers Eleanor et sais qu'elle a besoin de faire un bon mariage, avant qu'il soit trop tard et qu'elle ait passé l'âge des demandes.

Henry soupira.

— Aujourd'hui j'en ai reçu quatre, cinq si vous incluez le roi, et cependant… aucune ne me paraît souhaitable.

Levant les sourcils d'un air interrogateur, Remy attendit patiemment une explication.

— La première offre, continua Henry en levant la première lettre, vient de Taddeo Visconti, le comte italien de Florence. Un homme fortuné et titré, bien de sa personne et ni trop jeune ni trop vieux.

— Mais ?

— Mais… il y a quelque chose en lui qui me déplaît, quelque chose de brutal. Et je n'aimerais pas que ma… fille vive si loin de moi.

— Alors nous l'écartons. Il est refusé.

Henry soupira et hocha la tête.

— Oui, il est refusé. La deuxième offre vient d'Austin Stratford, un homme fort plaisant et fort aimable, mais sans titre et sans biens autres que ce qu'il gagne dans les tournois et reçoit du roi. Je crains qu'il ne cherche une riche héritière, et bien que cela ne soit pas à blâmer en soi, je doute qu'il rendrait mon Eleanor heureuse. Il n'a pas les moyens de la protéger et sa personnalité est telle qu'elle mènerait probablement la danse.

— Il est donc refusé aussi. Qui est le suivant ?

— Casper von Eckhart, le Hun.

Remy se redressa et souffla.

— Qu'il aille au diable ! Il la briserait en quelques jours et je n'apprécierais pas quelqu'un comme lui dans notre famille.

— En effet, accorda Henry.

Il se rassit, le front plissé pensivement.

— Et puis il y a Neville Talbot, qui de tous les points de vue constituerait un excellent parti. Il a une belle propriété et de la fortune. Il paraît doté d'un bon tempérament, et cependant…

Ses narines finement sculptées frémirent et Remy murmura :

— Et cependant j'ai ouï dire qu'il préfère les garçons.

Henry croisa le regard de son beau-frère et détourna les yeux. C'était un sujet difficile à prouver et jeter de telles accusations sur un chevalier serait une grave offense si elles se révélaient fausses. Mais il y avait des rumeurs et Henry ne pouvait y être sourd, pour le bien d'Eleanor.

— Vous êtes pris entre un rocher et une place incommode.

Remy se pencha en avant, l'air grave, les coudes sur ses genoux.

— Je me méfierais grandement de Casper von Eckhart. C'est un homme dangereux qui se sent insulté bien trop aisément. Votre refus devrait être exprimé avec les plus grands égards.

Henry leva les mains en un geste d'impuissance.

— Je suis pleinement d'accord avec vous. N'oublions pas le sort de sa dernière fiancée.

Pendant un long moment ils restèrent assis en silence, contemplant les flammes crépitantes et réfléchissant. Ils se souvenaient tous les deux de l'histoire d'une jeune femme du Kent dont von Eckhart s'était épris, mais il avait été repoussé par son père, un riche propriétaire terrien. Il avait alors enlevé la jeune fille et avait si vilement abusé d'elle qu'elle s'était jetée dans la mer d'une falaise avant qu'il puisse la traîner à l'autel. Le Hun était réputé pour avoir à sa solde une formidable force de lanciers, des soldats qui n'étaient plus employés par le roi et qui pouvaient donc être engagés par quiconque avait assez d'or pour acheter les services de leurs lances. Henry était inquiet à l'idée que sa propre garnison, décimée par de récentes guerres au pays de Galles et en Ecosse, ne soit pas suffisante pour repousser une attaque sur Ashton, ou même une embuscade. Il avait besoin qu'Eleanor épouse un chevalier assez puissant pour la protéger et protéger Ashton. Rupert hériterait du titre et des domaines, mais ce serait à leur avantage si sa sœur se mariait avec quelqu'un que l'on craindrait et qui pourrait se porter au secours d'Ashton si c'était nécessaire.

Henry contempla les quatre lettres qu'il tenait en fronçant les sourcils. Aucune d'elles n'était ce qu'il espérait, et Remy ne pouvait offrir que de piètres conseils. Tout ce qu'il put dire à son beau-frère fut :

— Un mari doit être trouvé à Eleanor, bientôt, mais soyez sur vos gardes.

— Oui, je partage entièrement votre avis. Et vous avez raison de dire que cette bêtise a duré assez longtemps. Sur ma vie, je ne puis imaginer ce qui tourmente la jouvencelle, mais je la marierai avant que l'été soit passé !

Ils restèrent silencieux un moment, puis Remy exprima ce qui était évident :

— C'est donc à la cour que vous irez.

Sire Henry grogna, peu enclin à la dépense et à l'inconvénient de transporter sa maisonnée à Londres. Mais Remy avait raison. Eleanor n'attirerait point d'offre convenable en restant à la campagne. Par Dieu, elle avait vingt ans et n'était toujours pas mariée ! Il manquerait à son devoir de protection s'il ne l'installait pas promptement dans un mariage convenable.

Il rentra au château d'Ashton, plongé dans ses pensées, et à son arrivée surprit sa femme en lui annonçant qu'elle devait préparer et empaqueter le nécessaire pour une visite à la capitale d'ici la fin de la semaine.

Il y eut un grand déploiement d'activité. Dame Joanna était aussi déterminée que son mari sur le fait que cette fois un parti serait trouvé pour Eleanor. Elle mit toutes ses couturières au travail, jour et nuit, afin de confectionner plusieurs cottes de velours très élégantes pour sa fille, dans des tons seyants de saphir et d'émeraude qui attireraient sûrement l'attention. D'un coffret fermé à clé et glissé sous son lit, elle sortit plusieurs bijoux, de beaux colliers et de délicats bracelets en or qui proclameraient l'appartenance d'Eleanor à une famille noble et fortunée, tout en rehaussant sa beauté naturelle.

Ils arrivèrent à Londres par une fin d'après-midi humide et maussade, au début du mois de mai. En tant qu'hôtes du roi on leur avait alloué une suite de pièces au palais de Westminster, et en tant que parents d'un garde personnel du souverain ces pièces avaient été fort bien meublées, avec des serviteurs pour pourvoir à tous leurs besoins.

La chambrière d'Eleanor défit ses bagages dans sa chambre pendant que ses parents se retiraient dans la leur, plus somptueuse, de l'autre côté de l'antichambre où ils se réuniraient durant la journée quand ils ne seraient pas dans la grand-salle. Elle se tint près de la fenêtre à petits carreaux et contempla, au-delà des pelouses en pente, l'éclat gris de la Tamise. Plus loin, elle pouvait voir les toits de la cité de Londres, mais tout cela lui paraissait étranger. Elle aurait de beaucoup préféré être chez elle, travaillant dans son jardin de simples ou à sa calligraphie. Mais pour contenter son père elle s'était pliée à sa volonté, ou, au moins, lui laissait penser qu'elle s'y était pliée.

Elle était bien consciente que sire Henry avait l'intention de lui trouver un prétendant ; même si elle ne lui opposerait pas d'obstacle, se montrerait docile à ses souhaits et épouserait sans protester le candidat choisi, elle n'y trouverait aucune joie. Avec un soupir, elle se détourna de la fenêtre et se lava les mains dans la cuvette d'eau chaude que la petite chambrière lui offrit. Puis elle s'assit pendant que ses cheveux étaient brossés et coiffés, un voile posé sur ses longues et brillantes mèches auburn et maintenu par un cercle en or.

Un coup frappé à la porte la tira de ses rêveries et elle leva les yeux quand l'huis s'ouvrit.

— Rupert !

Eleanor bondit de sa chaise et se précipita vers lui. Le frère et la sœur s'étreignirent, puis elle se recula pour le regarder. Il y avait plus d'un an qu'ils ne s'étaient pas vus. Il paraissait bien plus âgé, à ses yeux, que ses vingt-deux ans. Elle lui demanda comment il allait et il murmura brièvement qu'il allait bien, mais elle le connaissait et pouvait sentir sa profonde lassitude. Elle le gratifia d'une dernière étreinte et se plaça à côté de lui, après quoi ils se dirigèrent bras dessus bras dessous vers l'antichambre voisine. Là, leurs parents se levèrent avec des cris de joie en voyant leur fils, et un serviteur se mit à servir du vin et des gâteaux.

Ils s'assirent ensemble, Eleanor perchée sur le bras du fauteuil de Rupert, sa main posée avec affection et réconfort sur son épaule, formant de nouveau une famille. Ils rirent et bavardèrent, puis sire Henry s'avisa soudain que le souper allait bientôt être servi dans la grand-salle. Tandis que leurs parents se préparaient et faisaient des embarras pour un ruban défait par-ci et une dentelle déplacée par-là, Rupert arrêta Eleanor d'une main sur son bras et lui murmura d'un ton pressant à l'oreille :

— Il y a quelque chose que je dois te dire.

Mais il n'eut pas le loisir de le faire, sire Henry les bousculant, anxieux de ne pas offenser le roi en apparaissant en retard à sa table. Le moment fut perdu et ils suivirent les larges corridors dallés de pierre qui menaient à la salle des banquets. Ils croisèrent de nombreux autres invités et résidents à la cour — pas seulement des dames et des seigneurs privilégiés, des courtisans et des serviteurs, mais aussi des membres du conseil du roi et des hommes à l'allure militaire qui servaient dans l'armée royale.

Il y avait beaucoup de gardes dans leurs belles livrées et avec leur épée étincelante, qui peuplaient la grand-salle et surveillaient les lieux sans faillir. Eleanor les regarda, mais ils étaient tous jeunes et non familiers, il n'y en avait pas qu'elle connaissait ou dont elle se souvenait. Rupert avait été promu au rang de lieutenant et ses tâches étaient nombreuses et variées. Eleanor résolut de l'interroger à ce sujet, de l'encourager à lui confier ce qui le tourmentait. Elle avait une idée des tensions et des pressions d'une vie de soldat d'après ses lettres, mais elle sentait qu'il y avait autre chose.

A la fin du repas, sire Henry et dame Joanna eurent plaisir à retrouver des amis qu'ils n'avaient pas vus depuis quelque temps et Eleanor s'excusa, prétextant une migraine et demandant à Rupert de la ramener dans sa chambre. Il accepta avec empressement et ils quittèrent la grand-salle bruyante, surchauffée et brillamment illuminée pour s'engager dans un long corridor beaucoup plus frais, éclairé par intermittence par des torches vacillantes qui jetaient des ombres sur les murs et dont les flammes dansaient au moindre courant d'air.

— Vas-tu vraiment bien ? demanda gentiment Eleanor à son frère, tandis que leurs pas résonnaient à l'unisson et qu'ils bénéficiaient d'un moment de tranquillité. Je sens que…

Elle s'interrompit comme ils s'approchaient de trois hommes qui étaient en grande conversation, à voix basse, sur le côté du corridor et sous la lumière d'une torche. Quand ils passèrent, Eleanor remarqua que l'un du groupe était un chevalier qui portait l'uniforme de la garde personnelle du roi, et elle regarda son visage. Leurs yeux se croisèrent, et ils se reconnurent brièvement. Il était familier, et cependant il avait beaucoup changé. Son regard noir était toujours le même, ainsi que son beau visage, mais il y avait des différences subtiles. Ses cheveux sombres étaient striés de gris. Ses traits semblaient usés, mais elle ignorait si c'était par le temps, les rigueurs du climat ou par une autre cause ; en tout cas, il paraissait beaucoup plus âgé.

Même si elle avait l'impression que son corps se mouvait avec une infinie lenteur, elle ne s'arrêta pas. Elle s'imagina pousser un cri, relever à deux mains ses jupes qui tournoyaient autour de ses chevilles, se détourner et courir à lui, mais en réalité tout ce qu'elle fit fut de regarder en arrière par-dessus son épaule et de continuer à marcher. Il la regarda aussi, tournant légèrement la tête, ses yeux noirs la suivant tandis qu'elle passait, mais Troye de Valois ne fit pas un geste ni un signe vers elle.

Comme de très loin, elle sentit la main de Rupert sous son coude, qui la guidait et la soutenait. Il avait dû entendre qu'elle retenait son souffle, voir l'expression sur son visage quand elle se tourna vers lui, les yeux élargis.

— Je… je ne savais pas… qu'il serait là, balbutia-t-elle, sentant soudain son cou et ses joues s'enflammer sous l'effet de l'émotion qui la traversait comme un torrent. Je pensais…

Elle n'aurait su dire quelles pensées elle avait eues à propos de Troye, car alors qu'elle ne l'avait jamais oublié elle avait essayé de ne pas se souvenir de lui.

Rupert la fit se hâter, se dirigeant promptement vers l'intimité des pièces des Raven. Dès qu'il eut fermé la porte, il se tourna vers elle et déclara :

— J'ai essayé de te le dire tout à l'heure, de te prévenir que Troye était revenu à la cour.

— Depuis combien de temps ?

— Un an environ.

— Un an ?

Elle renversa brusquement la tête en arrière et le fixa.

— Pourquoi n'as-tu pas écrit pour me le dire ?

— Parce que…

Rupert hésita, anxieux de ne pas blesser sa sœur, mais conscient du fait qu'elle devait affronter la vérité.

— Parce que je craignais que si je te le disais tu ne veuilles pas venir à Londres.

— Mais pourquoi n'as-tu pas écrit il y a un an pour me dire qu'il était ici ? Qu'il allait bien et était remis de ses blessures ?

— Pourquoi ? répéta-t-il, le regard direct et la voix

ferme, mais douce. Tu n'as sûrement plus de sentiments pour lui après tout ce temps ?

Eleanor détourna les yeux, les doigts serrés, se sentant soudain épuisée. Elle se ressaisit et posa une question dont elle redoutait la réponse.

— Et sa femme ? Est-elle ici, aussi ?

Abruptement, Rupert s'avança vers elle et lui prit les bras, la fixant avec attention.

— Eleanor, tu ne sais pas ?

Alarmée par sa réaction, elle le contempla avec un froncement de sourcils.

— Que veux-tu dire ?

— Sa femme… elle est morte. Il y a deux ans. Je l'ai écrit à notre mère. Elle m'a répondu en disant que je ne devais jamais te le mentionner. Mais je supposais que tu avais été mise au courant, finalement.

Soudain, tout devint clair pour Eleanor. Son besoin profond, la patiente et inexplicable insistance de son cœur l'incitant à attendre. Et maintenant, enfin, cette attente était terminée. Elle lutta pour se libérer de Rupert et courut à la porte, ses jupes tourbillonnant dans sa hâte. Elle ouvrit brusquement, incertaine de là où elle devait aller ou de ce qu'elle dirait, mais son seul but à présent était de trouver Troye et de lui parler.

— Eleanor ! l'appela Rupert en s'élançant derrière elle.

Elle n'en tint pas compte, ses pieds frappant les dalles, son cœur tambourinant dans sa poitrine tandis qu'elle parcourait le corridor. Mais Rupert, plus grand et plus rapide qu'elle, la rattrapa au bout d'un moment et arrêta sa fuite en passant un bras autour de sa taille. Elle cria et se débattit contre lui, mais il la ramena fermement dans sa chambre et ferma la porte. Elle lui cria des paroles incohérentes et essaya d'atteindre le loquet, mais il lui barra le passage, l'attrapa par les épaules et la secoua jusqu'à ce qu'elle soit forcée de céder.

— Arrête ! Ce ne sera pas bon pour toi, Ellie. Il est aussi hors d'atteinte pour toi maintenant qu'il l'était ces dernières années.

Eleanor s'affaissa, son menton tombant sur sa poitrine tandis que des larmes brûlantes brillaient dans ses yeux.

— Je voudrais seulement lui parler. Le réconforter.

— Ce que tu feras ou diras ne fera aucune différence.

Il la tint dans ses bras quand elle s'appuya contre sa poitrine et lui tapota le dos comme il l'aurait fait pour une enfant, sentant combien elle était devenue mince et frêle.

— La mort de sa femme l'a détruit. Je suis certain qu'il n'aimera jamais personne d'autre. Oublie-le, Ellie, ce ne sera pas bon pour toi de te languir de lui.

Eleanor pleura, alors, pas pour elle-même, pas pour un amour qui ne pourrait jamais être, mais pour l'épouse qui avait été perdue, et pour Troye. Elle ressentait sa douleur et quand elle pénétra dans son cœur elle sut qu'elle n'avait jamais cessé de l'aimer, et qu'elle ne pourrait jamais abandonner cet amour.

Rupert la tint contre lui pendant qu'elle sanglotait, puis il essuya doucement son visage de ses pouces et lui murmura des paroles de réconfort et d'encouragement. Elle essaya de les absorber, mais la vérité était qu'elles ne la touchaient pas et ne l'influençaient pas, et quand Rupert, à regret, s'en alla pour retourner à ses devoirs, elle s'assit sur une chaise près du feu et regarda fixement devant elle. Elle était encore assise ainsi quand ses parents revinrent, mais elle prétexta simplement sa migraine et sa fatigue. Sa mère la contempla un long moment, toujours capable de discerner la moindre fausseté, mais, qu'elle sache ou devine ce qui tourmentait sa fille, elle ne fit aucun commentaire et l'embrassa pour lui souhaiter une bonne nuit, se retirant dans sa chambre quand son mari l'appela impatiemment.

Eleanor laissa la petite chambrière délacer sa cotte et la vêtir d'une chemise de nuit propre réchauffée avec un fer brûlant. Mais lorsqu'elle esquissa un geste pour brosser les cheveux d'Eleanor, celle-ci la congédia, prit sa brosse et se mit au lit. Cela la calma de peigner sa chevelure. Elle resta néanmoins éveillée de longues heures et finit par s'endormir quand le veilleur de nuit passa le long de la berge, balançant sa lanterne et criant que tout allait bien à minuit. Lorsque ses paupières se fermèrent et qu'une sombre léthargie la plongea dans le sommeil, elle résolut de suivre les conseils de son frère et d'oublier Troye de Valois.

Au matin, quand Eleanor s'éveilla et que la petite chambrière tira les lourds rideaux de brocart qui ornaient la croisée, un soleil éclatant pénétra dans la chambre et fit miroiter les parquets étincelants. Eleanor s'assit dans son lit, battant des cils et s'étirant, regarda le ciel qui était des plus bleus, et son cœur s'envola. Toutes ses intentions de la veille disparurent, et elle sut qu'elle devait chercher Troye et lui parler dès que possible.

Avec cette ambition à l'esprit, elle rédigea une note et demanda à la chambrière de la porter dans les quartiers de la garde personnelle du roi. La servante se montra réticente, mais avec la promesse d'un mark elle s'empressa de faire ce que sa maîtresse souhaitait. Eleanor rompit son jeûne avec les tartes au fromage blanc et le lait chaud qu'elle lui avait laissés sur un plateau, puis se mit en quête de sa cotte la plus seyante. Elle devait être à son mieux quand Troye viendrait la voir. Elle attendit impatiemment le retour de la chambrière, et quand le temps passa et que sa mère arriva, lui souhaitant le bonjour et la pressant de s'habiller si elles voulaient visiter Londres et les marchés avant que le beau temps ne s'estompe, elle commença à s'irriter contre ce délai. Le fait que la servante mette si longtemps à remettre son message à Troye et à recevoir sa réponse ne présageait rien de bon.

Alors qu'elle pensait qu'elle ne pourrait plus contenir l'impatience de sa mère, la chambrière revint enfin. Elle murmura à Eleanor que le message avait été remis, mais, bien qu'elle ait attendu, aucune réponse n'avait été donnée. Eleanor sentit ses joues s'empourprer ; elle était à la fois déçue, embarrassée et perplexe. Visiblement, Troye ne souhaitait pas lui parler. Mais pourquoi ? Quel mal cela lui ferait-il d'échanger quelques mots avec elle ?

Elle remercia la servante et lui donna la pièce promise, puis entreprit de s'habiller et de se rendre présentable pour l'excursion à Londres. Juste comme elles partaient, elle murmura à la petite chambrière qu'elle devrait retourner plus tard dans les quartiers de la garde et attendre une réponse, mais elle la prévint fermement : sous aucun prétexte son frère Rupert ne devait être mis au courant ou interférer dans sa mission. La servante parut dubitative. Du coup, Eleanor hésita et s'interrogea sur la sagesse de sa requête, mais elle ne pouvait tout simplement pas tourner le dos à l'entreprise qu'elle préparait depuis si longtemps.

*
* *

Elle endura une journée pénible, et elle remarqua à peine les marchés, les rues, les sons et les odeurs que ses parents trouvaient si fascinants. Tout ce qu'elle souhaitait était rentrer au palais et courir à sa chambrière pour savoir quand Troye viendrait la voir. C'est ce qu'elle fit dès qu'elle mit un pied dans sa chambre, mais, à son chagrin, la servante secoua la tête. Il n'y avait toujours pas de réponse de Troye.

Eleanor sentit son cœur se serrer douloureusement devant ce rejet cruel. Elle essaya de mettre les choses en perspective — après tout, cela faisait des années qu'ils s'étaient rencontrés et peut-être n'avait-il aucune idée de la personne qui voulait lui parler. Ou alors, chercha-t-elle à se convaincre, Troye était soucieux de sa réputation et ne voulait pas la compromettre par un rendez-vous secret. Oui, c'était sûrement cela, se dit-elle en souriant, déterminée à croire que Troye ne faisait que ce qui était honorable et valait mieux pour elle.

Ce soir-là, ils devaient assister à un banquet dans la grand-salle et elle serait présentée au roi. Elle résolut de garder les yeux ouverts pour apercevoir Troye et, d'une manière ou d'une autre, trouver un moment pour lui parler. Sur l'insistance de sa mère, elle s'allongea pour se reposer dans l'après-midi et s'endormit en s'imaginant trouver les mots justes, les bons sourires et les bonnes expressions pour approcher Troye.

Quand elle s'éveilla, le soleil se couchait dans une féerie de couleur abricot et des nuages roses parcouraient le ciel. Elle s'arracha à la chaude tranquillité du sommeil et choisit une cotte de velours bleu nuit qui mettait en valeur ses courbes gracieuses et sa peau claire, ainsi que ses cheveux auburn. Elle fixa autour de son cou l'un des brillants colliers de sa mère, en or et diamants, qui accentuait la minceur de sa gorge et le fait qu'elle était une femme adulte et plus une jouvencelle. Elle avait confiance que, ce soir-là, sa vie changerait pour le mieux : tout ce qui avait été perdu lui serait maintenant donné.

5.

Depuis la mort de sa reine bien-aimée, Eleanor de Castille, neuf ans plus tôt, le roi Edward avait poursuivi son chemin morose dans la vie avec une détermination entêtée, concentrant son attention sur les guerres avec ses voisins, en Ecosse et en Gascogne. A présent, alors que le printemps s'épanouissait, la rumeur courait qu'il éprouvait l'envie de prendre une autre épouse, les plaisirs et les conforts du mariage étant difficiles à ignorer pour un homme de sa nature.

Il y avait des dizaines de dames bonnes à marier présentes ce soir-là, sous le regard vigilant et complice de leur famille, ainsi que plusieurs émissaires étrangers qui apportaient des portraits, tous espérant conclure l'union la plus illustre d'Europe.

Le vaste déploiement de dames et de gentilshommes richement habillés était un spectacle admirable. Eleanor pénétra dans la grand-salle au bras de son frère, derrière leurs parents. Le roi était assis sur un trône sculpté, sur une estrade tendue de velours pourpre qui s'élevait de plusieurs pieds au-dessus de la salle, pour qu'il puisse avoir une bonne vue de l'assemblée. A côté de lui siégeait son fils, le jeune prince Edward de Galles, âgé de quinze ans, qui avait l'air ennuyé et embarrassé. Comparé à son père, le prince était un peu fade et n'avait pas la carrure robuste d'un soldat — des faits qui étaient dûment notés par son belliqueux géniteur, lequel ne prenait pas la peine de cacher son mépris pour le jouvenceau.

Eleanor accepta une coupe de vin de sureau d'un serviteur et jeta un regard autour d'elle en quête de Troye. La salle était si bondée qu'elle pouvait voir très peu de chose à part les gens qui l'entouraient. Il ne fallut pas longtemps avant qu'un officier de la cour vienne trouver son père et lui murmure quelque chose à l'oreille. Avec intérêt, elle observa sire Henry qui écoutait avec attention, puis jeta un coup d'œil dans sa direction. Elle se redressa quand elle le vit venir vers elle avec l'officier et sa mère.

— Vous avez été appelée à rencontrer le roi.

Elle s'avança docilement entre ses parents qui suivaient le messager du roi, et ils se frayèrent un chemin parmi la foule des invités jusqu'à l'estrade située au fond de la salle.

Suivant l'exemple de sa mère, Eleanor plongea dans une profonde révérence, la tête baissée. Puis elles se relevèrent et elle leva prudemment les yeux, ne pensant à rien sinon à essayer d'éprouver les émotions de respect et d'admiration qu'elle devait au souverain. Il lui parut très vieux, avec des cheveux d'un blanc de neige, même s'il était un grand homme, presque aussi grand que son oncle, avec de longs bras et de longues jambes. Elle n'aima pas la façon dont il la scruta, d'un regard acéré qui l'évaluait et se promenait sur elle comme s'il étudiait les meilleurs atouts d'un cheval. Il ne rencontra pas ses yeux et ne lui parla pas, puis il se tourna vers son fils et se pencha vers lui pour lui murmurer quelque chose à l'oreille. Le jouvenceau la regarda avec les joues très rouges, et Eleanor se demanda quel commentaire avait fait son père pour causer une telle réaction.

Elle laissa alors courir son regard et remarqua les chevaliers qui se tenaient derrière le roi et à côté de lui. Ils portaient une cotte de mailles ; autrefois ceci aurait été un spectacle inhabituel dans une salle de banquet, mais les attaques persistantes contre la vie du roi ne laissaient aucun doute que toutes les mesures étaient prises pour le protéger, même de ses propres sujets. Eleanor compta huit chevaliers, rangés par quatre de chaque côté de l'estrade. Ils étaient vêtus de manière identique, et superbement, avec des surcots écarlates et des chausses bleues, un haubert et une épée à la ceinture. Ils se tenaient immobiles, à l'exception de leurs yeux qui se déplaçaient constamment avec vigilance, scrutant la foule et guettant tout mouvement subit ou anormal. Eleanor porta son regard sur leur visage et nota que certains d'entre eux étaient très beaux, puis son cœur tambourina dans sa poitrine et elle retint son souffle quand ses yeux rencontrèrent ceux de Troye de Valois.

Il la considéra d'un air impassible, sans la moindre étincelle de reconnaissance ou d'émotion. Songeant aux messages qu'elle lui avait envoyés, elle sentit ses joues s'embraser. Elle le fixa et souhaita qu'il la regarde avec attention, qu'il la remarque, et fut irritée qu'il paraisse insensible à sa présence. La nuit précédente, elle n'avait eu qu'un bref moment pour le voir tandis qu'ils passaient dans le corridor, mais, ce soir-là, elle disposait de plus de temps et elle fut de nouveau choquée de voir combien il avait changé. La lumière avait disparu de ses yeux et il accusait son âge alors que, malgré leurs années d'écart, il lui avait jusqu'alors toujours paru très jeune. Mais ses cheveux argentés ne le lui rendaient que plus séduisant, et son visage mince, aux traits accusés, témoignait des épreuves qu'il avait subies et ne voulait pas révéler. Elle mourait d'envie de tendre la main vers lui, de l'appeler par son nom, de toucher son coude et de lui murmurer : « Je suis là, prête à vous écouter, et vous pouvez pleurer sur ma poitrine. » Mais, bien sûr, elle ne pouvait faire une chose pareille et elle devait rester aussi muette et lointaine que lui.

Soudain, elle se rendit compte que sa mère lui tirait le coude. D'un claquement de doigts, le roi les avait congédiés, marmonnant à un confident qu'une Eleanor dans sa vie était sûrement assez. Ils reculèrent, s'éloignant de la royale présence. Eh bien, pensa Eleanor avec une vive indignation, elle mettrait longtemps à oublier une expérience aussi humiliante ! Ce fut avec soulagement qu'elle regagna avec ses parents l'autre bout de la salle, où leurs amis les attendaient, conversant légèrement avec leurs voisins et observant la jeune génération qui tournoyait en une farandole.

Rupert avoua qu'il était affamé, et ensemble ils se mirent en quête de nourriture. Ils trouvèrent dans une pièce voisine des tables qui croulaient sous le gibier rôti, les poissons au court-bouillon, les tourtes et les fromages, ainsi que des gelées, des meringues et des gâteaux aptes à tenter le plus maigre des appétits. Ils retournèrent dans la grand-salle les mains pleines et Eleanor resta debout avec une cuisse de poulet rôti dans une main et une coupe de punch dans l'autre. Mal à l'aise, elle remarqua les regards qui se dirigeaient vers elle et se pencha vers son père pour lui murmurer :

— Pourquoi les gens me regardent-ils ainsi ? Ai-je

quelque chose coincé entre les dents ? Ou mon voile est-il de travers ?

Sire Henry, qui mâchait un morceau de gibier, l'examina avec soin et secoua la tête.

— Je ne vois rien qui ne va pas.

Il se tourna pour regarder autour de lui et nota les hommes qui contemplaient Eleanor, certains avec un intérêt évident, d'autres un peu plus discrets et courtois. Il y avait Taddeo Visconti, le noble Italien de Florence, les yeux ombrageux sous ses épais sourcils. Et un peu plus loin Neville Talbot. Appuyé aux lambris de la salle se trouvait également Casper von Eckhart, avec sa tête blonde rasée et ses yeux bleus glacés qui scrutaient Eleanor avec une expression grivoise qui lui déplut grandement. Il lui vint à l'esprit que tous ces hommes avaient demandé la main d'Eleanor, et il jugea bon d'en prévenir la jeune fille.

Discrètement, à voix basse, il lui désigna et lui nomma tour à tour ses soupirants, pour qu'elle soit sur ses gardes. Eleanor fut stupéfaite, mais elle eut la sagesse de ne pas montrer ses sentiments. C'était pour cela qu'on l'avait amenée à Londres, mais la vague idée du mariage avec un gentilhomme inconnu et la réalité étaient deux choses bien différentes. Elle ne savait pas que penser, ni comment réagir. Soudain, elle posa ce qu'elle mangeait et buvait et prit le bras de son frère.

— Dansons, Rupert, le pressa-t-elle. Profitons de notre soirée et ne soyons pas maussades.

Il sourit, heureux d'encourager ce changement d'humeur chez sa jeune sœur. Depuis trop longtemps maintenant ses devoirs de soldat étaient un fardeau sur ses épaules, même si elles étaient larges et fortes, et il accueillit volontiers ce léger répit.

Ils rejoignirent des couples qui dansaient une gigue et s'abandonnèrent à la musique. Eleanor ne put résister à l'envie de voir si Troye les observait, mais elle le perdit bientôt de vue tandis que Rupert et elle s'éloignaient dans la salle. Ses résolutions étaient faussées par ses émotions, et alors qu'un moment elle décidait de mettre ses sentiments pour Troye de côté et de profiter de la compagnie, le suivant elle était agacée par les attentions des nombreux jeunes gens qui recherchaient ses faveurs. Elle fit de son mieux pour leur accorder de la considération, mais, comme toujours, ils ne purent retenir son intérêt qui se porta de nouveau vers celui qui ne cessait de l'attirer, comme une fleur vers le soleil — Troye de Valois.

Il avait quitté l'estrade royale et, les mains sur les hanches, conversait avec un autre chevalier. Elle ne put en supporter davantage ; elle décida de lui parler dès que la danse serait terminée. Elle héla un jeune page et lui murmura un message à l'oreille, demandant à Troye de la retrouver dans la roseraie dès que possible.

Il ne fut pas facile d'échapper à la surveillance de sa famille, mais elle y parvint pendant que Rupert dansait avec une jolie blonde dont les yeux bleus et le sourire timide le désarmaient, et que ses parents s'étaient éloignés pour se restaurer.

Ses pieds chaussés de pantoufles frappèrent doucement les dalles du corridor tandis qu'elle courait, tenant ses jupes à deux mains pour empêcher les plis du velours d'entraver ses chevilles. Des torches brillantes jetaient une lumière ambrée dans le couloir entre deux portions obscures. Elle arriva enfin à la porte ouverte qui donnait dans la cour plantée d'herbe et de massifs de roses rouges et roses. Par cette soirée printanière éclairée par la lune, le parfum suave et entêtant des roses accueillit Eleanor quand elle mit le pied dans l'herbe, regardant autour d'elle dans l'ombre, se demandant si Troye avait reçu son message, s'il viendrait, ce qu'elle dirait…

Soudain, une main sortit de l'obscurité et lui saisit le coude. Elle retint une exclamation et essaya instinctivement de s'écarter, jusqu'à ce que Troye lui murmure de se tenir tranquille. Elle poussa un soupir de soulagement et se tourna pour lui faire face tandis qu'il l'entraînait dans un coin, les pierres du mur encore chaudes de soleil. Le clair de lune tombait sur son visage et elle fixa les yeux sur son nez fin et son beau menton, mais elle ne put voir son expression. Il la tenait à présent par les deux bras et elle fut surprise quand il la secoua sans douceur.

— Que cherchez-vous, jouvencelle ? demanda-t-il d'un ton dur. Vous ne devriez pas m'envoyer un message comme celui-là. Ne vous souciez-vous point de votre réputation ?

Eleanor levait les yeux vers lui, consciente de la chaleur de son corps, de ses épaules larges et musclées, de ses doigts durs qui s'imprimaient dans la chair tendre de ses bras, mais elle ne tenta pas de se libérer.

— Je… je voulais juste vous parler. Il y a si longtemps…

Il souffla.

— Arrêtez. Il n'y a aucun lien entre nous, alors ne vous ridiculisez pas par des confessions que je n'ai nulle envie d'entendre.

Elle retint son souffle, choquée par la brutalité de sa réponse. Mais il avait beaucoup souffert et elle devait se montrer compréhensive, non ?

— Néanmoins, insista-t-elle d'une voix tendue, je me rappelle des épées tout près de ma tête et je vous suis éternellement reconnaissante, et en dette envers vous, car vous m'avez jadis sauvé la vie.

Elle se pencha vers lui et, avec une grande audace, elle se haussa sur la pointe des pieds et pressa ses lèvres sur sa joue rugueuse.

Elle entendit qu'il inspirait vivement, mais sa réaction fut inattendue. Il resserra encore l'emprise de ses doigts et il la poussa contre le mur, agrippant ses poignets tandis que son corps s'appuyait durement et lourdement contre elle.

— Par tous les diables, que voulez-vous ? demanda-t-il d'une voix rude. Seriez-vous de fait une fille délurée, Eleanor ? N'avez-vous jamais écouté les conseils de personne ?

— Je n'avais pas l'intention…, protesta Eleanor, mais ses paroles furent interrompues.

— Je puis voir ce qu'il y a dans vos yeux, quand ils me suivent dans la grand-salle. Est-ce ce que vous voulez ? lança-t-il en lui prenant le menton dans ses doigts et en relevant son visage.

Il abaissa la tête et sa bouche s'abattit sur la sienne, étouffant son petit cri entre ses lèvres. Sa mâchoire rugueuse égratigna sa peau tendre et elle put sentir et goûter une odeur virile et musquée, mêlée de vin. Un léger son s'échappa de sa gorge serrée et elle se débattit pour libérer ses poignets de son emprise. Puis soudain il relâcha son étreinte, ses bras glissèrent autour de sa taille, l'attirant à lui, et il l'embrassa de nouveau, la bouche tendre cette fois.

— J'avais oublié, murmura-t-il en pressant les lèvres dans son cou et en inspirant un moment le doux parfum de sa peau.

Ses mains remontèrent sur les côtes d'Eleanor et atteignirent la courbe de ses seins, les recouvrant, en soupesant le poids dans ses paumes, tandis que ses pouces en caressaient habilement les pointes.

Eleanor réprima une nouvelle exclamation et leva la tête, essayant de voir son visage, ses yeux.

— Qu'aviez-vous oublié ? murmura-t-elle.

— Le contact d'une femme.

Ses mains glissèrent le long de son dos et s'emparèrent de son postérieur, la serrant contre lui. Elle poussa un petit cri, s'agrippant à son surcot. Il s'avisa de son choc, du fait qu'elle n'avait aucune expérience des hommes et de leur lubricité — nul doute que c'était son premier baiser —, et il jura doucement.

Soudain, il la lâcha et elle retomba contre le mur. Son corps lui semblait vibrant et en feu, il tremblait et était douloureux, si sensible aux nouvelles sensations que ses doigts masculins éveillaient partout où il l'avait touchée, mais son esprit lui soufflait d'être prudente, car elle connaissait assez bien les limites qui existaient entre un chevalier et une dame.

— Retournez dans la grand-salle, ordonna-t-il. Avant qu'on nous voie.

Ce fut tout ce qu'il dit. Il n'y eut pas de doux mots d'amour ni même d'excuse de la part de Troye. Eleanor sentit des larmes lui piquer les yeux. Elle renifla et, avant d'attirer plus de honte sur elle, elle saisit ses jupes et s'enfuit.

Elle ralentit quand elle arriva dans le corridor et trouva une alcôve obscure où arranger ses cheveux et ses habits, où essuyer le goût de la bouche de Troye sur ses lèvres et chasser les larmes brûlantes qui coulaient sur ses joues. Elle ne pouvait laisser personne la voir dans un tel état, car on lui poserait des questions et elle n'avait pas l'intention de dire à quiconque, jamais, ce qui s'était passé entre elle et

Troye de Valois. Elle resta un long moment où elle était, l'esprit en proie à la confusion, à la douleur et au désir.

Tandis qu'elle se tenait dans l'ombre, elle entendit des voix échauffées par une discussion animée, venant d'un couple qui approchait. Elle reconnut les voix de son père et de sa mère, mais, au lieu de sortir à la lumière et de se faire reconnaître, un instinct la poussa à se renfoncer davantage encore. Elle n'aurait pas dû les espionner, mais les mots qui atteignirent ses oreilles la figèrent sur place.

— Je ne comprends pas votre raisonnement, Hal ! Sûrement, par tout ce qui est saint, il vaudrait mieux garder Eleanor ici, en Angleterre, en sûreté derrière les murs du château d'Ashton !

Son père soupira. Il lui tournait le dos, les mains sur les hanches dans cette attitude belliqueuse qu'elle connaissait si bien.

— Ne discutez pas, Joanna. Ma décision est prise. Je n'ai pas aimé la façon dont von Eckhart a réagi quand je lui ai dit que je ne pouvais pas accepter son offre. Je pense qu'Eleanor sera plus en sécurité si elle va en Aquitaine pour l'hiver. Et, si cela peut vous réconforter, Remy m'approuve entièrement. De fait, c'est son idée.

— Vraiment ! répliqua sa mère. Eh bien, je ferai savoir à ce nigaud ce que j'en pense.

— Vous devenez hystérique. Calmez-vous.

Eleanor fut surprise de voir sa mère taper du pied, et dissimula un sourire derrière ses doigts. Mais elle se figea de nouveau quand son père regarda autour de lui.

— Ne vous permettez point de me parler sur ce ton, Henry Raven ! Je ne suis pas une sotte enfant à qui l'on peut donner des ordres comme…

— Par le ciel, je ne vous ai jamais prise pour telle !

— Dites-moi la vérité, le défia Joanna. Dites-moi la vraie raison pour laquelle vous éloignez Eleanor.

— Je vous l'ai dite.

— Non ! La vérité, Hal !

Et elle répondit à sa place, dans un murmure farouche.

— La vérité est que vous l'éloignez parce qu'elle est de moi, et pas de vous.

— Sornettes !

Eleanor fronça les sourcils, une cloche d'alarme depuis longtemps oubliée résonnant faiblement dans son esprit aux paroles de sa mère.

— Vous l'éloignez parce qu'elle est la fille de Richard Blackthorn et que vous craignez ce qu'elle pourrait devenir !

— Arrêtez cela !

La voix de son père contenait une note de colère et d'avertissement.

— Mais je la portais dans mon sein quand il est mort dans les marches du pays de Galles et elle n'a jamais posé les yeux sur lui !

— Joanna, je vous prie d'arrêter. Et baissez la voix, pour l'amour du ciel. Ce sont des choses que nous ne voulons pas voir entendues. Venez, allons chercher Eleanor, elle s'est absentée trop longtemps pour une simple visite aux commodités.

Eleanor se recula avec la chair de poule, tant elle était glacée d'horreur. Son sang s'était figé dans ses veines. Qu'avait voulu dire sa mère ? Qui était Richard Blackthorn ? Elle se rappela le tournoi à Londres, tant d'années auparavant, et les étranges mots de son père quand il l'avait frappée avec la cuillère de bois. Elle avait craint alors qu'il ne soit pas son père, mais l'affaire avait été étouffée par son amour non partagé pour Troye. A présent, réprimant une exclamation de choc et d'incrédulité, elle s'affala contre le mur de pierre, les yeux élargis par le désarroi.

Ses parents continuèrent leur chemin pour retourner à la grand-salle. Dans le silence qui suivit leur départ, Eleanor écouta les battements forcenés de son cœur et sa respiration rapide et saccadée. Que faire ? Elle devait trouver son frère, lui dire ce qu'elle avait entendu… Connaissait-il déjà ce Richard Blackthorn ? Elle était sûre que si c'était le cas il ne lui aurait rien dit, pour lui éviter du chagrin. Mais s'il savait, maintenant il ne pouvait plus la protéger de la vérité.

Elle sortit lentement et avec précaution de sa cachette, regarda des deux côtés dans le corridor et courut vers la grand-salle. Elle chercha Rupert des yeux, mais ne le vit nulle part. Finalement, elle trouva la jeune dame avec qui il avait dansé et celle-ci l'informa, à regret, que Rupert avait été appelé à l'armurerie.

Eleanor était déterminée à trouver Rupert et à ce qu'ils découvrent ensemble la vérité, quelle qu'elle soit. Elle ne savait pas où se situait l'armurerie, mais elle se dirigea en hâte vers une partie moins fréquentée du palais qui devait, d'après elle, abriter ce genre d'endroit. Après avoir parcouru un moment des corridors sans fin, elle devint nerveuse et fit demi-tour, anxieuse de retrouver l'abri sûr de sa chambre pour s'asseoir et réfléchir. Elle écrirait une note et enverrait un serviteur, car l'armurerie n'était pas un lieu pour une femme.

Elle s'avisa alors que son sens de l'orientation l'avait trompée, tandis qu'elle longeait des corridors qui ne lui étaient pas familiers et qui ne semblaient pas conduire à sa destination. Quand, enfin, un gentilhomme lui apparut, elle s'arrêta. L'urgence de sa quête et le choc de ses récentes expériences durent sévèrement affecter son jugement, car sinon elle n'aurait pas osé parler seule avec cet homme. Mais elle avait déjà prononcé sa question quand elle reconnut le Germain, Casper von Eckhart, celui aux froids yeux bleus et à la tête rasée, qui apparemment avait demandé sa main.

— Excusez-moi, messire, je cherche mon frère, Rupert Raven d'Ashton, lieutenant dans la garde personnelle du roi. Sauriez-vous où se trouve l'armurerie ?

Le Hun baissa les yeux sur son visage levé, et sourit lentement.

Troye écouta les pas d'Eleanor et ses sanglots résonner et diminuer dans le corridor, tandis qu'elle courait vers la grand-salle. Il desserra les poings et relâcha son souffle en un lourd soupir. Il n'avait pas besoin de l'adoration de sottes jouvencelles, mais il n'avait pas envie non plus de les blesser. Il n'aurait pas dû l'embrasser comme il l'avait fait, si rudement. Il pouvait encore sentir le goût de sa peau douce sur ses lèvres. Il se détourna vivement ; il devait la rejoindre, s'excuser, mais sur les marches il hésita. Ses excuses seraient mal interprétées et les espoirs d'Eleanor encouragés, alors qu'il n'y avait pas le moindre espoir pour elle. Car il ne pouvait l'aimer, ni aucune autre femme. Le faire n'aboutirait qu'à ouvrir une fenêtre dans son cœur et à laisser pénétrer le soleil, et dans l'endroit sombre et froid qu'était sa poitrine toute la douleur enfouie depuis deux ans serait ranimée. Il ne pouvait pas aimer de nouveau.

Au lieu de suivre Eleanor, il s'éloigna de la lumière et du bruit de la grand-salle surpeuplée et alla chercher le réconfort de sa chambre, une pièce qu'il partageait avec quatre autres chevaliers. Il y trouva sire Lindsay Crawford qui se prélassait devant le feu, serrant une timbale de cervoise sur sa poitrine et plongé dans la contemplation des flammes et de ses propres pensées. Troye s'assit sur une chaise de bois face à lui et lui murmura un bonsoir.

Lindsay leva des yeux tourmentés.

— Quoi donc, vous n'êtes pas dans la grand-salle avec toutes les damoiselles occupées à folâtrer ?

Troye secoua la tête.

— Vous non plus, remarqua-t-il.

Avec un soupir dramatique, Lindsay avoua :

— Je ne puis contempler son joli visage et savoir qu'elle n'est pas à moi.

Troye souffla et dissimula son amusement.

— Et quelle damoiselle a retenu votre volage attention ce soir ?

Il savait fort bien que Lindsay aimait regarder les femmes, et que dès qu'il en avait charmé une, une autre prenait sa place.

— Voyons, répondit le chevalier, peut-il y avoir dans le royaume une jouvencelle aussi ravissante qu'Eleanor d'Ashton ?

Il se redressa, puis se pencha vers Troye, la mine sérieuse.

— Elle est si belle, si charmante…

Troye détourna les yeux et les fixa durement sur le feu.

— Oubliez-la, dit-il sombrement. Elle est hors de portée de vos rêves et de vos moyens.

— J'ai ouï dire que son père cherche à la marier.

— Certes. Mais il cherche une bonne union, pas un désastre. Vous n'avez rien à lui offrir.

— J'ai ma personne, et un cœur sincère.

Troye rit et saisit une timbale, se servant de la cervoise avec le pichet posé par terre.

— Ce n'est pas suffisant. Je pense que sire Raven a à l'esprit de marier sa fille à du pouvoir et de la fortune. Pas à des bêtises d'amourette.

— L'amour n'est pas une bêtise. Il est tout. Car sans l'amour qu'est un homme ? Juste une coquille vide…

Lindsay mesura son impair quand le visage de Troye s'assombrit et il se détourna de lui.

— Je veux dire…

— Je sais ce que vous voulez dire, coupa Troye en changeant promptement de sujet. J'ai l'intention de dompter ce nouvel étalon, demain. Puis-je emprunter votre heaume ? Le mien est chez le forgeron, pour y être décabossé.

Ils parlèrent de chevaux, d'armes et de guerre. Ils furent rejoints par sire Austin, puis par sire Neville. On envoya un écuyer chercher un autre pichet de cervoise et la réunion devint bruyante, tandis que les chevaliers partageaient une camaraderie détendue. Ils se connaissaient bien, que ce soit à la bataille ou à l'entraînement, quand ils s'adonnaient aux plaisirs de la vie dans le meilleur des cas ou quand ils enduraient les rigueurs de la guerre — les blessures et même la mort. Mais durant la conversation Troye resta silencieux, les yeux rivés sur le feu. Ses compagnons n'y trouvèrent rien d'inhabituel, car ils connaissaient tous le chagrin qui l'habitait et aucun ne voulait le forcer à être différent. Toutefois, il se leva soudain et posa sa timbale. Les autres lui jetèrent un coup d'œil de côté.

— Il y a une affaire dont je dois m'occuper.

Il sortit à grands pas de la chambre, se rendant compte qu'il avait mal agi avec Eleanor et qu'il devait s'excuser de sa conduite avant la fin de la soirée. Il longea vivement le corridor, avec l'intention de la trouver dans la grand-salle et de la conduire discrètement dans une alcôve tranquille où ils pourraient parler en privé.

Casper von Eckhart s'inclina et offrit son bras à Eleanor en souriant.

— Venez, *fraulein*, je vais vous mener à lui.

— Merci.

Ils se mirent à marcher et Eleanor l'étudia du coin de l'œil. Il n'était pas aussi grand que Rupert ou Troye, mais il était massif et très musclé. Elle sentait sous sa main la force nerveuse de son bras. Il semblait être un beau gentilhomme, à première vue, mais en y regardant de plus près elle discerna quelque chose d'autre, quelque chose qui la mit mal à l'aise. Ce n'était pas la ligne fine de sa bouche, ni le bleu perçant de ses yeux, mais soudain tous ses instincts s'éveillèrent et des cloches d'alarme sonnèrent à ses oreilles. Elle essaya de trouver une excuse, de se libérer du bras qui retenait le sien, de prétendre qu'elle savait où trouver Rupert, mais il ne voulut pas la lâcher.

— Je proteste, messire ! s'exclama-t-elle en rassemblant son courage. Veuillez lâcher mon bras !

Pour toute réponse, il se contenta d'ouvrir la porte d'une chambre voisine et de la pousser à l'intérieur, refermant brusquement derrière lui. Eleanor cria, grandement alarmée. Elle se redressa de toute sa taille et haussa un sourcil pour donner une impression de bravade. Ils se dévisagèrent en silence, tous deux pleinement conscients que les intentions du chevalier étaient loin d'être honorables. La rougeur de la colère envahit le visage d'Eleanor. Elle pinça les lèvres, le regarda dans les yeux et déclara d'une voix dure et froide :

— J'insiste pour que vous ouvriez la porte.

Il secoua la tête et s'inclina devant elle.

— Mes excuses pour cette cour abrupte, *fraulein*, mais votre père a refusé ma demande en mariage. Et je ne suis pas homme à accepter aisément les refus.

Il fit un pas vers Eleanor et elle recula d'autant.

— Je ne sais pas pourquoi, messire, mais si mon père a rejeté votre proposition, il y avait sûrement une bonne raison.

Il rit, d'un rire déplaisant, sec et bref.

— Je crains qu'il n'ait commis une grave erreur.

Le cœur d'Eleanor battait douloureusement et elle essaya de le raisonner.

— Je vous conseillerais de me relâcher. Si vous me laissez partir maintenant, je ne mentionnerai cette... mésaventure à personne.

Les mains sur les hanches il se tint simplement devant elle, indifférent à ses paroles, balayant du regard sa mince silhouette, du sommet de sa tête jusqu'à l'ourlet de sa cotte.

— Au moins vous avez un joli visage et de belles formes. Ce ne sera pas une corvée de coucher avec vous.

Eleanor laissa échapper une exclamation de colère et d'outrage.

— Je ne coucherais pas avec vous même si vous étiez le dernier homme sur la terre ! s'écria-t-elle. Je ne vous connais pas, messire, je ne vous aime pas et je ne consentirai jamais à vous épouser !

Il eut de nouveau ce rire brutal qui lui fit passer un frisson dans le dos.

— Je ne requiers pas votre consentement, jeune fille. Pour quoi que ce soit.

— Par Dieu, messire ! s'exclama Eleanor, lui jetant un regard noir et esquivant son approche. Votre vanité est incroyable ! Je puis vous assurer que je ne céderai pas de mon plein gré. Si vous pensez que vous pouvez me prendre juste comme cela, contre ma volonté, vous pouvez y réfléchir à deux fois. Je vous combattrai, jusqu'à la mort s'il le faut !

Il souffla d'un air dédaigneux, comme s'il ne croyait pas un mot de ce qu'elle disait, et de fait il ne pensait pas qu'une frêle jouvencelle puisse le défier. Il ne lui était jamais venu à l'idée qu'une damoiselle de bonne naissance se débattrait pour lui résister.

— Si vous me touchez, l'avertit Eleanor, je hurlerai !

A ces mots il bondit vers elle dans l'intention de la bâillonner de sa main, mais avant qu'il puisse l'atteindre elle esquiva son geste et poussa un cri perçant. Elle courut vers la porte, qu'il n'avait pas fermée à clé dans son arrogance. Tandis qu'elle fuyait, il l'attrapa par les cheveux et la tira brutalement en arrière. Elle cria sous la douleur, puis, soudain, la porte s'ouvrit en coup de vent et Troye entra en trombe.

— Von Eckhart, lâchez-la !

Ses cris se changèrent en soulagement, et le Hun la relâcha si brusquement qu'elle tomba à genoux. Elle se replia sur elle-même tandis que le choc et une subite faiblesse faisaient tout tourner autour d'elle. Il y eut un bruit de pas, plusieurs personnes entrèrent dans la pièce et elle rougit quand von Eckhart protesta de son innocence, alléguant qu'elle lui avait fait des avances, que c'était elle qui avait cherché à le séduire. Elle cacha son visage dans ses mains et se mit à pleurer, couverte de honte.

— Eleanor.

Elle reconnut la voix de son frère, qui se pencha sur elle et la releva. Avec un cri elle se jeta dans ses bras, et il la protégea tout en se confrontant à von Eckhart.

— Quelles sornettes chantez-vous là, le Hun ? lança-t-il. Excusez-vous sur-le-champ, car il est clair que c'est vous qui aviez de mauvaises intentions.

Von Eckhart rit.

— Vraiment ? Et que faisait-elle seule ici, sans escorte ? Que faisait-elle plus tôt, dans la roseraie, avec Valois ? Il semble que cette petite délurée n'en ait jamais assez…

Rupert et Troye bondirent tous les deux vers lui, Rupert clamant sa colère, Troye tranquille et ferme en lui commandant de se taire.

Le Hun lui décocha un sourire sarcastique.

— Je ne suis pas un de vos soldats, Anglais, pour que vous me donniez des ordres. Et vous savez fort bien que je dis la vérité, car n'avez-vous pas vous-même goûté la marchandise, ce soir ?

Troye se sentit rougir sous son hâle, mais alors que Rupert lui jetait un regard interrogateur, il se tourna vers les deux gardes qui étaient entrés dans la pièce et indiqua la porte d'un signe de tête.

— Emmenez-le dehors. Peut-être qu'un peu d'air frais le convaincra de dire la vérité.

Quelques-uns ricanèrent, sachant que les gardes devraient utiliser un peu plus de force que cela pour persuader le Hun. Quand il fut entraîné dans le corridor, criant ses protestations et clamant qu'il n'avait rien fait de mal, Troye porta son attention sur Eleanor et lui parla avec douceur.

— Ne soyez pas effrayée. Dites-moi ce qui s'est passé ici.

Eleanor renifla et s'essuya le nez et les yeux d'un revers de main, mais avec tant de gens présents dans la pièce, tous des hommes qui la fixaient d'un air impatient, elle faiblit et ne put pas parler. Elle rencontra les yeux de Troye et la vérité passa entre eux. Ils savaient tous les deux qu'elle s'était de fait conduite d'une manière indigne d'une dame ce soir-là, et qu'il avait réagi d'une façon indigne d'un gentilhomme. Mais elle ne pouvait pas plus admettre la vérité que lui, et cependant la version des événements donnée par von Eckhart devait être réfutée.

Pendant qu'elle réfléchissait furieusement à ce qu'elle devait dire, les choses empirèrent avec l'entrée de son père. Sire Henry exigea de savoir ce qui se passait, et au silence assourdissant qui accueillit sa requête il perdit le contrôle de lui-même. Il explosa et se mit à hurler en attrapant Eleanor par le bras et en la secouant brutalement.

Rupert et Troye tentèrent d'intervenir, mais il fallut plusieurs des hommes présents pour les aider à calmer sire Henry et à le convaincre que cela n'arrangeait rien de se mettre en fureur.

Il fit claquer sa langue avec colère, foudroyant Eleanor du regard.

— Que faut-il faire de cette jouvencelle ? lança-t-il en parcourant l'assistance d'un œil furieux. Dites-moi ! Lequel d'entre vous a une fille aussi volontaire, aussi obstinée, aussi délurée ?

Il y eut un silence malaisé, puis le vieux sire Charteris murmura :

— Ma Maud n'était pas facile non plus, en son temps.

Comme il l'espérait, son commentaire provoqua des gloussements amusés, rompant l'atmosphère tendue et ramenant la rage de sire Henry à un moindre degré de sévère mécontentement.

— Ce que je vous conseille, Hal, c'est de la conduire au roi. Qu'il décide de ce qui doit être fait. Nul doute que von Eckhart va proférer une série de mensonges, mais il reste la question de ce qu'elle a fait avec Valois. Par Dieu, nous n'avons pas eu un combat à mort depuis des siècles ! C'est ce qu'il faudrait pour trancher à qui doit revenir la jouvencelle.

— Qui la veut ne fait aucun doute, le problème est de savoir qui doit l'avoir !

— Assez.

Sire Henry jeta un regard noir à celui qui avait lancé cette remarque impertinente, puis il soupira et céda.

— C'est au roi de régler cette affaire.

Le roi Edward arpentait l'antichambre voisine de ses appartements, son noble visage crispé en un masque lugubre. Il s'était retiré de bonne heure des réjouissances, le cœur las, et prenait assez mal d'être interrompu dans les préparations de son coucher. Mais quand son secrétaire lui avait fait part de la nature du désordre, et connaissant bien le caractère bouillant de sire Henry, il avait jugé bon de traiter l'affaire sur-le-champ, avant que le seigneur d'Ashton ne commence à pendre ceux qui l'avaient offensé.

Il avait rapidement enfilé une robe de chambre de brocart richement brodé sur ses chausses, sa chemise de nuit et ses pantoufles. Il refusa l'offre d'un siège et d'un verre de vin pour se tourner vers les coupables de son déplaisir, qui se tenaient parmi ses courtisans. Il jeta un coup d'œil à la jeune Eleanor d'Ashton qui était figée à côté de son père, les yeux baissés. Séparé des autres par des membres de sa garde, se dressait Casper von Eckhart, surnommé le Hun. Le roi pouvait fort bien voir pourquoi ce surnom peu flatteur était donné au jeune homme, son visage carré et belliqueux, ses froids yeux bleus et sa conduite brutale ne lui attirant que peu de sympathie.

— Eh bien ? demanda-t-il de sa manière habituelle et brusque de soldat.

Sire Henry s'inclina, une main sur le pommeau de son épée et l'autre crispée en un poing serré.

— Votre Majesté, ce jeune homme — il indiqua von Eckhart d'un signe, ne pouvant se résoudre à prononcer le nom du vaurien — a forcé ses attentions sur ma fille Eleanor.

A cela von Eckhart ricana et secoua la tête, comme s'il s'agissait d'une bonne histoire. Un coup de coude le réduisit au silence.

— En outre, Votre Majesté, je voudrais vous faire savoir que von Eckhart a demandé ma fille en mariage il y a quelques semaines, une offre que j'ai refusée. Je le considère donc comme un danger non seulement pour ma fille et ma famille, mais pour toute autre jeune fille anglaise, et il devrait se voir refuser l'hospitalité de la gracieuse cour d'Angleterre.

— Vraiment ?

Le roi regarda von Eckhart en caressant sa barbe, se souvenant d'histoires similaires rapportées par d'autres pères outragés. Mais il devait agir prudemment, car il avait besoin de mercenaires germains et ne pouvait se permettre d'offenser la Germanie.

— Qu'avez-vous à dire pour votre défense, von Eckhart ?

Le Hun haussa les épaules, la bouche incurvée en une ligne moqueuse, et il leva les yeux au ciel.

— Elle s'est offerte. Quel mâle au sang rouge pourrait refuser une si jolie petite chose ? Mais je suis prêt à me conduire de manière honorable et à l'épouser.

Sire Henry, Rupert et plusieurs autres soufflèrent devant cette proposition outrageuse, et Eleanor leva les yeux avec une expression effrayée qui n'échappa pas au roi. Von Eckhart était avide de pousser sa demande et, imprudemment, il s'écria :

— Je n'étais pas le seul.

Il pointa un doigt accusateur sur Troye de Valois.

— Plus tôt dans la soirée je l'ai vue avec lui, dans la roseraie. Elle se laissait embrasser et toucher de partout !

— Sottise ! s'exclama sire Henry.

Rupert lança avec ardeur :

— Vous êtes un menteur, von Eckhart !

— Je dirais plutôt qu'il les a espionnés, objecta sire Deverell, l'un des confidents du roi. Ce garçon est un butor et devrait être chassé de Londres une fois pour toutes, à coups de pied dans les reins.

Des acclamations saluèrent cette intervention.

Le roi leva la main pour rétablir le silence et fut aussitôt obéi. Il regarda les parties en cause une par une, puis déclara d'un ton calme :

— Eleanor, qu'avez-vous à dire ? Etiez-vous dans la roseraie avec messire Troye ?

Eleanor sentit son cou et son visage s'enflammer et

entendit que son père inspirait vivement, tandis que sa rougeur la condamnait à dire la vérité. Les yeux baissés, elle hocha la tête, puis, jetant un coup d'œil à Troye, elle l'implora du regard de soutenir son récit, avant de les défendre tous les deux.

— Mais il ne s'est rien passé, sire. Nous nous connaissons depuis longtemps et avons simplement passé un moment à nous saluer.

— Vraiment.

Edward réprima un sourire devant le courage qu'elle montrait à oser mentir au roi d'Angleterre. Il ne doutait pas, aux regards qui passaient entre Eleanor et Troye, qu'ils étaient plus que de vieilles connaissances. Une telle audace ne pouvait venir que de l'amour. Après un moment de réflexion, il annonça :

— Je vais dormir là-dessus et ferai connaître ma décision demain matin. En attendant, allez tous vous coucher — il est tard et il y a eu assez d'excitation comme cela. Sauf lui…, ajouta-t-il en désignant von Eckhart. Conduisez-le à la Tour.

6.

Eleanor passa une nuit blanche et anxieuse, comme beaucoup d'autres. Après ses expériences de la soirée, et les réprimandes de son père sonnant encore à ses oreilles, elle fut soulagée de pouvoir enfin se mettre au lit et s'enfouir sous ses couvertures. Mais elle ne put pas dormir, avec toutes les pensées qui tournaient en rond dans son esprit.

Le roi allait faire part de sa décision le lendemain et elle se demandait avec appréhension quel serait son jugement. Il ne croirait sûrement pas un mot de ce que Casper von Eckhart avait dit ? Son père avait marmonné sombrement que le souverain ne désirerait pas contrarier les Germains. De fait, il était avide de conclure des alliances avec eux, et sire Henry avait jeté un regard noir à sa fille en lui disant qu'elle n'aurait qu'elle-même à blâmer si elle finissait mariée au Hun. Elle frissonna à la pensée d'avoir à passer le reste de sa vie possédée par un tel homme. Elle aimerait mieux mourir d'abord !

Puis elle repensa à la conversation qu'elle avait surprise entre ses parents. Que signifiait-elle ? Comment pouvait-il être vrai que son père ne soit pas son père ? Pendant un moment elle douta de ses propres sens, se disant qu'elle avait peut-être mal entendu, mais quand elle se rappela le nom de Richard Blackthorn et ce que sa mère avait dit à son sujet, elle fut forcée d'admettre que c'était la vérité. Quelle importance cela avait-il ? se demanda-t-elle. Elle ne l'avait jamais connu et ne le connaîtrait jamais, s'il était mort avant même qu'elle soit née. En ce qui la concernait, sire Henry était son père et elle avait beaucoup trop d'autres choses qui la préoccupaient pour laisser cette affaire prendre le pas sur le reste dans son esprit embrouillé.

Surpassant toutes ses pensées, tous ses sentiments et toutes les réactions de son corps et de son esprit, il y avait le souvenir des moments qu'elle avait passés avec Troye dans la roseraie. Le contact de sa bouche et de son corps sur elle. Elle ne pouvait songer à rien d'autre, car le plaisir suave qu'elle avait éprouvé durant ces brefs instants était tout ce à quoi elle avait toujours aspiré. Et cependant… ce n'était pas assez. Elle sentait que ce qu'elle avait expérimenté avec Troye n'était qu'un avant-goût des délices qu'ils pouvaient partager, qu'il y avait davantage, des choses plus douces, plus plaisantes et plus satisfaisantes que le miel.

Des heures plus tard, enfin, elle sombra dans un sommeil agité et peuplé de rêves.

Quand elle s'éveilla le lendemain matin, ce fut avec un sentiment de nervosité et d'appréhension. Elle s'habilla lentement, prenant son temps, anxieuse à l'idée de retrouver ses parents. Mais quand elle se rendit dans l'antichambre seule sa mère était assise à la table, regardant fixement par la croisée la Tamise et la cité de Londres qui s'étendait au-delà.

— Bonjour, mère, murmura-t-elle en s'asseyant.

Joanna émergea de sa rêverie et lui sourit gentiment en posant une main sur son poignet.

— Bonjour, ma très chère enfant.

Elles attendirent en silence pendant que la servante disposait sur la table du pain frais et des confitures, un plat de jambon et un pichet de lait. Elles se servirent, et il parut pesant à Eleanor de voir sa mère, d'ordinaire si animée et enjouée, tellement abattue ce matin-là.

— Mère…

Elle avala son pain et sa confiture de fraises et chercha à dissiper les doutes et l'anxiété qui les séparaient, mais sa voix fut brisée par l'incertitude. Après avoir bu une gorgée de lait, elle refit une tentative.

— Mère, hier soir…

Elle dévisagea sa mère pour évaluer sa réaction, mais elle ne parut pas troublée.

— Je… je vous ai entendue parler avec père. Est-ce vrai ?

Joanna se tourna alors pour la regarder fixement, le sang se retirant de son visage. Elle était consciente qu'elle était confrontée au moment de vérité qu'elle avait cherché à éviter durant toutes ces années, mais elle essaya encore de l'esquiver, et fronça les sourcils en feignant l'étonnement.

Eleanor la poussa dans ses retranchements avec intrépidité.

— Est-il vrai que sire Richard Blackthorn est mon père ? Le mien et celui de Rupert ?

Joanna détourna les yeux, abaissant son regard sur la table. Pendant un moment elle songea à une série de mensonges qui pourraient prolonger l'imposture dans laquelle ses enfants avaient vécu toute leur vie, mais soudain cela lui parut inutile, et elle se sentit soulagée d'être déchargée de ce fardeau. Elle hocha la tête, lentement, puis se tourna vivement vers Eleanor et prit sa main dans les siennes.

— Cela est vrai, ma chérie, mais cela ne fait aucune différence. J'étais très jeune quand j'ai épousé sire Richard et il a été tué à la guerre alors que Rupert était encore un bébé et que vous n'étiez pas née. De toutes les façons, sire Henry est bien votre père, car il vous a élevés et aimés toutes ces années.

Eleanor fut incapable de parler durant quelques instants, l'ampleur de cette révélation étant trop grande pour qu'elle puisse la saisir. Mais elle ne put réprimer sa curiosité.

— Qui était-il ? A quoi ressemblait-il ? D'où venait-il ?

Ici Joanna hésita, car elle voulait protéger ses enfants et leur éviter d'apprendre que leur père était un vaurien et un butor. Il l'avait laissée sans argent, brisée dans son cœur et son esprit, jusqu'à ce que sire Henry la sauve du désastre de son veuvage et lui montre la véritable signification de l'amour. Avec précaution, elle ajusta des fragments de vérité pour faire un tout.

— C'était un chevalier au service de vos grands-parents, sire Robert et dame Margaret. Sa demeure familiale était dans le Kent, un petit village près de Canterbury appelé Long Howden. Il disait que le manoir de sa mère, veuve depuis longtemps, se nommait Peppermint Place.

Elle rit avec ironie.

— Un nom pittoresque, mais nous n'y sommes jamais allés. Je n'ai jamais rencontré sa famille, car nous n'avons été mariés que quelques années. Vous voyez, ma chère enfant, vous n'avez pas à vous appesantir là-dessus.

Eleanor la contempla, la voyant sous un jour nouveau, avec l'impression que son enfance lui avait été arrachée pour toujours. Elle devait maintenant être une adulte dans un monde d'adultes — un monde plein de mensonges, de duperie et de passions violentes.

Joanna, sachant que son mari n'allait pas tarder à revenir de sa visite à Rupert dans la salle des gardes, caressa doucement le bras d'Eleanor.

— Nous ne reparlerons plus de cela.

— Est-ce que Rupert sait ?

— Je le lui dirai.

— Le promettez-vous, mère ? insista Eleanor. Il n'est pas juste que je connaisse la vérité et qu'il ne la connaisse pas.

Sa mère hocha la tête.

— Je lui parlerai dès que possible. A présent…

Joanna se leva et fit tomber des miettes de sa jupe.

— Allons à la chapelle. Cela nous fera du bien de passer un moment en prière.

Elles se rendirent ensemble à la chapelle et prièrent après la messe du matin. Les prières d'Eleanor furent un mélange désordonné de supplications et de marchés. Elle promit à Dieu son entière fidélité et sa totale dévotion s'Il voulait seulement la sauver d'une vie de chagrin.

La porte de la chapelle s'ouvrit en craquant et un page vint les trouver en courant, silencieux sur ses petits pieds chaussés de pantoufles. Il se pencha vers dame Joanna et lui murmura quelque chose à l'oreille. Sans un mot, elle fit signe à Eleanor de la suivre et la jeune fille se leva pour lui emboîter le pas, tandis qu'elles retournaient à leurs appartements.

*
* *

Sire Henry se tenait à côté d'une table sculptée placée près de la croisée, dans la lumière qui tombait des vitres. Sur la table était posé un ruban rouge qu'il avait fait glisser du parchemin qu'il tenait à la main. Il se tourna et regarda sa femme et sa fille qui entraient dans la pièce, le visage fermé. Elles s'arrêtèrent toutes les deux pour le dévisager, attendant, anxieuses d'apprendre ce qu'il avait à leur dire.

— Eh bien, Eleanor, déclara-t-il d'un ton ferme mais aimable, ceci va certainement vous surprendre, comme cela m'a surpris. Mais je veux que vous vous rappeliez que le roi a vos meilleurs intérêts à cœur. De fait, vos meilleurs intérêts à tous les deux…

Le cœur d'Eleanor bondit dans sa poitrine et elle retint son souffle, alarmée.

— Père…

— Je sais qu'il peut vous paraître beaucoup plus âgé que vous, mais son expérience et sa maturité sont estimables…

— Hal ! s'exclama Joanna, à bout de patience. Pour l'amour du ciel, tirez-nous de notre anxiété ! Est-ce le roi ? Est-ce qu'Eleanor doit épouser le roi ?

Quand son mari secoua la tête, elle serra le poing et le pressa sur son cœur battant.

— Par Dieu, ne me dites pas qu'il a choisi cette brute de Germain…

— Père !

Voyant la tension et la crainte d'Eleanor, sire Henry s'empressa de leur faire connaître la vérité.

— Non. Eleanor doit épouser Troye de Valois.

— Quoi ? s'exclama dame Joanna en fronçant les sourcils.

Mais sa consternation fut recouverte par le cri perçant d'Eleanor.

Elle prit sa mère par la taille et la fit tourner vivement, puis elle courut à son père, lui jeta les bras autour du cou et l'embrassa sur la joue. Sa jubilation et son exaltation étaient telles qu'elle poussait des cris de joie, chantant et dansant à travers la pièce, tandis que les serviteurs se massaient sur le seuil pour voir ce qui se passait.

Ses parents étaient immobiles et l'observaient, silencieux, stupéfaits et complètement déconcertés.

La décision du roi eut tôt fait de se répandre à travers le palais. En fin d'après-midi, tout Westminster était au courant de la nouvelle. Sire Henry envoya un message à son futur gendre pour le convoquer dans ses appartements. Il invita également quelques amis — le comte de Fairfax et sire Charteris —, ainsi qu'un évêque ou deux. Il était déterminé à voir les fiançailles dûment scellées, et, conscient de la nature emportée de sa fille, il estimait qu'une réponse rapide à l'ordre du roi était impérative.

Eleanor se précipita dans sa chambre, appelant sa chambrière, et s'empressa de passer sa plus belle cotte de futaine rouge rubis, attachée par des liens dorés. Elle y ajouta une ceinture en or, son voile de mousseline de soie le plus fin et son cercle en or préféré. Ses cheveux brillaient comme des châtaignes, tombant souplement dans son dos. Sa mère lui assura qu'elle était très belle et ce fut avec confiance qu'elle pénétra dans l'antichambre bondée au bras de son père, et qu'elle regarda modestement Troye de Valois.

Il n'avait pas changé de tenue et portait son justaucorps et ses chausses de soldat, sa seule concession à l'occasion étant qu'il avait ôté son épée. Quand elle s'approcha il la regarda, mais il n'y avait aucune expression dans ses yeux ou sur son visage. Les battements sourds du cœur d'Eleanor se changèrent en petits tressautements et elle baissa les yeux, nerveuse et prise de confusion.

L'évêque procéda au rituel des fiançailles et confirma à sire Henry que les bans seraient lus pour la première fois ce dimanche. Puis ils seraient lus encore deux dimanches de suite, et le lundi suivant les fiancés seraient mariés à Westminster. Les documents furent signés et la célébration fêtée avec du vin et des gâteaux, le bruit s'amplifiant tandis que les invités bavardaient. Le roi parut et offrit sa main à baiser aux deux promis. Eleanor fit une profonde révérence et Troye s'inclina, tous deux arborant des sourires figés quand le souverain déclara sans détour combien il était satisfait de cette union, qu'il considérait comme excellente.

Eleanor rougit et essaya d'accrocher le regard de Troye, mais il fut rapidement accaparé par des chevaliers impatients de lui offrir leurs félicitations. Elle ne cessa de regarder par-dessus son épaule, espérant obtenir son attention, et agacée par tous les embarras des dames de la cour qui entreprirent joyeusement de lui donner des conseils sur tous les aspects de son mariage à venir.

Toute la soirée elle espéra un moment en privé, attendant que Troye la prenne par la main et l'entraîne dans un coin tranquille. Certes, elle ne comptait pas sur une adoration immédiate, mais elle voulait au moins savoir si Troye n'était pas mécontent de leurs fiançailles. Elle devait être patiente, se rappela-t-elle. « Toutes les bonnes choses arrivent à ceux qui savent attendre. »

Troye ne resta pas longtemps et retourna à l'armurerie, beaucoup murmurant quel homme de qualité il était, si dévoué à ses devoirs comme officier de la garde personnelle du roi. Ils félicitèrent Eleanor et ce fut un baume sur sa fierté de voir combien Troye était estimé. Elle ne pouvait sûrement pas se tromper sur lui ? La patience était une vertu, et même si elle pensait qu'elle avait été plus patiente que n'importe quel être humain sur terre pendant toutes ces années d'attente, elle se mordit la langue et sourit, déterminée à rassembler la force nécessaire pour rester vertueuse pendant quelque temps encore.

Ils devaient rester à la cour jusqu'au jour du mariage. Cela irritait quelque peu sire Henry, réticent à perdre son temps à ne rien faire à Londres, mais il n'aurait pas été raisonnable de faire le voyage de quatre jours jusqu'au château d'Ashton, seulement pour refaire leurs bagages et revenir peu après. Il s'occupa de son mieux, se consacrant à l'acquisition de nouvelles armes et de chevaux après les pertes qu'il avait subies lors des campagnes avec le roi au pays de Galles.

Dame Joanna décida qu'Eleanor devait avoir une nouvelle garde-robe, comme il seyait à une femme mariée, et elle se mit à acheter des étoffes et de la mercerie, et à employer des couturières. Il y eut quelques occasions où la famille se réunit et où ils sortirent tous les quatre, profitant du fait que Rupert n'était pas loin et qu'ils pouvaient être ensemble. Troye fut invité à les accompagner dans un pique-nique sur une barge, sur la Tamise, mais il déclina l'invitation, alléguant que ses devoirs l'obligeaient à rester dans l'enceinte du palais. Sire Henry insista alors pour qu'il vienne souper avec eux ce soir-là, et il accepta.

Une table fut dressée dans l'antichambre et de la nourriture commandée aux cuisines. Rupert était en service et ne pouvait venir après la journée de liberté qu'il avait passée avec eux sur la rivière, aussi Eleanor s'assit-elle à côté de Troye, ses parents face à eux. Elle se sentait étrangement embarrassée et avait l'impression que les choses n'étaient pas vraiment réelles ; c'était comme si elle se mouvait dans un rêve, ayant peine à croire que Troye était bien assis à côté d'elle. Elle ne savait que lui dire et laissa ses parents mener la conversation, mais elle ne la suivit guère, écoutant seulement le timbre prenant de sa voix masculine.

Ils découvrirent qu'il habitait dans le Nord, à York. Sa mère était une dame d'une bonne famille du Luxembourg, qui dirigeait une affaire prospère d'importation et d'exportation de laine. Le père de Troye, récemment décédé, était un gentilhomme titré, il y avait un manoir et des terres. Ses parents avaient repris le commerce de la laine et l'avaient étendu à partir d'York, mais Troye insista sur le fait qu'il n'était pas un homme fortuné. Il y eut un petit moment de gêne, au cours duquel sire Henry assura posément à Troye qu'Eleanor ne viendrait pas à lui les mains vides. Elle sentit son cou et ses joues s'empourprer, irritée que l'on parle d'elle comme si elle était un bien quelconque, et mortifiée que le seul intérêt que Troye semblât lui porter fût financier.

A la fin du repas ses parents trouvèrent une excuse pour quitter brièvement la pièce, laissant Troye seul avec Eleanor. Elle se tint debout près de la croisée ouverte, contemplant la lumière ambrée du crépuscule et les nuages roses qui passaient dans le ciel du soir, tandis qu'une douce brise montait de la rivière à travers les pelouses. Bien qu'elle soit sûre que la lumière dorée et la brise qui faisait voleter ses cheveux étaient flatteuses pour elle, Troye n'esquissa pas un geste pour profiter de leur solitude. Il se tenait à l'autre bout de la pièce, un bras posé sur le manteau de la cheminée, et fixait ses bottes avec fascination.

Eleanor soupira et résista à la tentation de l'appeler, d'attirer son attention, car cela n'aurait pas été digne d'une dame. Elle jeta un nouveau coup d'œil par-dessus son épaule et cette fois leurs yeux se rencontrèrent ; elle découvrit qu'il la regardait, une expression intriguée sur le visage. Elle lui décocha un sourire hésitant et il lui sourit gentiment en retour, mais avant qu'elle puisse l'encourager à parler sa mère revint, portant un plateau chargé d'hydromel rafraîchi et de gâteau aux fruits. Troye refusa les deux, les remercia pour le repas, regarda brièvement Eleanor et annonça qu'il devait partir pour inspecter le changement de la garde.

— Eh bien, il a été fort agréable de passer un moment avec vous, messire Troye, dit dame Joanna en posant son plateau et en lui offrant sa joue pour qu'il l'embrasse. Et nous sommes impatients de rencontrer votre mère quand elle viendra au mariage.

— Las, répondit Troye d'un ton d'excuse, ma mère habite trop loin pour faire le voyage. Mais je lui enverrai un messager pour la prévenir.

Il s'approcha alors d'Eleanor et baisa le doigt de sa main gauche auquel il avait passé sa bague, puis il s'inclina devant son père et s'en alla.

Quand la porte se referma et que les pas de Troye s'éteignirent dans le corridor, dame Joanna soupira.

— Cet homme est certainement fort plaisant. Quelle jeune fille fortunée vous êtes, Eleanor !

— En effet.

Sire Henry soupira à son tour et déclara avec une pointe de doute dans la voix :

— Il n'a pas été fort éloquent sur les conditions de sa famille. Et York n'est sûrement pas trop loin pour que sa mère renonce à assister à un événement aussi important que le mariage de son fils ? Peut-être que cela a quelque chose à voir avec le fait qu'il a déjà été marié. J'espérais qu'il nous rassurerait au sujet de sa première femme.

— Père ! s'exclama Eleanor, son cœur se contractant sous l'effet de la colère et de l'inquiétude. Ne vous permettez jamais de lui demander une chose pareille. Cela ne nous regarde pas, n'est-ce pas ?

Ses parents échangèrent un regard et murmurèrent quelques mots apaisants, mais dans l'intimité de leur chambre ils discutèrent à mi-voix de cette question, anxieux tous les deux que le premier mariage de Troye soit un obstacle au deuxième, et une source de chagrin pour Eleanor. Visiblement, ce n'était pas un point qu'elle souhaitait affronter, et ils se contentèrent pour l'heure d'écarter le sujet. Ils ne semblaient guère pouvoir faire autre chose sans offenser leur fille et leur futur gendre.

Quelques jours avant le mariage, dame Beatrice arriva, accompagnée bien sûr de son époux sire Remy et de son petit Tristan. Eleanor fut surprise et ravie. Elle les étreignit et rit de joie quand ils se retrouvèrent tous dans une maison que sire Remy avait louée pour l'occasion, à l'intérieur de la porte ouest.

— Nous avons juste reçu la nouvelle et sommes venus aussitôt, dit dame Beatrice en souriant.

Elle serra tendrement sa nièce sur son cœur, riant quand Eleanor s'exclama de nouveau qu'elle pouvait à peine croire qu'ils étaient là.

— Croyiez-vous que j'allais manquer le mariage de ma seule nièce ?

— Eh bien…

Eleanor haussa les épaules et contempla le bébé.

— Je ne pensais pas que Tristan ou vous pourriez faire un si long voyage.

Dame Beatrice se remit à rire.

— Eh bien nous l'avons fait ! Et maintenant, qu'allez-vous porter pour vos noces ?

Sire Henry et sire Remy échangèrent un sourire et laissèrent les dames à leurs problèmes, sortant pour discuter d'affaires d'hommes. Quand la lumière pâlit, sire Henry rassembla ses femmes, anxieux de regagner le palais avant la tombée de la nuit et les dangers des rues de Londres. Eleanor rechigna à quitter sa tante, car elle lui avait souvent été plus proche que sa propre mère, mais Beatrice promit qu'ils seraient de bonne heure au palais de Westminster le lendemain matin, et qu'ils les accompagneraient à l'église. C'était le dernier dimanche où les bans seraient lus, puis il faudrait promptement veiller aux derniers préparatifs pour le mariage qui aurait lieu le lundi matin.

Eleanor n'avait pas vu Trõye et ne lui avait pas parlé depuis près d'une semaine. Elle acceptait le fait que ses devoirs l'occupaient beaucoup, et, si la vérité devait être dite, elle était un peu anxieuse de passer du temps avec lui avant qu'ils soient mariés. Elle craignait d'être trop vive et de faire ou dire quelque chose qui le découragerait. Elle faisait des rêves étranges, la nuit, rêvant qu'elle courait dans le brouillard en essayant de trouver la porte de la chapelle. Elle savait qu'elle était en retard à son propre mariage, mais ne pouvait trouver son chemin. Elle ne cessait de faire ce rêve et se réveillait en sueur, étouffant un cri de frayeur.

Elle avait conscience qu'elle désirait si fort être la femme de Troye qu'elle craignait que la moindre chose ne l'en empêche. « Je vous en prie, mon Dieu, priait-elle, faites que rien ne se mette en travers de notre chemin. » Elle n'avait pas d'autre pensée, sauf le vœu d'arriver jusqu'à l'autel et d'y trouver Troye l'attendant.

Enfin, le grand jour arriva. Eleanor se leva de bonne heure et courut à la croisée, tirant les lourds rideaux de brocart. Ce fut une journée grise et maussade qui accueillit son regard et elle scruta anxieusement le ciel dans l'espoir de voir un rayon de lumière. Mais un fin crachin brouillait les vitres et elle soupira, ravalant sa déception. Aucune importance, se dit-elle fermement, le soleil brillera peut-être plus tard.

Elle traversa la chambre pour aller au coffre en chêne sur lequel était posée sa cotte de mariée, toute prête. Elle passa les doigts sur le brocart bleu argenté, les manches attachées par des rubans d'argent et la ceinture en argent qui soulignerait sa taille. Elle porterait ses cheveux longs, comme il seyait à une jouvencelle non mariée. Elle s'était baignée la veille et lavée avec un savon à la rose, et sa peau et ses cheveux sentaient bon, frais et lisses au toucher.

Elle se remit au lit et se pelotonna pour contenir son excitation, jusqu'à ce que sa chambrière arrive avec un robuste repas pour rompre son jeûne et un pichet de lait chaud parfumé à la cannelle. Eleanor mordit dans le pain frais et dans une tranche de jambon rôti au miel, mâchant pensivement en se demandant si les fleurs cueillies pour sa couronne étaient encore fraîches.

Comme elle finissait de manger, sa mère entra dans sa

chambre, suivie de près par sa tante Beatrice. Toutes les deux l'enlacèrent et l'embrassèrent, lui souhaitant beaucoup de bonheur pour ce beau jour. Eleanor rayonnait, à peine capable de contenir sa joie, impatiente de s'habiller et de se rendre à la chapelle.

— Inutile de se presser, dit sa tante en riant. Il est d'usage que la mariée soit un peu en retard.

— Pourquoi ? s'enquit Eleanor avec de grands yeux.

— Eh bien, répondit sa mère, un époux doit apprendre dès le début qu'il ne doit jamais rien prendre pour acquis en ce qui concerne sa femme.

— Oh, sûrement pas ! s'exclama Eleanor. C'est mon devoir de l'honorer et de lui obéir.

— C'est la même chose pour lui.

Sa tante lui brossa les cheveux et sa mère attacha les nombreux petits liens en argent de sa robe. Elle attendit patiemment pendant qu'elles la préparaient. Ses bas neufs, de couleur crème, étaient aussi légers que de la gaze et ses pantoufles bleu clair étaient douces et silencieuses.

— J'ai toujours trouvé très étrange, dit Eleanor quand sa mère posa sur sa tête la couronne de boutons de roses, de pâquerettes, de fleurs d'amandier et de myosotis, qu'un époux soit appelé beau-fils par les parents de la mariée. Cela ne fait-il pas de lui un frère ?

— Taisez-vous donc ! fit dame Joanna. Ne soyez pas trop intelligente, ma fille. Un homme n'a pas de patience pour une femme dont l'esprit est plus vif que le sien.

— Ce serait pourtant à son avantage ? insista Eleanor. D'avoir une épouse spirituelle et talentueuse ?

— Certains peuvent le voir ainsi..., répondit lentement sa mère, regardant sa belle-sœur pour implorer son assistance.

— Mais la plupart des hommes considèrent cela comme une menace pour leur virilité, déclara Beatrice, et interprètent même l'intelligence chez une femme comme un penchant à la ruse et à la manipulation.

Joanna acquiesça, puis elles se mirent toutes les deux à lui offrir des conseils sur les pièges du mariage et le maniement des maris. De nombreux mariages étaient des mariages arrangés ; de fait, il était rare que des couples se marient purement par amour. Mais dame Beatrice s'empressa de rassurer sa nièce : cela ne voulait pas dire que l'amour ne pouvait naître et grandir. Troye de Valois semblait être un homme de valeur, honorable, et il n'y avait pas de raison qu'ils ne soient pas heureux en tant que mari et femme.

Eleanor sourit en elle-même, sachant dans son cœur qu'elle aimait Troye depuis si longtemps que le fait que leur mariage soit arrangé n'avait pas d'importance pour elle. Ensuite, avec précaution, des mots délicats et pas de détails crus qui pourraient choquer ou alarmer Eleanor, Joanna et Beatrice lui révélèrent les secrets du lit conjugal, à son vif embarras. Cette information intime lui résonnant à l'esprit, et après les derniers ajustements d'un ruban par-ci et d'une mèche de cheveux par-là, elles gagnèrent l'antichambre, où sire Henry et Rupert les attendaient.

— Vous êtes fort belle, Eleanor.

Son père lui baisa la joue, comme son frère, puis ils se rendirent à la chapelle. Eleanor jeta un coup d'œil vers les croisées qui éclairaient les corridors et donnaient sur le fleuve, mais il faisait toujours gris et humide. Elle se réjouit, cependant, lorsqu'ils entrèrent dans la chapelle : elle était illuminée par la lumière dorée de centaines de bougies piquées sur tous les supports disponibles, et des pétales de roses étaient répandus dans l'allée qu'elle suivit pour rejoindre l'autel. Il y avait de nombreux invités debout de chaque côté de l'église, mais elle en connaissait peu. Elle fit une révérence au roi et à son fils, reconnaissant ainsi le grand honneur de leur présence, et sourit à son oncle Remy quand elle l'aperçut sur sa gauche, son clin d'œil rassurant son cœur qui battait nerveusement à l'approche de l'autel. Troye serait-il là ? Elle avait peur de regarder. Peut-être qu'il s'était mis dans la tête de sauter sur son cheval et de partir au galop aussi vite qu'il le pouvait…

Son père s'arrêta, et elle dut lever les yeux. Son fiancé était bien là, beau et les épaules larges. Son regard sombre la parcourut d'un air appréciateur. Elle regarda sa bouche et se souvint de ce qu'elle avait éprouvé quand il l'avait embrassée… Elle rougit à cette pensée et Troye sourit, avisant la couleur rose qui teintait son cou et ses joues. Son père la poussa légèrement et elle se rangea à côté de son futur époux. Il prit sa main gauche dans la sienne et ils se tournèrent ensemble vers l'évêque.

Les vœux furent prononcés, la voix de Troye ferme et sans hésitation, celle d'Eleanor beaucoup plus basse ; elle fut surprise par son tremblement et par le tremblement de sa main dans la paume de Troye. Elle le regarda du coin de l'œil et s'avisa soudain, le souffle court, qu'elle doutait de son amour. Après tout, elle connaissait à peine cet homme ! Quand avaient-ils eu une vraie conversation ? Comment pouvait-elle savoir ce qu'il aimait et n'aimait pas, et si ses croyances en Dieu et en l'univers étaient les mêmes que les siennes ? Avait-elle la moindre preuve qu'il serait un époux tendre et attentionné ?

C'était le moment le plus mal choisi pour se poser ce genre de questions et elle se tint immobile, en silence, pendant que l'évêque poursuivait la cérémonie. Elle fixa avec de grands yeux les vitraux de la chapelle, déglutissant avec difficulté, puis la couleur se retira de son visage lorsqu'elle vacilla légèrement sous l'effet du tournis et de la nausée. Elle se tourna à demi pour voir sa mère, pour quêter l'aide et la protection de son père, comme elle l'avait fait toute sa vie. Mais elle resta figée sur place devant tous les gens qui l'observaient, craignant de se ridiculiser lors d'une si grande occasion. Alors elle sentit un bras enlacer sa taille et elle leva les yeux tandis que Troye se penchait vers elle. Ses doigts pressèrent doucement sa chair tendre entre ses côtes et ses hanches, il lui sourit, et elle poussa un soupir de soulagement. Son geste la rassura grandement, mais elle baissa modestement les yeux, en proie à de si nombreuses émotions. Néanmoins le bras de Troye resta en place, la soutenant, chaud et fort, jusqu'à ce que la cérémonie et la messe se terminent enfin et qu'ils sortent de la chapelle comme mari et femme.

Le roi Edward avait généreusement ordonné qu'un grand festin ait lieu dans la salle des banquets et les invités à la noce suivirent les nouveaux mariés à travers les corridors. C'était une foule bruyante et enjouée, car il y avait eu peu de célébrations ces derniers temps. Avec la succession de guerres contre les Ecossais et la France, et la mort de la très aimée reine Eleanor, l'occasion de fêter le mariage de Troye de Valois, champion du roi, défenseur de la vie du souverain et héros de maintes campagnes, était accueillie avec un vif plaisir. Qu'il ait souffert d'une tragédie personnelle — dont il refusait de parler et que l'on connaissait donc très peu — le rendait encore plus cher au roi et à sa cour.

Le roi prit naturellement la place d'honneur à table, mais près de lui étaient assis Eleanor et Troye, les parents de la jeune mariée, Rupert, son oncle et sa tante, et la soirée fut fort plaisante. Peut-être que c'était le capiteux vin de Bourgogne qui montait à la tête d'Eleanor, mais elle sentit sa nervosité se dissiper en partageant son tranchoir avec Troye, qui lui coupait des morceaux d'oie rôtie et de gibier pour les lui donner.

Le cuisinier sortit des cuisines pour venir fièrement présenter aux nouveaux époux un gâteau impressionnant, composé de sucre filé, de crème, d'amandes et de violettes cristallisées. Le roi les pressa d'en couper la première tranche et Troye se leva de son siège, tira sa dague de son fourreau et s'exécuta. Puis il se pencha vers Eleanor rougissante et porta la part de gâteau à sa bouche ; elle rit et essuya les miettes de ses lèvres. La grand-salle s'emplit d'acclamations et de coups de poing sur les tables, l'incitant à faire la même chose pour son époux. Elle se leva sur des jambes tremblantes et prit la dague que Troye lui tendait. Elle se pencha en avant, ses cheveux tombant sur le gâteau, et parvint à couper un morceau sans trop de difficulté. Les invités vociféraient et applaudissaient, l'observant pendant qu'elle se haussait sur la pointe des pieds pour glisser la tranche de gâteau dans la bouche de Troye. Il ne parut ni déconcerté ni embarrassé, et n'eut pas recours à de ridicules singeries comme le faisaient maints jeunes mariés. Il contempla Eleanor d'un regard ferme et ouvrit la bouche, cueillant la pâtisserie sur ses doigts de ses dents et de sa langue.

— Troye ! lança son vieil ami sire Austin. Votre femme a mis ses cheveux dans le gâteau. Soyez un bon époux et nettoyez-les !

Cette remarque grivoise fut accueillie par des commentaires enjoués et Troye, s'inclinant devant l'assemblée, prit la chevelure auburn de sa femme dans sa main et lécha le sucre et la crème. Ce geste sensuel provoqua de la part des hommes des cris qui ébranlèrent les chevrons, rapidement suivis par les claquements de langue et les coups de coude réprobateurs de leurs épouses qui compatissaient à l'embarras manifeste d'Eleanor.

Le roi détourna l'attention générale en ordonnant aux musiciens de jouer. Il invita dame Joanna pour la première danse, pressant Troye de suivre avec sa femme. Eleanor pensa qu'elle devait être ivre, tant ses sens étaient troublés. Elle plaça sa main dans celle de Troye et ils exécutèrent les pas compliqués d'une farandole, seules leurs mains se touchant. Mais il avait souvent les yeux sur elle ; elle sentait la brûlure de son regard sur ses lèvres, sur son cou, sur ses seins. Ses doigts étaient forts et chauds tandis qu'il la faisait tourner, le rythme de la musique était entraînant. Le souvenir de ce que sa tante et sa mère lui avaient dit pendant qu'elles l'habillaient pour ses noces lui revint à l'esprit et elle déglutit, la gorge serrée, tandis que de la sueur perlait à son front. Le lit conjugal les attendait, et elle ne pouvait s'empêcher de se demander à quoi cela ressemblerait. « De grâce, mon Dieu, pria-t-elle, faites que je ne me pâme pas de pure joie ! »

Alors que l'assemblée jouissait de la musique, des danses, de la nourriture et du vin, dame Joanna indiqua discrètement à sa belle-sœur dame Beatrice qu'il était temps pour Eleanor de se retirer. Elles profitèrent du fait que les invités s'adonnaient à d'autres plaisirs pour emmener la jeune mariée, évitant ainsi les grossières plaisanteries que les noceurs aimaient tant. Suivant les strictes instructions de leur femme, sire Henry et sire Remy calmèrent ceux qui guettaient le départ de la rougissante jeune fille.

Elles retournèrent dans les appartements qu'Eleanor avait

quittés dans la matinée. Quand ses parents rentreraient dans le Somerset, Troye et elle occuperaient ces pièces en tant que couple marié. Cette nuit-là étant sa nuit de noces, elle aurait préféré une chambre qui soit éloignée de celle de ses parents, mais Troye partageait ses quartiers militaires avec d'autres soldats et sa propre chambre était la seule pièce intime disponible.

Les doigts tremblants, elle ôta sa couronne fanée et la posa sur une table. Puis elle se tint les bras écartés pendant que sa mère et sa tante délaçaient les nombreux rubans de sa cotte. Elle se baissa et quitta ses bas et ses pantoufles, restant nue tandis que sa mère enfilait par-dessus sa tête une chemise en lin très douce, d'une blancheur immaculée. Les liens fragiles et la finesse de l'étoffe dissimulaient fort peu les courbes de son corps mince, et elle frissonna légèrement.

— Et maintenant, au lit, murmura sa mère.

Eleanor obéit et elle borda la courtepointe autour d'elle. Puis elle se pencha et l'embrassa sur le front.

— Puisse cette nuit vous apporter beaucoup de joie et de bonheur, ma douce Eleanor.

Dame Beatrice l'enlaça et lui donna quelques conseils qui la firent rougir, après quoi elle resta allongée pendant qu'elles sortaient et fermaient la porte. Elle se demanda combien de temps elle devrait attendre. Au bout d'un moment elle s'assit et décida de tirer les draperies autour du lit, pour le cas où Troye serait accompagné par des invités pleins d'enthousiasme et de curiosité. Puis elle se rallongea et remonta les couvertures jusqu'à son menton, repassant dans son esprit les événements de la journée. Elle sourit, se réjouissant d'être maintenant dame Eleanor de Valois.

*
* *

Ses paupières commençaient à tomber quand elle entendit enfin du bruit, mais il fut contenu dans l'antichambre. Elle écouta, les oreilles aux aguets, jusqu'à ce qu'elle discerne le déclic de la porte qui s'ouvrait, puis un son sourd quand elle fut refermée et barrée. Elle perçut le bruit de pieds bottés et lutta pour entendre autre chose, distinguant finalement le heurt métallique d'un baudrier que l'on quittait, le bruissement de vêtements qui tombaient à terre et un bruit d'eau. Elle sursauta quand les rideaux s'ouvrirent brusquement et qu'un corps chaud se glissa près d'elle sous les couvertures.

— Troye ?

— Oui.

Elle sentit une incroyable onde de chaleur qui émanait de lui. Et elle n'aurait pas dû craindre une hésitation embarrassée de la part de Troye, ou sa propre ignorance de ce qu'il fallait faire, car il prit tout de suite les choses en mains et se saisit d'elle. Dans le noir, elle sentit sa tête s'abaisser tandis qu'il cherchait son visage, puis la délicieuse chaleur de ses lèvres sur les siennes. Il fit glisser les liens de sa chemise sur ses épaules et promptement disparaître entre eux la barrière de l'étoffe. Ce fut la sensation la plus agréable qu'elle avait jamais éprouvée, d'avoir le corps nu de Troye touchant le sien. Elle sentit la douce toison qui couvrait son torse frôler ses seins et fut surprise par son abondance, se rendant compte qu'elle s'affinait en descendant vers les fermes aplats de son ventre. Elle leva les mains et les posa sur ses épaules, découvrant la force lisse de ses muscles sous ses paumes.

Il l'embrassa profondément, avec une calme concentration. Et pendant qu'elle retenait une exclamation étouffée, qu'elle frémissait et gémissait sous son toucher, il n'émit aucun son. Il saisit les courbes féminines de son postérieur dans ses mains et l'attira à lui, pressant la longueur de son corps contre le sien. Il continuait à embrasser son visage, son cou, ses épaules, puis ses doigts s'abaissèrent pour capturer sa féminité entre ses cuisses, exerçant une ferme pression, pendant qu'il reprenait possession de sa bouche avec sa langue.

Il la fit rouler sur le dos et écarta ses cuisses, ses doigts la caressant doucement, cherchant l'entrée de son ventre. Il éloigna sa bouche de la sienne et abaissa la tête sur un sein, en léchant la pointe de sa langue et la suçant. Eleanor s'arqua et gémit sous le plaisir qu'elle ressentait, mais tandis que Troye s'occupait de son autre sein il restait toujours muet.

Il écarta ses cuisses plus largement encore et s'allongea sur elle, sa virilité palpitant contre son ventre, telle une lance brûlante qui aspirait à prendre possession de sa féminité. Elle se raidit légèrement quand il glissa ses mains sous ses fesses et la plaqua contre lui, ses hanches sur les siennes. Le frôlement de sa toison sur ses seins était exquis, mais soudain toutes ses sensations se concentrèrent sur un point de sa personne et sa bouche s'ouvrit sur un cri muet, quand il la pénétra d'un brusque assaut. Elle ne s'attendait pas à ce qu'un homme soit de cette taille et elle le sentit presser contre sa virginité, la rompre, puis s'enfoncer plus profondément dans la moiteur brûlante de son corps.

— C'est si bon, lui murmura-t-il à l'oreille, et elle fut légèrement décontenancée par le son de sa voix, par ses mots platement exprimés qui ne semblaient contenir aucune trace de romance ou de passion.

Instinctivement, elle noua ses bras autour de son dos

musclé et s'y cramponna pendant que ses hanches allaient et venaient. Elle contempla le dais du lit, un peu étonnée. Enfin il s'arrêta, lui baisa le front, puis roula sur le côté et s'endormit peu après.

Eleanor resta éveillée un long moment. Malgré ses efforts pour les refouler, des larmes lui vinrent aux yeux et elle s'allongea elle aussi sur le côté, essayant de dormir. Qu'avait-elle attendu ? se demanda la partie sensée de sa personne, pendant que son cœur, cet organe fragile et sot, pleurait de désappointement. Est-ce que cet échec venait d'elle ? Ou sa tante avait-elle exagéré les plaisirs de l'accouplement ? Certes, Troye ne lui avait pas fait mal à part un bref instant auquel elle s'attendait, mais elle était sûre qu'il devait y avoir autre chose, davantage. Il n'avait pas émis un son, et tandis que sa propre peau était en feu et moite d'excitation, son corps était resté frais sous ses mains. Peut-être ne l'avait-elle pas assez satisfait pour qu'il exprime son plaisir ? Ou peut-être que ce n'était pas la même chose pour un homme que pour une femme ? Ces questions troublantes à l'arrière de son esprit, elle sombra enfin dans le sommeil, épuisée et malheureuse.

7.

Au matin, Eleanor s'éveilla pour découvrir qu'elle était seule. Elle se demanda au début pourquoi cela lui paraissait étrange, puisqu'elle avait dormi seule toute sa vie, puis elle se rappela que la veille elle avait épousé Troye de Valois. Et la nuit dernière, il l'avait faite sienne.

Elle s'assit et attrapa sa chemise, se couvrant hâtivement, sachant qu'à tout moment sa mère pourrait entrer pour inspecter les draps. Elle repoussa les couvertures et jeta ses jambes hors du lit encore chaud, lançant un coup d'œil par-dessus son épaule aux taches de sang qui constituaient les preuves évidentes de sa vertu. Et de son droit incontestable à se dire l'épouse de Troye de Valois.

Elle hésita un moment en se remémorant les événements de la nuit passée. Elle n'avait plus de larmes et elle restait simplement avec une sensation d'engourdissement dans le cœur et une douleur inconfortable entre les jambes. Elle était toujours assise ainsi quand la porte s'ouvrit et que sa mère entra.

Dame Joanna sourit à sa fille et lui posa doucement une question pleine de tact.

— Vous sentez-vous bien ce matin, mon enfant ?

Eleanor hocha la tête et lui dédia un sourire tremblant.

— Oui, sauf que je ne suis plus une enfant, mère.

— Certes, acquiesça dame Joanna, mais elle sentait que tout n'allait pas bien.

Il était si rare que tout soit parfait lors d'une première fois entre un mari et sa femme. Eleanor était maintenant une femme adulte et mariée, et en tant que sa mère dame Joanna estimait que ce n'était pas son rôle de lui poser des questions sur les aspects intimes de son mariage. Si Eleanor voulait en parler, elle le ferait. Pour l'heure, tout ce qu'elle fit fut de lui tapoter l'épaule et de la faire lever pour pouvoir enlever le drap de dessous. Le secrétaire du roi et plusieurs dames de la cour attendaient impatiemment dans l'antichambre la preuve que Troye et Eleanor étaient bel et bien mariés.

Ils furent satisfaits et s'en allèrent discrètement pendant que la jeune femme se baignait et s'habillait.

Quand elle émergea de sa chambre, il n'y avait que son père qui contemplait par la fenêtre un autre jour gris. Il se tourna lorsqu'il sentit sa présence et, comme il le faisait souvent, il lui ouvrit les bras.

Eleanor l'étreignit, mais bien que son silence soit une invitation aux confidences, elle rechigna à parler d'une chose aussi personnelle que la perte de sa virginité. Elle s'écarta et s'intéressa vivement à des cygnes qui traversaient les pelouses.

D'un air détaché, en feignant de considérer une lettre posée sur la table, sire Henry demanda doucement :

— Vous a-t-il bien traitée ?

— Oui. Oh, regardez, père, ces petits cygnes ne sont-ils pas charmants ?

Il regarda par-dessus son épaule, à travers les vitres épaisses, hocha la tête et murmura son assentiment. Puis, se raclant la gorge, il annonça :

— Maintenant que le mariage est célébré, votre mère et moi devons nous hâter de rentrer à la maison.

Eleanor pirouetta sur elle-même.

— Oh, père, sûrement pas si vite ?

— Nous avons été absents près de quatre semaines. Les choses vont tomber en ruines, les serviteurs vont chaparder et les voisins empiéter sur nos terres si je ne suis pas là pour m'assurer que tout va bien.

— Mais…

Il leva la main pour interrompre ses protestations.

— Vous avez un époux, maintenant, Eleanor. C'est à lui que vous devez vous en remettre.

Elle céda, s'affaissant visiblement tandis qu'elle mesurait en silence la vérité de sa situation. Son mari la possédait — avec ses biens, son corps et même son âme s'il le souhaitait. Il pouvait faire d'elle ce qu'il voulait, l'aimer et la chérir s'il le désirait, ou l'ignorer et ne pas tenir compte de ses sentiments dans quelque domaine que ce soit. C'était le lot d'une épouse.

Sire Henry nota la moue obstinée de sa fille, la façon dont elle carrait ses épaules délicates et rejetait ses cheveux en arrière d'un coup de tête, faisant crouler ses mèches brillantes le long de son dos telle une bannière de soie. En secouant la tête et haussant les sourcils, il espéra que le roi savait quel sort il avait réservé à Troye de Valois !

A midi, ses parents avaient fait leurs malles, leurs chevaux étaient sellés et attendaient dans une cour ; leur plan était de rejoindre sire Remy et dame Beatrice à la porte ouest et de faire le chemin avec eux. Eleanor leur dit au revoir en agitant la main, avec à côté d'elle son nouvel époux qui avait enfin daigné se montrer. Elle fit peu de cas de ses excuses quand il allégua que ses « devoirs à l'armurerie » l'avaient obligé à se lever tôt et tenu occupé toute la matinée. C'était quelque chose qui lui deviendrait bientôt très familier, se dit-elle avec résignation.

Quand elle lança un dernier adieu, faisant des signes de la main jusqu'à ce que ses parents disparaissent au-delà des murs du palais, elle se sentit seule et désorientée. D'un ton hésitant, elle demanda à Troye :

— Est-ce que mon seigneur me rejoindra pour le repas de midi ?

Il ouvrit la bouche, sur le point de refuser, puis jeta un coup d'œil à son visage pâle et céda.

— Oui.

Ils retournèrent dans les chambres qu'Eleanor avait partagées avec ses parents, et qui leur étaient maintenant destinées — Eleanor ne pouvant résider dans les quartiers militaires avec son mari. Un serviteur avait disposé des assiettes de viande froide et de fromage, avec du pain frais et un pichet de vin. Eleanor s'assit et se demanda si elle devait servir Troye, mais il se servit lui-même et ne fit aucun commentaire. Ils mangèrent en silence et elle s'interrogea sur l'objet de ses pensées. Devait-elle exprimer les siennes ? Elle chercha dans son esprit, mais ne trouva rien à dire. Elle se sentait vide.

Du coin de l'œil elle observa ses mains, ses doigts minces et hâlés, et se rappela qu'ils avaient touché sa peau, ainsi que les parties les plus intimes de son corps, et qu'elle y avait trouvé beaucoup de plaisir. Mais pour ce qui était du reste…

Soudain, ses mains s'immobilisèrent, il posa son couteau et elle leva les yeux vers lui. Il la regardait fixement, de ses yeux sombres et impénétrables. La lumière qui tombait de la croisée jetait des ombres sur son visage mince et ses cheveux argentés. Eleanor examina son nez altier et sa belle bouche, sa lèvre supérieure dessinant une ligne contrôlée au-dessus de sa lèvre inférieure, plus pleine, qui suggérait une nature passionnée. Pourtant, même dans son innocence, elle ne pensait pas qu'il y avait eu beaucoup de passion entre eux la nuit dernière.

— Allez-vous bien, ce matin ? demanda-t-il d'un ton embarrassé, presque bougon, en détournant les yeux.

Il avala une bouchée de pain et prit son gobelet de vin.

Eleanor rit doucement, avec un petit geste de défi de la tête.

— C'est la troisième fois que l'on me pose cette question.

— Vraiment ?

Il se lava les mains dans une cuvette d'eau chaude, puis la dévisagea avec attention en essuyant son couteau sur un linge et en le rengainant.

— Et quelle a été votre réponse, les deux fois précédentes ?

Si ce n'avait pas été la note d'amusement dans sa voix elle aurait quitté la table avec colère, à peine capable de réprimer plus longtemps ses sentiments blessés. Mais comme il sourit, elle sourit à son tour.

— Que je vais bien.

— Hmm.

Il la considéra encore pendant un long moment, n'étant pas homme à parler beaucoup, car il avait appliqué toute sa vie une stricte discipline à ses pensées, ses paroles et ses actions. Il se sentit soudain mal à l'aise, conscient qu'il n'avait pas couché avec sa seconde femme de la même manière qu'avec la première, mais c'était une question dont il ne pouvait discuter avec personne. Il se leva et alla à la porte, hésitant un instant en regardant Eleanor assise à la table.

— Avez-vous… de quoi vous occuper ?

Elle hocha la tête.

— Tante Beatrice m'a apporté mes tapisseries et ma calligraphie.

Il opina, impatient de rejoindre ses « devoirs », mais répugnant encore à la quitter.

— Je pourrai parler à dame Denys, si vous avez besoin de compagnie féminine. Elle était dame d'atours de la reine Eleanor et vous présentera aux autres dames de la cour.

Eleanor secoua la tête et s'empressa de lui assurer qu'elle était très bien seule. Il lui murmura un au revoir et ferma la porte, aussi soulagé qu'elle de leur séparation. Mais au lieu de travailler à une tapisserie ou à sa transcription de la Bible, Eleanor se retira dans sa chambre et s'allongea sur le lit, l'esprit tourmenté. Elle avait trop de pensées, des pensées peu familières auxquelles elle n'était pas habituée, et bien qu'elle essaie de les endiguer et de les remettre à leur place, elle n'y parvint pas. Soudain, elle se sentit très fatiguée et tira les couvertures sur elle, s'abandonnant aux bras chauds et accueillants de Morphée.

*
* *

Quand Troye revint au crépuscule, après un dur après-midi passé à briser l'un des étalons les plus obstinés qu'il avait jamais rencontrés — mais promettant de devenir un excellent destrier —, il ouvrit la porte de leur chambre et trouva Eleanor endormie. Elle était couchée sur le côté et ses longs cheveux auburn pendaient hors du lit. Pendant un long moment il la contempla, puis il ferma la porte et retourna à ses anciens quartiers de soldat.

Là, il commanda un bain et frotta la boue et la sueur qui le recouvraient, en prenant soin d'éviter les morsures que l'étalon lui avait infligées aux mollets et aux bras. Quand le bain fut enlevé par son écuyer, il s'habilla et s'assit près du feu avec une pinte de cervoise, les pieds sur un petit tabouret.

La porte s'ouvrit et sire Lindsay entra, brossant de la poussière et de la paille de sa tunique. Il fut saisi quand il vit Troye assis devant la cheminée.

— Par tous les diables, que faites-vous ici ? demanda-t-il d'un ton incrédule. Ne devriez-vous point être avec votre femme ?

— Elle dort. Je ne voulais pas la déranger.

Sire Lindsay grogna, peu satisfait par cette information. Il trouvait la vie particulièrement injuste, Troye ayant obtenu la main de la seule jouvencelle digne d'intérêt à la cour, et ne l'appréciant même pas. Son courroux rendit sa remarque suivante fort peu chevaleresque.

— Qu'avez-vous donc fait à la pauvre fille pour la laisser si épuisée ?

Troye lui jeta un regard indigné, suivi par une lueur d'avertissement, mais resta silencieux. Sire Lindsay saisit le message et alla se nettoyer pour le repas du soir dans la grand-salle, impatient de trouver un nouvel objet pour ses affections. Un moment plus tard, sire Percy et sire Ronan entrèrent ; bien qu'ils fussent surpris aussi de trouver Troye, ils ne firent aucun commentaire et le saluèrent chaudement, puis s'assirent avec lui pour discuter de la meilleure manière de dresser le vicieux étalon.

— Il est sûr que ce n'est pas une chose facile, commenta sire Ronan. En Irlande, j'ai vu maints beaux étalons détruits parce qu'on avait cassé leur tempérament. Il faut lui montrer qui est le maître, et cependant lui permettre de rester le fier animal qu'il est.

Troye approuva, et la discussion porta sur d'autres sujets et problèmes concernant la vie quotidienne dans la garde personnelle du roi. Il ne vit pas passer le temps quand il accompagna les chevaliers dans la grand-salle et s'assit pour manger son souper, comme il avait l'habitude de le faire quand il n'était pas appelé ailleurs. Tandis que la soirée s'avançait, il s'interrogea sur les nombreux regards qui lui étaient jetés. Puis Rupert Raven, un jeune officier qui n'avait pas à venir lui parler, pour commencer, vint s'asseoir près de lui sur le banc. Il conversa avec précaution pendant un moment, avant de déclarer doucement :

— Je dois avouer que je suis surpris de vous voir là, messire.

Il hésita et demanda d'un ton embarrassé :

— Eleanor… va-t-elle bien ?

Troye le fixa un instant, s'avisant soudain que sa femme serait sûrement réveillée, maintenant. Il se leva si vivement qu'il renversa son gobelet de vin et trébucha. Certains rirent, amusés, en le voyant se ruer hors de la grand-salle, mais Rupert fronça les sourcils et se sentit mal à l'aise.

*
* *

Eleanor était assise à la table près de la fenêtre, comme il l'avait laissée après leur repas de midi. Sauf que maintenant il faisait noir, et que la pièce était pleine d'ombres à part deux ou trois bougies qui brûlaient. Elle avait l'air fort abattu, rongeant la carcasse d'un poulet rôti avec peu d'enthousiasme. Troye ferma la porte et alla vers elle, demandant prudemment comment elle s'était portée en son absence.

Eleanor, qui avait hérité du tempérament de son père par l'éducation, sinon par la nature, explosa. Elle bondit sur ses pieds et lui lança une cuisse de poulet à la tête. Elle le manqua, parce qu'elle avait mal visé et qu'il esquiva habilement le projectile.

— Si c'est ainsi que vous pensez me traiter, Troye de Valois, alors… alors je regrette de vous avoir épousé ! s'écria-t-elle.

— Quoi ?

Il parut perplexe, mais ne voulait pas la laisser lui infliger un caprice puéril.

— Je n'ai sûrement rien fait qui puisse vous déplaire.

Elle souffla.

— Rien fait, vraiment !

— Calmez-vous…

— Non ! Je ne me calmerai pas !

Eleanor tapa du pied et attrapa tout ce qu'elle pouvait sur la table, lui lançant des raisins, des morceaux de fromage et des pommes.

— Comment avez-vous osé partir et me laisser ici toute seule ?

— Cessez de crier comme une poissonnière.

A ces mots, Eleanor poussa un glapissement qui leur fit tinter les oreilles et attrapa un plateau de bois, se disant qu'il infligerait plus de dommages que des raisins, mais quand elle leva le bras pour viser, Troye se rua sur elle. Il la saisit par la taille, la força à lâcher le plateau, et, se rappelant sa discussion sur le domptage des chevaux sauvages, la souleva dans ses bras et la porta dans leur chambre, refermant la porte d'un coup de pied.

Il alla jusqu'au lit et la jeta dessus, puis s'allongea sur elle avant qu'elle puisse se relever. Il tressaillit quand elle l'empoigna par les cheveux et tira méchamment, les ongles de son autre main prêts à lui griffer le visage.

— Mégère ! s'exclama-t-il en lui immobilisant les bras par les poignets. Arrêtez, ou vous allez vous faire mal !

Elle le foudroya du regard, la frustration et la déception alimentant sa colère. Troye se tenait à cheval sur elle et maintenait son corps qui se débattait entre ses cuisses musclées. Tandis qu'elle luttait pour se libérer, le corselet de sa cotte glissa de ses épaules et l'ourlet de ses jupes remonta plus haut que ses genoux. Elle fut soudain consciente de la virilité de son corps, de la masculinité de ses larges épaules, de ses bras robustes et de son odeur musquée. Elle cessa de se débattre et resta allongée sur le dos, sa poitrine se soulevant, le souffle court. Il baissa les yeux sur elle, son regard se posant sur ses lèvres entrouvertes et, plus bas, sur la courbe pleine de ses seins. Il lâcha un de ses poignets et plaça une main sur sa poitrine pour la maîtriser par son toucher. Quand elle ne bougea pas pour protester ou résister, il se pencha sur elle et l'embrassa.

Eleanor retint son souffle et se détendit, entrouvrant les lèvres tandis que la langue de Troye la taquinait et pénétrait dans sa bouche. Il fit jouer sa mâchoire en approfondissant son baiser, pressant son corps sur le sien, écartant ses jambes pour s'installer entre elles. Il sembla à Eleanor qu'ils restaient ainsi une éternité, à s'embrasser. Puis il la poussa au milieu du large matelas et releva ses jupes au-dessus de sa taille. Elle comprit ce qu'il avait l'intention de faire et posa une main sur sa nuque, l'autre descendant le long de son dos et se plaçant sur son ferme postérieur. Chaque muscle de son corps était dur et lisse, elle exultait de le sentir sur elle, transportée par sa force virile. Quand il tira sur les liens de ses chausses, elle espéra que cette fois les choses se passeraient mieux et qu'elle ne resterait pas insatisfaite.

Elle pensait qu'il allait la dévêtir, embrasser tendrement ses seins et son corps et ôter ses propres habits, mais, même s'il s'était débarrassé de ses bottes à un moment donné, il était encore tout habillé quand il la fit sienne.

Eleanor se crispa, acceptant l'assaut brûlant et dur de sa virilité dans son corps, avide de le satisfaire, et cependant vaguement consciente qu'il ne faisait pas d'efforts pour la contenter. Il la possédait, les yeux fermés, comme s'il se rendait à peine compte de son existence, et n'émettant toujours pas le moindre son. Leur étreinte ne parut pas durer très longtemps et elle en fut reconnaissante, car elle était encore meurtrie de la nuit précédente. Elle sentait que l'union de Troye avec elle n'était rien de plus que l'accouplement d'un mâle et d'une femelle, un acte de simple plaisir, pas d'amour, et elle éprouva de nouveau cette impression de vide. Il y avait quelque chose qu'elle avait besoin de connaître, mais elle n'avait pas encore découvert ce que c'était. Quand il eut fini et qu'il se retira, elle rabattit ses jupes et roula sur le côté.

Il se leva et se mit à ôter ses vêtements, les laissant tomber sans soin sur le sol. Puis il alla jusqu'au pichet d'eau fraîche et à la cuvette posés sur un coffre dans un coin de la chambre et se lava. Eleanor l'observa pendant qu'il lui tournait le dos, ses muscles tendus bougeant à chacun de ses mouvements. Il était très beau à contempler. Elle se détourna, alors, et commença à défaire les liens de sa cotte. Elle la quitta et se remit au lit vêtue de sa chemise, se blottissant dans un coin et attendant. Troye souffla les bougies une par une, puis, nu, se coucha et tirà les couvertures sur eux.

— Il y a de la fraîcheur dans l'air, ce soir. Nous aurons probablement de la pluie demain.

— Oui, acquiesça-t-elle tranquillement.

— Bonne nuit, Eleanor.

— Bonne nuit, Troye.

Il s'endormit bientôt, allongé sur le dos, sa respiration se faisant lourde tandis qu'il s'abandonnait à un sommeil profond. Eleanor se tourna vers lui, essayant de distinguer son visage et sa masse chaude à côté d'elle, les poils de ses jambes effleurant sa peau, mais elle ne put rien voir dans le noir. Ils étaient si proches, et cependant elle aurait pu être à des lieues de lui tant il se souciait peu d'elle. Finalement, elle posa sa joue sur sa paume, touchant presque son bras musclé, et elle s'endormit.

Le printemps fit place à l'été, et bien que les journées soient chaudes, Eleanor ne se sentait guère réchauffée tandis qu'ils s'installaient dans une vie conjugale qui la laissait déçue, perdue et malheureuse. Elle n'avait rien à quoi la comparer, à l'exception du mariage de ses parents qui lui semblait plein de chaleur, d'affection et de rire. Quand sa solitude lui devint trop insupportable, elle chercha la compagnie des dames de la cour. Elle fut fraîchement accueillie dans leur cercle, n'étant pas de haut rang, et si elle fut acceptée ce fut seulement par déférence pour son mari. Toutefois, certaines feignirent des intentions amicales et furent heureuses de la questionner pour assouvir leur insatiable appétit de ragots. Eleanor n'était pas sotte, et quand elle résista à toutes les tentatives pour lui extorquer des détails intimes sur son mariage, les dames s'éloignèrent d'elle et elle se retrouva de nouveau seule.

Par une après-midi étouffante, elle alla se promener le long du fleuve, dans l'enceinte des jardins du palais, et s'assit pour profiter de la brise rafraîchissante qui montait de la Tamise. Troye était parti pour une mission relative à la garde personnelle du roi et avait dit qu'il ne rentrerait pas ce soir-là. Livrée à elle-même, Eleanor réfléchit à l'étrangeté de sa vie. Il lui manquait quand il n'était pas là… et cependant, quand il était avec elle, elle se sentait toujours solitaire. Irritée par sa propre faiblesse, elle chassa les larmes qui lui piquaient les yeux.

Elle cueillit distraitement des brins d'herbe et contempla le fleuve et les bateaux, les toits de chaume et de tuiles et les nombreux clochers de Londres. Elle observa une barge richement ornée qui remontait le cours d'eau, les avirons s'élevant et s'abaissant à un rythme soutenu, des gouttes argentées scintillant dans le soleil. Elle comprit qu'il s'agissait de la barge personnelle du roi, couverte d'auvents décorés pour le protéger du soleil et dotée de gardes à la proue et à la poupe, et elle suivit sa progression. La barge glissa gracieusement jusqu'à la jetée, s'arrêta et le roi débarqua, montant les marches et traversant les pelouses de ce pas sec qui était le sien. Il tourna légèrement la tête, contempla le fleuve d'un œil distrait, puis il aperçut Eleanor et changea de direction pour venir vers elle.

— Bonjour, ma dame de Valois, lança-t-il en guise de salut.

Eleanor se mit vivement sur ses pieds et plongea dans une profonde révérence, la tête baissée. Le roi la pressa de se relever et, d'une main sous son menton, l'obligea à le regarder. Il nota aussitôt les cils mouillés qui frangeaient de manière éloquente ses yeux rougis. Il ne lui avait pas échappé qu'Eleanor était très seule, et qu'elle ne semblait que l'ombre d'elle-même.

Il congédia d'un signe de main les officiers et les courtisans qui le suivaient toujours de près, et ils s'éloignèrent. Le roi se pencha alors vers Eleanor et demanda, d'un ton doux pour sa voix habituellement bourrue :

— Dites-moi, mon enfant, qu'est-ce qui vous tourmente ? Est-ce que sire Troye n'est pas aimable avec vous ?

Eleanor, embarrassée au-delà de toute mesure, sentit ses joues s'empourprer. Une épouse n'avait pas à critiquer son mari, mais elle avait déjà menti une fois au roi et n'eut pas le courage de recommencer.

— Votre Majesté, murmura-t-elle, il est mon époux et je me dois de lui être loyale et fidèle, mais je crains… qu'il ne m'aime pas comme je l'aime.

Voilà ! Elle l'avait dit, avait enfin exprimé la terrible pensée qu'elle gardait à l'arrière de son esprit depuis ces nombreuses semaines. Toutefois, le roi la surprit en gloussant et en passant un bras sous le sien. Ils se mirent à marcher le long du fleuve.

— Les mariages ne sont pas conclus pour l'amour, ma chère. Ils sont faits pour la sécurité, les héritiers et les biens. Quand j'ai rencontré mon Eleanor pour la première fois, je n'ai guère été impressionné. Et cependant nous sommes restés mariés trente-six ans, et j'ai aimé cette femme plus que ma vie. Et elle m'a aimé. L'amour ne jaillit pas toujours comme une fontaine. Quelquefois, il ressemble plus à un paisible cours d'eau. Mais…

Il soupira et regarda autour de lui en fronçant les sourcils.

— … je reconnais que vous n'avez pas eu la chance que vous méritiez. Sire Troye a trop de devoirs à la cour pour accorder du temps et de l'attention à ses devoirs de mari. Ne craignez rien, c'est une affaire dont je vais m'occuper avec empressement. A présent, venez avec moi et prenons quelque rafraîchissement.

Il se tamponna le front avec un mouchoir blanc.

— Il fait fort chaud, vraiment ; nul doute que nous aurons un orage ce soir. Que dites-vous d'une coupe de citronnade fraîche ?

Il y eut bien un orage ce soir-là, et Eleanor resta allongée seule dans le grand lit à baldaquin, écoutant le bruit du tonnerre et le craquement des éclairs qui sillonnaient le ciel tourmenté, suivis par une forte pluie. Elle ne pensait pas qu'elle dormirait, et elle était encore éveillée quand la porte de la chambre s'ouvrit et que Troye entra. Elle s'assit avec un petit cri de surprise et de plaisir, puis descendit vivement du lit et courut à lui, les pieds nus. Il la salua brièvement, trempé jusqu'aux os et ses cheveux mouillés plaqués sur sa tête. Des gouttes de pluie ruisselaient sur son visage et Eleanor exprima son souci, tandis qu'il se tenait frissonnant devant elle.

— Regardez-vous…, dit-elle en saisissant son baudrier et en le détachant avec des doigts fébriles. Vous auriez dû attendre demain matin pour rentrer.

Il ne dit rien et se contenta de la contempler, les paupières mi-closes, tandis qu'elle s'empressait de l'aider à ôter ses habits gorgés de pluie. Quand il fut nu, elle alla chercher un linge et commença à le frotter pour le sécher, mais il lui prit les poignets et la força à s'arrêter. Il l'attira à lui et courba la tête pour la regarder dans les yeux.

— Le roi m'a commandé de revenir tout de suite. J'ai reçu l'ordre de comparaître devant lui dès mon retour, et, bien qu'il soit plus de minuit, j'ai obéi. Il m'a ordonné de quitter la cour et de rentrer chez moi. Il dit que j'ai négligé ma femme. Vous êtes-vous plainte à lui ?

Sa voix était dure et plate et il frissonnait toujours légèrement, nu, sa peau frôlant celle d'Eleanor qui ne portait que sa chemise de nuit. Mais malgré la chaleur de son corps mince et son envie de l'enlacer et de le serrer sur son cœur, elle n'osa pas le toucher. Il y avait entre eux une barrière invisible.

— Je… je…, balbutia-t-elle, ne sachant que dire. Je ne me suis pas plainte et n'ai pas fait de confidences, mais… je suis malheureuse, et d'autres ont pu le remarquer.

Il fronça les sourcils, accentuant son emprise sur ses poignets.

— Malheureuse ? Que voulez-vous dire ?

Elle haussa les épaules et baissa les yeux, incapable de le regarder en face alors que la dure et froide vérité menaçait de les séparer.

Il la lâcha brusquement et elle chancela.

— Eh bien, grâce à vous nous avons un long voyage qui nous attend demain. Nous partirons pour York dès que vous aurez fait vos bagages. Je ne resterai pas un jour de plus à la cour alors que vous m'avez ridiculisé de cette façon.

Il alla jusqu'à son coffre et en tira des habits propres,

qu'il enfila rapidement avant de mettre ses bottes. Eleanor l'observait, surprise et confuse. Il lui lança ses instructions comme s'il parlait à un de ses subordonnés.

— Nous partirons à l'aube. Je vous suggère de commencer à empaqueter vos affaires maintenant, comme je vais le faire.

Il gagna la porte et lui jeta un coup d'œil par-dessus son épaule.

— Je vais à l'armurerie pour aider mon écuyer, car sa tâche n'est pas facile. J'y passerai la fin de la nuit. Assurez-vous d'être prête quand je reviendrai au lever du jour.

Il claqua la porte derrière lui et Eleanor resta immobile un moment, stupéfaite. Comment osait-il lui parler de la sorte ! Elle balança entre le désir de lui courir après et de protester, et celui de pleurer. Mais non, se dit-elle fermement, elle ne devait pas céder à ces tentations. Elle n'avait pas intérêt à se disputer avec Troye, car un homme ne pouvait aimer une femme avec qui il était constamment en conflit, et il ne lui ferait pas de bien non plus de pleurer. Au lieu de cela, elle s'empressa de rassembler ses habits, ses pantoufles, sa cape, sa brosse, quelques précieux morceaux de savon à la rose, ses livres et ses tapisseries, un panier d'aiguilles et de fils, et en fit des paquets prêts pour leur départ.

Ils s'en allèrent quand le soleil se leva, simplement vêtus pour ne pas attirer l'attention sur les routes, et juste accompagnés par l'écuyer de Troye, Dylan. Troye avait l'intention d'aller vite avec Eleanor montée derrière lui, plutôt que de ralentir leur expédition en la laissant chevaucher sa propre monture ou en utilisant un lent chariot pour la transporter. Leurs cadeaux de mariage et les possessions d'Eleanor pour sa nouvelle vie de femme mariée seraient expédiés après eux dans un chariot, avec la précieuse armure de Troye et ses armes les plus encombrantes, comme une arbalète et une masse d'arme. Son écuyer et lui n'étaient que légèrement armés.

Troye, campé sur son destrier excité, calma l'animal avant de tendre la main à Eleanor que son frère aida à se hisser derrière lui. Elle noua ses bras minces autour de sa taille, au-dessus de son baudrier qui supportait son épée et sa dague. Il sentit ses os fragiles se presser contre ses côtes, son corps ne pesant presque rien contre le ferme rempart de son dos.

— Faites bon voyage, leur lança Rupert qui se tenait sur les marches. Et n'oublie pas d'écrire à mère, Ellie, elle voudra savoir comment… les choses iront pour toi à York.

— Je le ferai.

Eleanor sourit gentiment, tendant la main vers lui pour serrer la sienne. Il lui baisa les doigts et ils se quittèrent avec réticence, tandis que Troye lançait un brusque au revoir et éperonnait son cheval.

Une fois qu'ils eurent laissé derrière eux les rues pavées de Londres, les routes se révélèrent boueuses après la récente pluie et les chevaux glissaient dans les profondes ornières. Au-dessus d'eux, les arbres dressaient leurs denses frondaisons et la campagne était dans tout l'éclat de l'été, les champs regorgeant de récoltes ; il y avait une impression de tranquillité, les moissons ne devant pas commencer avant quelques semaines.

En fin d'après-midi il se remit à pleuvoir et ils avancèrent lentement, les chevaux progressant la tête basse. Il faisait froid et c'était inconfortable. Troye chevauchait avec prudence, s'assurant que son écuyer reste près de lui, irrité par leur lenteur. Quand les frissons d'Eleanor s'intensifièrent il décida de s'arrêter pour la nuit et ils s'abritèrent au château de Berkhamsted, une forteresse du roi. Troye était bien connu et il fut accueilli courtoisement, même s'il n'avait pas un rang suffisant pour avoir droit à une chambre privée. Dylan et lui dormiraient dans des couvertures sur le sol de la grand-salle, et Eleanor se vit attribuer une couchette dans la chambre d'une dame d'un certain âge.

La tension entre elle et Troye était à son maximum et elle était avide d'être seule avec lui, de lui parler, mais il semblait tout aussi avide de l'éviter. Elle s'appesantit là-dessus en le contemplant longuement pendant qu'ils s'asseyaient à la table et prenaient leur repas du soir. Etait-ce son imagination, ou Troye détournait-il délibérément les yeux chaque fois que leurs regards se croisaient ? Quand il se leva, elle se leva aussi et s'empressa de le suivre.

— Troye ? appela-t-elle.

Il s'arrêta et se tourna vers elle avec un léger froncement de sourcils.

— Je vais aux commodités. Il est inutile que vous m'accompagniez.

Eleanor pinça les lèvres et elle rougit d'impatience.

— Je suis désolée si je vous ai fâché…

— Je ne suis pas fâché, coupa-t-il avec un air sombre qui démentait ses paroles. Allez vous coucher. Je vous verrai demain matin.

— Fort bien, acquiesça-t-elle.

Elle n'implorerait pas ses faveurs. Elle tourna vivement les talons et s'engouffra dans l'escalier en spirale qui menait à sa chambre pour la nuit.

Troye la regarda partir, ses propres émotions fort agitées. Il n'avait pas demandé ce mariage, et il ne ressentait pas le désir de coucher avec une femme quand celle qu'il convoitait réellement ne pouvait lui appartenir. Il ne pouvait s'empêcher d'en vouloir à Eleanor pour les sentiments qu'elle réveillait en lui, et parce qu'elle n'était pas la femme qu'il aimait. Cette nuit-là il resta éveillé, nerveux et ruminant ce mariage qui lui avait été imposé de manière si inattendue. Dans sa chambre de l'étage, Eleanor resta éveillée aussi.

Le lendemain ils poursuivirent leur chemin, ne s'arrêtant que brièvement pour abreuver les chevaux et prendre un repas dans une auberge. La campagne grouillait de bandes de voleurs, certains d'entre eux des mercenaires qui n'avaient pas trouvé à s'engager, d'autres des maraudeurs de toute sorte, allant de juifs expulsés à des marchands victimes de banqueroute. Troye se montrait méfiant vis-à-vis des voyageurs qu'ils rencontraient, ne voulant pas être victime d'une attaque désespérée.

Ce soir-là, Troye avait pensé atteindre le château de Bedford, mais la lumière tomba trop vite et Eleanor était affamée et assoiffée, les bras douloureux de se cramponner à son ceinturon pendant tant d'heures, jour après jour. Ils arrivèrent dans un village à quelques milles de Bedford et Troye guida son cheval dans la cour d'une auberge, le Cygne noir. Il loua une modeste chambre, Dylan devant dormir à l'écurie près des chevaux.

Il évita Eleanor, se tenant occupé à superviser son écuyer dans les écuries jusqu'à ce qu'il soit sûr qu'elle soit baignée, vêtue de sa chemise de nuit et au lit. Quand il monta dans la chambre, il la trouva endormie, les restes d'un repas posés sur une table près du feu. Il se restaura d'un demi-poulet rôti, de pain et d'une large tranche de tarte aux pommes, assis dans un fauteuil devant la cheminée, un pied botté posé sur le bord de l'âtre. Quand il eut mangé et bu du vin, il ôta ses armes et ses bottes et s'allongea sur le sol, drapé dans sa cape, pour dormir tout habillé et en gardant une oreille en alerte. Telle était la vie d'un chevalier.

Il était presque endormi quand un coup frappé à la porte le tira de sa somnolence. Sans faire de bruit, pour ne pas réveiller Eleanor, il alla pieds nus jusqu'à la porte, tenant son épée à la main.

— Qui va là ?

— C'est moi.

Troye tourna la clé et entrouvrit la porte, regardant son écuyer en fronçant les sourcils, irrité par ce dérangement.

— Qu'y a-t-il ?

— Maître, chuchota Dylan d'un ton pressant, il y a de la maladie, ici. Nous devons partir.

Troye avait remarqué plusieurs personnes qui toussaient et éternuaient, mais il n'y avait pas accordé plus d'attention. Il jeta un coup d'œil par-dessus son épaule à Eleanor endormie.

— Il est trop tard maintenant pour chercher un abri ailleurs, répondit-il. Nous devons supporter la chose, mais tenez-vous à l'écart des autres. Pour ma part, je ne quitterai pas cette chambre. Nous ne mangerons pas ici demain matin. Soyez prêt à partir avec les chevaux dès que le jour se lèvera.

— Oui, maître.

Dylan hocha la tête et quitta l'auberge infestée pour les écuries, qui, à son avis, offraient une couche plus sûre pour la nuit.

Le lendemain matin ils s'en allèrent avant que personne ne soit debout, et Troye espéra qu'ils ne seraient pas affectés par des maux quelconques. Le temps s'était éclairci et il était impatient d'aller de l'avant. Ils avaient encore devant eux un long trajet vers le nord et il calculait que cela leur prendrait bien six jours, aussi, en ce troisième jour, il força leur allure.

Eleanor ne se plaignit pas, bien qu'elle ait mal aux reins et qu'elle ait souvent soif, car le soleil dardait des rayons brûlants depuis un ciel sans nuages, aussi radieux qu'un bleuet.

Troye ne lui adressait pratiquement pas la parole, malgré les longues heures qu'elle passait accrochée à lui tandis que les chevaux trottaient et parcouraient un mille après l'autre. Il était clair qu'il était irrité par ce voyage et qu'il n'était pas prêt à le lui pardonner.

Tard dans l'après-midi, ils rencontrèrent plusieurs cavaliers attroupés dans un carrefour. Troye et Dylan échangèrent un regard et les évitèrent. Troye prit note de leur armure et du langage dans lequel ils parlaient — le flamand — et il fut certain qu'il s'agissait de mercenaires. Il éperonna son cheval, désireux de mettre de la distance entre eux et ces douteux personnages.

Ils continuèrent à un trot enlevé le plus longtemps possible, jusqu'à ce que les chevaux renâclent et aient besoin de se reposer. Ils s'arrêtèrent au bord d'une rivière, démontèrent et laissèrent leurs montures se refroidir avant de leur permettre de boire. Eleanor se faufila dans des buissons voisins pour vaquer à ses besoins et Troye s'assit sur un arbre tombé, discutant avec Dylan de la prochaine campagne en Ecosse prévue pour le printemps suivant. Ils avaient déjà combattu dans ce pays, et les batailles contre les farouches Ecossais avaient toujours été sanglantes et difficiles.

Les quatre Flamands qu'ils avaient vus plus tôt pénétrèrent dans la clairière, et Troye posa une main sur le poignet de Dylan alors que son écuyer s'apprêtait à se lever, son épée tirée. Troye lui murmura de se tenir tranquille et contempla d'un visage impassible le groupe qui s'arrêtait devant lui. Il remercia le ciel qu'Eleanor ait disparu dans les bois et espéra qu'elle aurait le bon sens d'y rester.

Les mercenaires s'éparpillèrent de façon menaçante sur leurs montures, leurs éperons cliquetant, et l'un d'eux, que Troye identifia comme étant le chef de la sordide bande, lança des salutations. C'était un individu sale et mal rasé, au visage marqué par la vérole. Troye répondit par un simple signe de tête, les paupières plissées.

— Vous avez une femme ? demanda le mercenaire dans un anglais teinté d'un fort accent.

Troye ne dit rien et se contenta de le fixer.

— Nous avons de l'or, insista le Flamand. Nous la paierons.

Troye se leva lentement.

— Elle n'est pas à vendre.

L'autre rit.

— Toutes les femmes ont un prix.

— Pas celle-là.

Troye posa la main sur le pommeau de son épée. Il

soupesa ses chances et regretta de n'être armé que de son glaive et de sa dague.

Dylan se leva aussi et peut-être qu'il y aurait eu un combat, si à ce moment-là un groupe de voyageurs n'était pas apparu de l'autre côté de la rivière. Ils traversèrent dans l'eau peu profonde, s'interpellant bruyamment et s'encourageant les uns les autres.

— Bonjour.

Un individu à l'air jovial et aux joues rubicondes, bâti comme un chêne, sourit largement et leva son bâton en guise de salut amical, inconscient de la violence qui avait été imminente.

— Bonjour, répondit Troye d'une voix forte. Venez-vous de loin, mon brave ?

— Pour ça oui.

L'homme s'arrêta, comme Troye l'espérait, s'appuya sur son bâton et se lança dans un long récit sur son voyage depuis Newmarket. Les Flamands, ayant perdu patience et l'occasion qu'ils cherchaient, éperonnèrent leurs chevaux et s'élancèrent à travers la rivière, galopant vers la rive opposée et disparaissant derrière une crête.

Eleanor émergea alors, jetant un coup d'œil prudent de derrière les arbres où elle s'était cachée. Troye l'aperçut et lui fit signe d'avancer. Il passa un bras autour de sa taille, en un geste possessif qui n'échappa pas aux voyageurs, des fermiers et leurs femmes qui s'attroupèrent autour d'eux.

Le grand costaud indiqua son nom, Watt, et observa :

— Ces gars-là n'avaient pas l'air honnête.

Il fit un signe de tête dans la direction que les Flamands avaient prise.

— Je crains que vous n'ayez raison, approuva Troye.

— Si vous voulez vous joindre à nous, vous êtes les bienvenus.

— Merci, mais nous allons vers le nord.

Watt tendit la main.

— Dieu vous accompagne.

Troye et Eleanor le remercièrent, puis ils se mirent en selle et repartirent. Mais Troye ne suivit pas les Flamands, par crainte d'une embuscade. Il connaissait fort bien les routes et les chemins, qu'il avait empruntés maintes fois au cours des années. Il fit un détour et se dirigea vers Warwick.

Le maître d'armes du château de Warwick était un ami personnel de Troye, de longue date. Le comte de Warwick, William Beauchamp, les avait formés tous les deux de nombreuses années auparavant, et Troye fut bien accueilli avec sa femme et son écuyer. Ils s'attardèrent une journée au château, pour s'assurer que les Flamands avaient quitté la contrée, et Troye déclara que les chevaux avaient besoin d'un répit. Eleanor fut vivement contrariée, se demandant s'il avait considéré qu'elle avait besoin de repos, elle aussi, mais elle était trop lasse pour le défier sur ce sujet et ne tenait pas à aggraver leurs relations déjà glaciales.

Ils se remirent en route le surlendemain matin, par beau temps, se dirigeant vers Leicester. Mais le temps ne se maintint pas ; dans l'après-midi il plut et un vent froid souffla du nord, rendant les conditions de voyage fort désagréables. Ils passèrent une autre nuit dans une auberge, dormant dans la salle commune car toutes les chambres étaient prises. Eleanor pensa que cette nuit ne finirait jamais. Elle partageait une étroite couchette avec Troye, pendant que Dylan dormait par terre. L'air était étouffant et fétide, et là encore plusieurs voyageurs semblaient malades.

Eleanor était inquiète à l'idée que la maladie se répande dans le pays. Elle murmura ses tourments à Troye, mais il les écarta de quelques mots brefs. Le soir suivant, cependant, il s'abrita pour la nuit dans un monastère. Eleanor partagea son espoir que les moines tenaient une maison propre, et, au moins, ils ne durent pas partager avec d'autres la simple cellule qui leur fut attribuée.

Troye se lava et n'ôta que ses bottes et son baudrier, dégainant son épée et sa dague pour les placer par terre à sa portée, avant de s'allonger sur le lit. Eleanor suivit son exemple, se lava le visage et ôta ses chaussures, mais aussi sa cotte qui était mouillée. Elle l'étendit sur une chaise pour la faire sécher, puis s'assit sur le bord du lit et regarda par-dessus son épaule Troye couché sur le côté. Comme elle détestait son silence, et le dos qu'il lui tournait ! Se rappelant qu'elle était son épouse, elle posa doucement une main sur sa hanche. Il ouvrit les yeux et contempla sa main. Elle sentit ses joues s'enflammer, pas sûre de la façon dont elle devait l'approcher.

— Est-on encore loin de York ? demanda-t-elle d'une voix douce.

— Un jour.

Elle ne put trouver autre chose à dire, alors elle s'allongea, remuant et essayant de trouver un endroit confortable sur l'étroite et dure couchette. Les couvertures étaient fines et rugueuses, aussi se pressa-t-elle contre le corps chaud de Troye. Il y avait plusieurs semaines qu'ils ne s'étaient pas accouplés et, même si elle n'y trouvait guère de plaisir, elle savait d'instinct que c'était un lien entre mari et femme — un lien qui se briserait aisément s'il était négligé. Elle se mordit la lèvre, fronçant les sourcils d'un air perplexe, essayant de trouver comment lui demander cela sans avoir l'air d'une ribaude. Finalement, elle se dit que des actions parleraient plus fort que des mots. Elle se tourna, faisant face à la largeur de son dos, et se blottit contre la ferme courbure de son postérieur. Puis elle passa une main sur sa taille et la posa sur son ventre plat. Elle le sentit se raidir.

— Troye…

— Quoi ?

— Je suis désolée si je vous ai mis en colère…

— Je ne suis pas en colère.

Elle faillit rire à cela, à l'étrange impression de déjà-vu que lui donnait cette conversation, car il était évident à ses manières et à son corps tendu qu'il éprouvait de la rancœur pour quelque chose, et ce depuis un certain temps. Elle avait le cœur douloureux — elle voulait seulement partager son amour avec lui, lui complaire et le réconforter.

Avec beaucoup d'audace et retenant son souffle, elle abaissa sa main, caressant son sexe à travers l'étoffe de ses chausses. Il était au repos, mais néanmoins puissamment viril sous ses doigts. Elle délaça ses chausses et glissa sa main à l'intérieur, cueillant ses parties viriles dans sa paume, alors qu'elle ne l'avait jamais touché ainsi auparavant. Elle sentit ses épaules se mouvoir tandis qu'il prenait une inspiration, mais il ne refusa pas son contact. Elle fit remonter ses doigts, le touchant partout, l'explorant, le caressant, jusqu'à ce qu'il roule sur le dos avec un grognement et l'attire sur lui.

Il releva sa chemise et la saisit par les hanches, positionnant sa féminité sur sa virilité. Il ferma les yeux et tendit les mains vers ses seins qu'il pressa sous ses paumes. Le souffle d'Eleanor se fit haché, mais elle se sentait trop loin de lui et mal à l'aise, les cuisses écartées tandis qu'elle était agenouillée au-dessus de lui. Elle ignorait que c'était possible dans cette position…

Elle sentit une vive chaleur parcourir sa peau quand elle se pencha pour l'embrasser. Il la laissa faire, ouvrant ses lèvres, et elle glissa sa langue dans sa bouche, lui donnant un baiser profond et passionné. Le corps de Troye bougeait sous elle, tendu et impatient ; les mains sur ses hanches, il la faisait aller d'avant en arrière pour s'accorder au rythme de ses mouvements. Elle fut heureuse de sentir, pour la première fois, qu'il était aussi brûlant qu'elle. Puis il guida son sexe dressé vers le havre de sa féminité et la pénétra d'un coup ferme.

Comme les fois précédentes, Eleanor fut surprise par sa taille et retint une exclamation, s'arquant en arrière, résistant à la puissante invasion de son corps qui lui paraissait trop étroit pour contenir le désir de Troye. Elle se serait retirée, mais avec un petit grognement il la tint plaquée contre lui et s'enfonça en elle. Quand ses assauts se firent plus ardents, elle sentit jaillir entre ses jambes une chaleur intense et un plaisir qui la stupéfièrent par leur vigueur. Elle planta ses ongles dans ses épaules et se balança au même rythme que lui, expérimentant pour la première fois son pouvoir de femme.

Elle baissa les yeux sur Troye, cet homme musclé et puissant, ce chevalier et ce soldat aguerri, et exulta de sa faiblesse. Elle se pencha pour approcher sa poitrine de sa bouche ; il tourna la tête et saisit la pointe d'un sein entre ses lèvres, la suçant fermement. Une flèche de plaisir la parcourut de nouveau, puis elle se cramponna à ses épaules quand il s'assit, les mains sur le bas de ses reins, et la retourna en un mouvement fluide pour se retrouver sur elle.

Il écarta ses cuisses de son genou et pressa ses hanches

sur elle, caressant de ses doigts l'intérieur de ses jambes, le doux berceau de sa féminité, l'incitant en silence à le reprendre en elle. Elle le fit, remuant frénétiquement pour l'accompagner, la tête renversée en arrière, jusqu'à ce qu'elle éprouve un besoin brûlant qui grandissait en elle et l'habitait tout entière. Elle crut qu'elle allait exploser de volupté, mais alors Troye s'arrêta, ayant atteint son contentement, et se retira rapidement. Elle le fixa, le corps douloureux, baignée de sa semence et cependant insatisfaite.

D'une voix étranglée, perplexe et néanmoins certaine qu'il y avait davantage, elle implora :

— Troye… ?

Il la contempla, le regard dur, promenant les yeux sur ses jambes et sa féminité, et se mit à la caresser presque avec réticence. Elle frémit, la chair attendrie par la vigueur de son étreinte, n'éprouvant pas de plaisir à ce contact. Elle écarta sa main, emplie de confusion et ne souffrant pas que physiquement. Devant son rejet, il haussa les épaules et se détourna.

— Dormez, Eleanor. Nous nous lèverons tôt, dès que le jour poindra.

Elle arrangea sa chemise et se coucha sur l'oreiller près de lui. Son cœur battait très fort et la chaleur du désir se dissipa pour être remplacée par la flamme subite et incandescente de la colère. Elle fixa Troye qui lui tournait le dos, et dont la respiration profonde indiquait qu'il s'était rapidement endormi. Pendant un moment elle fut grandement tentée de le secouer pour le réveiller, de lui crier qu'il n'avait pas le droit de la traiter comme une ribaude, prenant son plaisir quand et comment cela lui convenait. Mais elle craignait de l'affronter, de l'entendre prononcer à voix haute les mots qui confirmeraient ses soupçons que leur mariage était condamné. Une fois de plus, elle s'obligea à garder le silence, espérant que le sommeil la libérerait bientôt du tourment de ses pensées.

8.

Le lendemain, ils atteignirent la vallée d'York. A travers une brume rosée, tandis que le soleil ambré baissait dans le ciel, ils purent apercevoir l'énorme masse de la cathédrale se profiler à l'horizon. Sur la droite se dessinaient les contours moins imposants de l'église St Mary et du château d'York, avec, au milieu, les toits couverts de chaume et de bardeaux des maisons. Autour de la cité se dressaient des murailles de calcaire doré, longées par une haute butte herbeuse qui tombait dans un profond fossé. Troye et Dylan discutèrent des mérites des défenses de la ville, mais ils ne pénétrèrent pas à l'intérieur par l'une des quatre robustes barbacanes.

— Cela ressemble de loin à une vision de conte de fées, dit Troye, mais entre les murs les rues sont étroites et difficiles à traverser. Nous ferions bien d'éviter le bruit et les mauvaises odeurs.

Eleanor contempla la ville dorée, doutant de ses paroles et songeant que c'était bien de lui de détruire la romance de ce moment, son premier aperçu de son nouveau foyer. Mais toute la journée elle avait souffert d'une migraine, aussi ne fit-elle aucun commentaire, aspirant seulement à s'allonger dans un endroit sombre et frais.

*
* *

La demeure familiale de Troye se trouvait dans le petit village de Fulford, à un mille environ de la cité. Ils chevauchèrent jusqu'à un grand manoir en colombage, aux murs peints en blanc et aux fenêtres à petits carreaux. Il se dressait sur une butte et était en partie caché de la route par des chênes et des frênes. Mais Eleanor nota à peine ces détails, ayant du mal à lever la tête de l'endroit où elle reposait entre les omoplates de Troye, un oreiller qui prodiguait peu de confort. La journée n'avait pas été bonne non plus pour Dylan, avec son maître qui parlait d'un ton coupant et hargneux à la moindre occasion ; il ne lui avait pas échappé que Troye s'adressait à peine à son épouse. En tant que simple écuyer ce n'était pas son rôle de faire des remarques, mais il lui était pénible de tenir sa langue. Lui aussi était content d'arriver à destination.

Quand les voyageurs fatigués s'arrêtèrent, la porte d'entrée s'ouvrit et plusieurs personnes s'amassèrent sur le seuil pour regarder avec curiosité.

— Troye !

Une grande femme vêtue d'une cotte et d'une guimpe en toile s'avança, ses beaux traits et ses yeux sombres trahissant son identité.

Troye lâcha la bride de son cheval et démonta, laissant Eleanor perchée de façon précaire sur le destrier livré à lui-même. Dylan mit rapidement pied à terre et vint l'aider à descendre, lui tendant les bras pour qu'elle saute. Eleanor évalua mal la distance et le cheval fit un écart au moment où elle se laissait glisser, si bien qu'elle tomba sur le mince jouvenceau et qu'ils roulèrent tous les deux à terre en poussant un grognement.

Troye émit une exclamation irritée. D'une main il remit

Dylan sur ses pieds, relevant Eleanor de l'autre, le tout sans douceur. Eleanor brossa la poussière de sa cotte et de ses mains, et se sentit rougir quand la femme demanda qui ils étaient.

— Mère, voici Dylan, mon écuyer, et… ma femme, Eleanor, les présenta Troye d'un ton bref. Ma mère, dame Anne.

Eleanor fit une révérence, les yeux baissés, tandis que les deux serviteurs qui se tenaient derrière dame Anne ne pouvaient retenir une exclamation de surprise.

— Eh bien, vous feriez mieux d'entrer.

Dame Anne scruta la pénombre du crépuscule, mais ne put voir grand-chose de la nouvelle épouse de son fils, une belle-fille inattendue. Elle prit ses jupes à deux mains, et, avec une fermeté qui rappela à Eleanor celle de son fils, ordonna aux serviteurs d'aller devant et d'allumer les lampes.

— Et dites au cuisinier que nous avons des hôtes pour le souper.

Sur les indications de Troye, Dylan se rendit aux écuries à l'arrière du manoir, et Eleanor regretta de voir disparaître son visage familier. Bien qu'il lui ait peu parlé durant leur long et harassant voyage depuis Londres, elle avait senti sa sympathie et sa calme présence avait été un tampon entre elle et Troye. Maintenant, elle allait être seule avec son mari et sa famille. Comment allait-elle se comporter avec eux ? Et, plus important, comment allaient-ils se comporter avec elle ?

Dès qu'elle franchit le seuil de la demeure des Valois, Eleanor détecta une atmosphère qu'elle n'avait jamais rencontrée auparavant. Elle se demanda pourquoi et le mit sur le compte de son mal de tête et de sa gorge irritée, car elle était sûre à présent d'être tombée malade. Mais elle fit de son mieux pour sourire à la mère de Troye et pour répondre aussi poliment qu'elle put à ses questions sur sa famille et sa maison dans le Somerset, tandis que dame Anne les conduisait à une banquette placée devant la cheminée de la grand-salle. Une servante arriva avec un plateau et elle but avidement du vin frais, mais refusa les gâteaux au miel qu'on lui offrait.

— Et quand ce mariage a-t-il eu lieu ? demanda abruptement dame Anne à son fils, en servant du vin et en écrasant un gâteau dans sa paume.

— Il y a un peu plus d'un mois.

— Et vous n'avez pas songé à écrire pour inviter votre mère à la noce ?

— Le temps a manqué, répondit Troye d'un ton évasif, en ôtant son épée et en la posant de côté. Mais j'ai écrit pour vous en informer.

— Je n'ai reçu aucune missive.

Il haussa les épaules.

— Je me doutais que le messager n'était pas digne de foi. Il n'a probablement pas quitté Londres après avoir empoché l'argent.

Dame Anne examina son fils en haussant les sourcils d'un air sceptique, puis elle se tourna vers Eleanor qu'elle contempla d'un regard acéré. D'un ton plus doux que celui qu'elle avait employé avec Troye, elle demanda :

— Et mon fils vous a traînée jusqu'ici en six jours, assise à l'arrière de son cheval ? Vous devez être épuisée.

Eleanor sourit faiblement et murmura d'une voix qui lui râpa douloureusement la gorge :

— En effet, ma dame mère.

— Vous pouvez m'appeler dame Anne. Je préfère.

Dame Anne se leva, fronçant légèrement les sourcils. Elle alla à Eleanor et posa une main fraîche sur son front.

— Or ça, petite, vous êtes brûlante !

Elle jeta un regard accusateur à Troye par-dessus son épaule.

Il répondit en la fixant d'un air dur :

— Ce n'est pas ma faute si nous avons rencontré des gens malades en route.

Dame Anne fit claquer sa langue et appela la servante.

— Meg, apportez de l'eau chaude et de l'eau froide… dans la chambre de maître.

Pendant un moment elle regarda Troye, puis Eleanor, comme si elle avait des doutes, et consulta de nouveau son fils.

— Voulez-vous… veut-elle… prendre cette chambre ?

Il haussa les épaules et hocha la tête.

— Il n'y en a pas d'autre.

— Je pourrais la prendre, et vous pourriez prendre la mienne.

— Non, répondit Troye d'un ton sec. Cela ne fera pas de différence.

— Mais…

Ils se dévisagèrent un long moment, sembla-t-il à Eleanor, et elle se leva, troublée et ne voulant pas qu'on fasse des embarras à cause d'elle.

— Je suis désolée si je vous cause des inconvénients…

— Chut, petite.

Dame Anne se tourna vers elle et s'écria vivement, alarmée :

— Troye ! Vite, attrapez-la !

La pièce se mit à tournoyer autour d'Eleanor, qui fut

prise d'une intense bouffée de chaleur. Un instant elle sentit les bras de Troye lui enserrer la taille, et l'instant suivant ses pieds quittèrent le sol. Elle fut vaguement consciente d'un balancement tandis qu'il la portait dans l'escalier, du bruit de ses bottes sur les planchers, du craquement d'une porte qui s'ouvrait, puis il y eut le soulagement de draps frais… et plus rien d'autre.

Pendant plusieurs jours elle dériva entre la conscience et l'inconscience, le corps brûlant de fièvre, les cheveux et la peau mouillés de sueur tandis qu'elle luttait pour combattre la maladie qui l'assaillait. Elle faisait des cauchemars et des rêves étranges. Parfois elle croyait entendre la voix d'une enfant, d'autres fois les aboiements d'un chien, et bien qu'elle soit sûre d'appeler Troye, elle était tout aussi sûre qu'il ne venait pas à elle. Elle criait, sanglotait, implorait… mais il ne venait toujours pas, elle ne pouvait pas entendre sa voix ni sentir le contact de ses doigts, il était perdu… il lui échappait… et elle ne savait pas où elle était.

Un vif éclat éveilla Eleanor. Elle tourna lentement la tête vers la lumière. Pendant un moment elle résista, en proie à un violent désir de replonger dans le sombre oubli du sommeil, mais une force inconnue, invisible, la tirait avec une puissante détermination du brouillard dans lequel elle flottait et la ramenait au jour.

Elle pouvait voir une fenêtre, et au-delà de blancs flocons de neige qui voletaient dans le ciel gris. Dehors, tout était recouvert d'une épaisse couche de neige, les branches nues des arbres enrobées de blanc. Pendant un long moment elle resta immobile, observant la neige qui tombait du ciel hivernal, silencieuse et sereine.

Puis elle entendit les aboiements d'un chien, suivis par un rire — un rire charmant, heureux, féminin. Elle souleva la tête de l'épais oreiller enveloppé dans une taie de toile blanche et regarda par la fenêtre à petits carreaux.

Une jouvencelle se trouvait dehors, une enfant mince et de taille moyenne, avec des cheveux noirs qui tombaient jusqu'à sa taille. Elle portait une cotte bourgogne et une cape de velours bleu foncé, et elle était très belle. Eleanor se redressa sur un coude et la regarda fixement, attirée par elle pour une raison inexplicable. Elle repoussa ses couvertures et alla pieds nus, en chemise de nuit, à la petite fenêtre carrée ; elle posa un genou sur un coffre en chêne sculpté qui se trouvait au-dessous, recouvert d'un coussin. S'appuyant contre les vitres serties de plomb, elle regarda dehors, remarquant à peine la froideur des vitres sous sa paume.

L'enfant rit de nouveau et se tourna vers le chien, un petit épagneul qui batifolait dans la neige et sautait autour de ses jupes, ramassant par jeu un bâton qu'il lâchait ensuite pour qu'elle le lui lance. Eleanor pouvait voir que la peau de la jouvencelle était presque aussi blanche que la neige, sans défauts, teintée d'une douce nuance de rose par le temps glacé. Son souffle se changeait en une vapeur délicate tandis qu'elle riait. Elle appela le chien dans une langue qu'Eleanor ne comprit pas. Ses yeux étaient d'un brun très foncé, frangés par d'épais cils sombres. Son nez était droit et fin, sa bouche d'un rose foncé et bien dessinée, la lèvre inférieure charnue et généreuse.

Elle pirouetta sur elle-même, ses jupes tournoyant dans la neige, et pendant un bref instant elle regarda directement

Eleanor. Celle-ci eut envie de taper à la fenêtre, d'attirer son attention, mais la jouvencelle détourna la tête et courut à travers le jardin, disparaissant derrière une haie, le chien la suivant en agitant la queue avec vigueur et en jappant joyeusement.

Avec un petit cri, Eleanor s'écarta de la fenêtre et courut à la porte. Elle trébucha sur le bord d'un tapis disposé sur le plancher ciré. Ses genoux heurtèrent rudement le sol, son corps étant maladroit après sa longue immobilité. Mais elle se remit debout et continua. Il fallait qu'elle trouve la jouvencelle, qu'elle lui parle. Elle tira sur le loquet en fer forgé et se rua dans la grand-salle, puis ses pieds nus foulèrent la neige glacée…

— Eleanor !

Une voix l'appela. Elle se débattit et soudain elle se réveilla, regardant autour d'elle avec la plus grande confusion, le souffle court. Elle se rendit compte qu'elle avait rêvé, et cependant… Elle émit un cri incohérent et promena les yeux sur le décor qui l'entourait. C'était la même pièce que dans son rêve, mais quand elle tourna la tête vers la fenêtre il n'y avait pas de neige. C'était le plein été, l'herbe était verte et les arbres chargés de feuilles, le ciel bleu. Il n'y avait pas de feu dans la cheminée, mais il y avait bien le coffre sous la fenêtre. Pourtant elle aurait juré qu'elle n'était jamais venue là auparavant, qu'elle n'avait jamais vu cette chambre… Devenait-elle folle ?

Elle leva les yeux vers la femme qui se penchait sur elle, une dame bien née à en juger par sa cotte. Eleanor la scruta, faisant des efforts pour se souvenir. La femme prononça son nom, puis une servante entra dans la chambre et la contempla avec curiosité.

— Allez chercher mon fils, dit sa maîtresse.

La chambrière s'en alla en courant, tout excitée d'être porteuse de bonnes nouvelles. Ses pieds bottés résonnèrent sur les planchers tandis qu'elle allait de pièce en pièce, mais elle ne put trouver son maître.

Dans les cuisines, elle tira sur la large manche du cuisinier.

— Maître Jarvis, où est notre jeune maître ? Sa dame est réveillée !

Le cuisinier fronça les sourcils, ses bajoues roses tremblotant quand il tourna la tête, et il regarda par la fenêtre, vers la cour.

— Un chariot est arrivé il y a peu de temps. Il doit être dans la grange du haut, pour surveiller le déchargement.

Sans un mot de remerciement, la petite servante détala, ses cheveux et son bonnet volant tandis qu'elle courait. Elle releva ses jupes, glissant dans les ornières du chemin qui menait à l'arrière du manoir. Là, à son vif soulagement, elle trouva Troye et se rua sur lui, le tirant par sa manche, ses explications un flot de paroles embrouillées qu'il put à peine saisir. Mais son instinct lui dit qu'il ne pouvait y avoir qu'une cause à cette agitation. Sans poser de questions et sans le moindre doute, il se détourna de sa tâche — vérifier les ballots de laine prêts à être expédiés en Hollande — et s'empressa de gagner la maison, ses grandes enjambées laissant derrière lui la chambrière qui trottait à sa suite.

Eleanor s'assit dans son lit et repoussa les longues mèches de ses cheveux, parcourant la chambre des yeux, notant les meubles foncés, le lit à baldaquin, le coffre sous la fenêtre. Tout cela lui semblait familier, et pourtant elle était sûre qu'elle n'avait jamais été là auparavant… Elle leva son regard vers la femme et se souvint. Un léger sourire se peignit sur ses lèvres et elle murmura :

— Dame Anne.

Sa belle-mère s'assit sur le bord du lit et prit une de ses mains dans les siennes, la serrant gentiment mais avec fermeté.

— Vous m'avez inquiétée durant quelque temps, petite.

Elle faillit dire qu'il était cruel de voir sa deuxième belle-fille malade dans le même lit que la première, mais elle douta de la sagesse de cette remarque, ne sachant pas ce que Troye avait dit à Eleanor. Aussi se contenta-t-elle de sourire avec douceur.

— Comment vous sentez-vous ?

— Aussi faible qu'un chaton.

Eleanor sourit.

— Vous avez été très malade, mais je pense que le pire est passé.

Dame Anne posa les doigts sur la joue d'Eleanor.

— Oui, vous êtes fraîche, à présent.

Eleanor hocha la tête, s'adossa aux oreillers et tourna son visage vers la fenêtre. Dame Anne se leva et quitta la chambre en disant qu'elle allait revenir avec un plateau de nourriture, promettant de trouver des mets qui aiguiseraient l'appétit d'Eleanor et lui rendraient ses forces.

— Merci, murmura Eleanor.

Mais dès que la porte se referma et qu'elle resta seule elle se tourna de nouveau vers la fenêtre et le coffre rangé au-dessous, étrangement attirée par eux.

Elle écouta les bruits de la maison, les planchers qui craquaient, les voix distantes, les oiseaux qui chantaient dans les branches, ainsi que le son de sa propre respiration et les battements réguliers de son cœur. Il y avait quelque chose… elle ne savait quoi, mais quelque chose qui lui étreignait le cœur et faisait verser à son âme de chaudes larmes de chagrin…

Elle lissa la courtepointe de sa paume et contempla le grand lit à baldaquin. Ce lit… y avait-il couché avec elle ? Cette pensée lui transperça le cœur d'une vive douleur et elle se redressa, essayant de repousser les couvertures, mais elle se figea quand la porte s'ouvrit.

Des pas résonnèrent sur le plancher, si familiers qu'elle eut à peine besoin de tourner la tête pour reconnaître Troye. L'émotion qu'elle éprouvait était telle que des larmes lui montèrent aux yeux quand il s'approcha d'elle. Elle avait craint de ne plus jamais le revoir, le toucher, l'embrasser, ou lui dire combien elle l'aimait. Elle se mordit la lèvre inférieure lorsqu'il s'arrêta près du lit et leva lentement les yeux vers les siens.

— On m'a dit que vous allez mieux ?

Il parla de cette voix calme et claire qui ne trahissait nulle émotion, et pourtant elle fut profondément touchée par son timbre. Sa question, cependant, était loin d'être le tendre intérêt d'un mari aimant, et les larmes d'Eleanor lui brûlèrent plus vivement les yeux. Elle détourna son visage pour qu'il ne les voie pas et hocha simplement la tête. Elle s'efforça de repousser les couvertures ; il s'approcha et les rabattit d'un geste. Elle sortit ses jambes du lit et posa les pieds avec précaution sur le frais plancher sombre. Ses genoux flanchèrent quand elle se leva, et Troye tendit la main pour lui saisir le coude. Elle le remercia d'un sourire, puis se dirigea d'un pas hésitant vers la fenêtre.

Il l'accompagna et resta près d'elle tandis qu'elle clignait des yeux dans la lumière, regardant sur sa gauche et sur sa droite. Elle ne put résister à la tentation et lui demanda du ton le plus détaché possible :

— Il n’a pas neigé, n’est-ce pas ?

Troye la fixa comme si elle avait perdu l’esprit, la soutenant toujours d’une main sous son coude.

— Non, c’est l’été le plus chaud que nous avons eu depuis longtemps. Pourquoi cette question ?

Eleanor baissa les yeux sur le coffre et secoua la tête.

— C’est sans importance. J’ai fait des rêves étranges.

— C’est courant avec de fortes fièvres.

Il suivit la direction de son regard, puis la pressa abruptement de rejoindre son lit.

— Vous êtes encore faible, vous avez besoin de repos.

Eleanor put entendre dame Anne et la chambrière qu’elle appelait Meg qui montaient l’escalier. Bien qu’elle brûlât de poser à Troye les multiples questions qu’elle avait à l’esprit, ils se détournèrent de la fenêtre et regagnèrent le lit avec une hâte presque coupable.

Les jours suivants, Eleanor sentit ses forces lui revenir graduellement, ainsi que son sens de l’odorat et avec lui son appétit. Elle attendait avec impatience les visites de Troye. Une fois, il s’assit sur le coffre sous la fenêtre et la fixa avec une expression qu’elle ne put déchiffrer.

— Comment vous sentez-vous, aujourd’hui ? demanda-t-il, les mains nouées entre ses genoux écartés, ses yeux évitant ceux de sa femme.

— Je me sens bien remise, merci.

Eleanor lui sourit et tapota le bord du lit, le trouvant trop loin et trop formel.

— Je ne suis pas contagieuse.

A son insistance, il se leva du coffre et vint s’asseoir près d’elle. Elle tendit une main vers lui et il la prit dans la chaleur des siennes. Elle tira de la force de sa force, même si elle sentait sa réticence.

Rougissant un peu, elle murmura :

— Vous me manquez, Troye. Ce lit est beaucoup trop grand pour une seule personne.

Elle sourit, puis rit doucement pour cacher sa profonde solitude.

Il porta les yeux vers la fenêtre, incapable de trouver les mots pour lui dire qu'il n'avait pu se résoudre à dormir avec elle dans ce lit, qu'il avait partagé avec sa première femme.

— Vous devez prendre autant de temps que nécessaire pour vous rétablir, éluda-t-il. Mes ronflements vous empêcheraient de dormir.

— Vos ronflements me plaisent.

— Vraiment ?

Il ramena son regard sur elle, attiré par son sourire et son ton amusé.

— Oui, je trouve ce bruit fort réconfortant.

Il rit sans la croire, et insista en ajoutant :

— En outre, il fait très chaud, en ce moment. Je transpire abondamment toute la nuit.

La pensée de Troye allongé près d'elle, moite et brûlant, fut plus tentante qu'elle ne put le supporter, aussi baissa-t-elle modestement les yeux. Avec un léger sourire, elle accepta le fait qu'elle ne gagnerait pas ce jour-là, mais il y aurait toujours demain.

Après quelques instants d'une conversation futile, elle libéra sa main des siennes et le laissa partir. Il se leva et, à la porte, se détourna pour la regarder. Leurs yeux se rencontrèrent ; Eleanor sourit doucement, mais cet encouragement ne fut pas suivi d'une réponse. Il s'en alla pour vaquer à ses affaires. Avec un soupir elle se renfonça dans l'oreiller, encore faible, fatiguée, et se demandant comment combler la brèche qui s'élargissait entre elle et son mari.

A la fin de la semaine, dame Anne l'encouragea à s'habiller et à sortir prendre l'air. Elles se promenèrent ensemble dans le jardin, puis s'assirent sur un banc en pierre près d'une mare à poissons, pas très loin de la maison. La lumière dorée de la fin d'après-midi tombait obliquement sur l'herbe et les arbres, l'air était parfumé par les roses et le chèvrefeuille. Eleanor offrit son visage au soleil et ferma les yeux, jouissant de la chaleur et d'un doux sentiment de paix. Elle était consciente de dame Anne assise près d'elle, qui l'observait sans vouloir en avoir l'air. Elle rouvrit les paupières et tourna la tête, une question dans les yeux.

Dame Anne lui tapota la main.

— Que vous a-t-il dit ?

Eleanor détourna son regard avec un sourire peiné. Il était inutile de feindre. Elles savaient toutes les deux à quoi sa belle-mère faisait allusion. Elle secoua la tête.

— Rien. Il n'a rien dit.

Dame Anne se leva.

— Venez… Vous sentez-vous assez forte pour une courte marche ?

— Oui, répondit Eleanor, heureuse de l'occasion de se dégourdir les jambes et d'échapper au confinement de la maison.

Elles suivirent une allée entre deux hautes haies. Eleanor avait l'impression singulière d'être déjà venue là. Elle se rappela son rêve, celui qui avait paru si réel, et la jouvencelle jouant avec le chien — ils avaient eux aussi pris ce chemin-là. Dame Anne l'entraîna le long d'une rivière, les branches délicates de saules pleureurs caressant l'eau sombre et fraîche. Après une courte distance, elle s'éloigna de la rivière et emprunta le chemin qui menait au village de Fulford. Il y avait une auberge, une forge et plusieurs cottages, mais par ce sec après-midi il n'y avait personne en vue, tout le monde étant dans les champs pour moissonner l'orge, l'avoine et le blé.

Une église se dressait au-delà d'un bouquet de hêtres aux feuilles pourprées. La porte du cimetière grinça quand dame Anne l'ouvrit et elles entrèrent dans l'enclos béni, leur ombre se mêlant aux ombres jetées sur l'herbe par les pierres tombales. Eleanor la suivit dans un coin abrité par des arbres et une haie d'églantiers et d'aubépine. Il y avait là une petite pierre devant laquelle dame Anne s'arrêta. Eleanor repoussa les mèches moites collées sur son front, car elle était fatiguée par ce bref exercice, et elle baissa les yeux, lisant l'inscription gravée.

Isabeau de Valois
Epouse bien-aimée
Chérie à jamais
Enlevée à l'amour des siens
A l'âge de vingt ans

Pendant un long moment, tout ce qu'elle put faire fut de rester immobile et de contempler fixement ces mots. Ici, enfin, elle était confrontée à tout ce qui se dressait entre elle et Troye. Elle lut de nouveau l'épitaphe, chaque mot et l'âge tendre de la défunte se gravant douloureusement en elle, et elle murmura :

— Elle avait juste vingt ans. Mon âge.

— Oui.

Dame Anne croisa les bras d'un geste résigné, levant les yeux vers les cieux, vers un Dieu dont elle était sûre qu'Il les avait désertés ce jour terrible.

— C'était une très belle jeune femme.

— Il l'aimait.

— Oui.

— Comment… Que s'est-il passé ?

Elles ne se regardèrent pas quand elle posa cette question, et elle se demanda si dame Anne allait lui répondre. Elle n'avait aucun droit de l'interroger, et nul désir de raviver une peine endormie.

— Elle a glissé et est tombée par un glacial jour d'hiver, juste avant la Noël. Sa tête a heurté le sol.

Eleanor ne sut que dire à cela, toutes sortes de pensées et de questions s'agitant dans son esprit. Elle chercha quelque chose, un point de départ pour un sujet qui était à la fois très simple et qui, en même temps, dépassait son entendement. Elle demanda aussi prudemment qu'elle put :

— Comment s'étaient-ils rencontrés ?

— Isabeau était juive. Son père était un banquier à qui mon époux empruntait parfois de l'argent quand des livraisons étaient en retard. Ils se connaissaient depuis qu'ils étaient enfants. Mon mari avait coutume d'emmener Troye avec lui quand il se rendait à York, pour voir les marchands et quelquefois son banquier, Leo Samuel. Je les accompagnais aussi de temps en temps et nous voyions Isabeau assise derrière le comptoir de son père, écrivant dans un livre, aidant maître Samuel à tenir ses comptes. Elle avait toujours un petit chien avec elle et quelquefois nous laissions les enfants sortir dans la cour pour jouer avec lui pendant que nous parlions affaires. Certes, Troye était plus âgé qu'Isabeau, et au début il grommelait, mais la mère d'Isabeau confectionnait de délicieux biscuits ou des gâteaux aux graines de pavot et il s'arrangeait pour qu'Isabeau lui en donne de généreuses portions.

Dame Anne sourit doucement à ce souvenir.

— C'était une enfant ravissante, si… sereine, et si intelligente. Elle était toujours aimable et amusante — je me souviens comme elle faisait sourire Troye. Et son rire était le son le plus charmant que l'on pouvait entendre.

Le souvenir de ces temps heureux illumina le visage de dame Anne de l'intérieur, puis ses yeux s'assombrirent tandis que d'autres pensées lui venaient.

— Mais alors le roi a expulsé tous les juifs du royaume. Mon époux a eu pitié des Samuel et les a abrités, pendant qu'ils prenaient des dispositions pour partir dans les Flandres. Cela a pris un certain temps et Isabeau et Troye ont passé maints moments ensemble. Ils sont tombés amoureux. Troye a demandé à Leo Samuel la permission d'épouser sa fille, mais il a refusé. Il l'avait promise depuis sa naissance à un autre juif, un érudit de leur foi. Il insistait pour qu'Isabeau accompagne sa famille à Anvers et épouse cet homme. Alors Troye et elle se sont enfuis et se sont mariés en secret. Puis, quand il a jugé que la situation était sûre, Troye l'a amenée ici pour vivre avec nous. Mon mari est mort peu après et j'ai accueilli Isabeau, l'ai aimée comme la fille que je n'avais pas eue. Qui pouvait ne pas l'aimer ? Et puis…

Là, la voix de dame Anne se durcit tandis qu'elle essayait de maîtriser le chagrin qui menaçait de la dominer.

— … le roi a rappelé Troye à la cour, et après une année de bannissement il n'a pu refuser de s'y rendre et de faire la paix avec Edward. Isabeau attendait leur deuxième enfant, aussi est-elle restée à la maison. C'était l'hiver, nous sommes sorties marcher avec Toby, son petit épagneul, mais en chemin elle a glissé sur de la glace et est tombée.

Dame Anne resta silencieuse un long moment, sa gorge se contractant douloureusement.

— C'était là-bas, dit-elle en indiquant la direction d'où elles étaient venues, près de la rivière. Elle n'avait qu'une petite bosse sur le front et nous ne nous sommes pas inquiétés. Mais Dieu, dans sa grande sagesse, a choisi de prendre notre gentille Isabeau. Je l'ai trouvée au matin, allongée dans son lit, pâle et immobile, comme si elle était endormie.

Eleanor restait figée, la tête basse, fixant la pierre tombale, une part d'elle-même essayant d'imaginer la femme qui gisait maintenant sous la terre, retournée en poussière. Mais l'autre moitié d'elle-même se crispait et souhaitait fuir la douloureuse vérité d'une femme si ardemment aimée, et qui aurait dû être encore vivante. Cette pensée la fit pleurer, des larmes roulant silencieusement sur ses joues ; elle pleurait une femme qu'elle n'avait pas connue, mais qui influençait si fortement son existence qu'elle aurait pu être encore en vie.

— Troye ne vous a vraiment rien dit ?

Eleanor secoua la tête, renifla et s'essuya le nez d'un revers de main.

Dame Anne fit claquer sa langue, désapprouvant le silence de son fils.

— Pardonnez-moi de vous le demander, mon enfant, mais je suis intriguée. Pourquoi Troye vous a-t-il épousée ?

Eleanor releva la tête, la douleur lui déchirant le cœur et donnant lieu à d'autres larmes.

— Vous voulez dire pourquoi m'a-t-il épousée alors qu'il l'aime encore ?

Elle désigna la tombe du menton et réprima un sanglot, les yeux mouillés de pleurs.

— Sur l'ordre du roi. Quoi d'autre ? Troye a fait son devoir, comme on peut l'attendre de lui.

Là, Eleanor saisit ses jupes à deux mains et s'enfuit en courant du cimetière, à l'aveuglette, cherchant à échapper à la vérité et à la douleur qui la hanteraient désormais à jamais. Elle ignora dame Anne qui l'appelait et continua à courir, mais, dans sa faiblesse, elle fut bientôt contrainte de s'arrêter, haletante, et tomba à genoux sur le sentier près de la rivière. Elle resta là et pleura, son cœur lui faisant mal de tout l'amour qui ne pourrait jamais être : non seulement son amour pour Troye, mais l'amour partagé par Troye et Isabeau, si cruellement et si injustement achevé. Puis une ombre tomba sur elle et elle céda quand dame Anne l'incita doucement à se relever et la ramena à la maison.

Dans la fraîche pénombre de sa chambre, Eleanor s'affala sur son lit et reconnut qu'elle était épuisée. Elle fut grandement soulagée quand dame Anne se retira et la laissa seule. Ses larmes s'étaient taries et elle se sentait engourdie, vide, comme si son cœur lui avait été arraché. Comment survivrait-elle à cela ? Comment son mariage pourrait-il être autre chose qu'une parodie, une vie entière de solitude et de déception ?

L'après-midi toucha à sa fin, la lumière dorée laissant la place aux ombres du soir. Elle put entendre les serviteurs qui dressaient la table dans la grand-salle, en bas, et fut certaine de discerner la voix frêle d'un enfant, ainsi que le bruit de petits pieds. Elle se souvint des paroles de dame Anne, disant qu'Isabeau attendait leur *deuxième* enfant. Il y en avait donc un premier, mais Troye n'avait pas jugé bon de lui en parler. Et pourquoi, de fait, se serait-il hâté de la présenter à son fils ou à sa fille ? Une belle-mère ne valait guère mieux pour un enfant qu'un mal de dents, et elle se doutait que si Troye en faisait à sa tête l'enfant et elle ne se rencontreraient jamais... Toutefois, pour être honnête, se rappela-t-elle en se raccrochant à des fétus de paille, elle avait été malade et aucun père ne voudrait mettre son enfant en danger en l'approchant d'une personne souffrante.

Elle se tourna sur le côté et regarda vers la fenêtre, mais il faisait noir, à présent, et elle ne pouvait rien voir. Puis son regard tomba sur le coffre et la froide main de la curiosité la poussa à se redresser. Elle se leva, chercha à tâtons une bougie posée sur la table près de la cheminée, puis se glissa dans le corridor sur la pointe des pieds. Elle alluma la bougie à une lampe à huile, revint tout aussi subrepticement dans sa chambre et ferma la porte. Sans bruit, les pieds nus, elle alla jusqu'au coffre et s'agenouilla.

Elle ouvrit le loquet. Le couvercle était lourd et craqua quand elle le souleva lentement, le souffle coincé dans sa gorge. Elle regarda nerveusement par-dessus son épaule, un instinct la faisant trembler et redouter le courroux de Troye. Quoi que le coffre contienne, ce n'était pas quelque chose que son mari voudrait partager avec elle. Mais il ne la laisserait pas lui poser des questions, elle avait donc elle-même à trouver ses propres réponses. Elle se persuada ainsi du bien-fondé de sa quête, appuya le couvercle contre le mur et approcha la bougie.

Une odeur de camphre et de lavande lui monta aux narines. Le coffre semblait plein de vêtements. Elle reconnut la cotte bourgogne et la cape bleu foncé de son rêve. Au-dessous, tout au fond, il y avait ce qu'elle jugea être des présents de mariage — des chandeliers en argent, des timbales, des aiguilles à coudre et une paire de pantoufles en velours. Elle se retint de fouiller plus avant. Elle entendit un bruit de sabots, dehors, et Troye donnant des instructions à Dylan comme ils revenaient d'une visite chez un négociant d'York.

Son cœur se mit à battre nerveusement. Elle remit les choses en place avec soin, puis ses doigts rencontrèrent le bord dur d'un cadre et elle ne put résister. Approchant encore la bougie, elle sortit un petit portrait, une miniature, dans un cadre doré. La chair de poule lui envahit les bras. Elle contempla fixement la belle image d'un ravissant visage, avec des yeux sombres et des cheveux noirs, une peau pâle, un nez parfait, une douce bouche en forme de pétales de rose… La jouvencelle de son rêve !

Isabeau de Valois.

Pendant un long moment elle fixa le portrait, interdite, puis elle entendit la porte d'entrée qui s'ouvrait et Troye qui saluait sa mère. Elle ne put distinguer leur conversation, mais elle se hâta de ranger le portrait et de refermer le coffre, certaine que Troye n'apprécierait pas de la trouver en train de fouiner dans ses souvenirs. Quand elle entendit ses pas résonner dans l'escalier, elle se hâta d'aller s'asseoir sur le bord du lit et entreprit d'enfiler ses chausses, les doigts tremblants.

La porte de la chambre s'ouvrit et Troye passa la tête dans l'entrebâillement. Quand il vit qu'Eleanor était éveillée, il entra. Il l'observa un moment pendant qu'elle prenait sa brosse et la passait dans ses longues mèches auburn. Un souvenir lointain surgit en lui, d'*elle* assise sur le bord de leur lit et se coiffant juste après qu'ils avaient fait l'amour. Il écarta ce souvenir et regarda durement Eleanor, qui n'avait ni le sourire ni l'éclat d'une femme comblée et satisfaite.

— Vous paraissez fatiguée, dit-il en remarquant ses cernes et ses yeux gonflés. Vous ne devez pas essayer d'en faire trop, trop vite.

Elle leva vers lui un regard prudent et s'efforça de sourire.

— Je ne voudrais pas que votre mère pense que je suis paresseuse.

— Nul ne pense cela de vous.

Il se détourna, toujours prêt à battre en retraite dès qu'ils abordaient des sujets personnels.

— Le souper est prêt.

Eleanor se leva. Elle enfila ses pantoufles et arrangea sa cotte, puis il lui tint la porte ouverte et ils sortirent ensemble de la chambre.

Dans la grand-salle, la longue table en chêne foncé avait été garnie de tranchoirs et d'une marmite de ragoût de poulet fumant. Dame Anne prit sa place habituelle en haut de la table et Eleanor s'assit à sa gauche, pendant que Troye s'installait à sa droite, face à sa femme. En était-il ainsi avec Isabeau ? se demanda Eleanor.

La mère et le fils conversèrent d'une manière détendue tandis qu'ils se servaient et mangeaient, leur discussion portant principalement sur le commerce de la laine, le temps et leurs voisins. Eleanor écouta, mais ces sujets ne lui étaient pas familiers et elle ne fit aucun commentaire. La tête basse, elle mangea en silence, envahie par une intense vague de nostalgie en se demandant ce que faisaient ses parents et comment ils se portaient au château d'Ashton. Elle prit le pain rond et en brisa un morceau, le trempant dans la sauce du ragoût et le mâchant sans enthousiasme. Est-ce qu'il en serait ainsi tous les jours de sa vie ?

Elle leva les yeux et regarda Troye, le voyant sous un éclairage différent maintenant qu'elle en savait plus sur sa femme. Elle fut presque saisie de colère quand une partie d'elle-même se récria : « C'est *toi,* qui es sa femme ! » Mais son cœur, qui n'avait jamais été très raisonnable, savait fort bien qu'elle ne l'était pas.

Elle l'observa pendant qu'il parlait et imagina ce qu'il avait dû ressentir en apprenant la mort d'Isabeau. Les poils de ses bras se hérissèrent et elle frissonna, consciente de la douleur et du choc qu'il avait dû éprouver.

Sentant son regard sur son visage, Troye se détourna et s'arrêta dans sa discussion sur le haut magistrat de la région, qu'il envisageait d'inviter à souper.

— Quelque chose ne va pas ? demanda-t-il en notant son visage pâle et son silence. Vous sentez-vous mal ?

Elle secoua la tête.

— Non.

— Vous n'avez pas dit un mot de la soirée.

Dame Anne posa une main sur le poignet de Troye, en un petit geste d'avertissement.

— De fait, nous nous sommes montrés négligents en ne parlant de rien sur quoi Eleanor pouvait intervenir.

— Je me satisfais de vous écouter, murmura Eleanor.

Troye contempla ses yeux baissés.

— Je dois aller à York demain. Si vous voulez, vous pouvez m'accompagner. Vous n'avez pas encore vu la ville. Le marché et la cathédrale pourront vous intéresser.

— Nous irons ensemble, déclara dame Anne pour dissiper l'hésitation de sa belle-fille. Je dois voir le cordonnier pour mes souliers d'hiver. A présent, petite, prenez une part de ce gâteau aux prunes. Il sort du four. Et à vous regarder, avec la peau sur les os, nous devons vous nourrir si nous voulons que vous retrouviez vos forces et votre santé.

Eleanor n'eut d'autre choix que d'accepter la part de gâteau et il lui parut délicieux, nappé de crème fraîche. Elle sourit quand Troye se plaignit de l'énorme part que sa mère avait coupée pour lui, tristement consciente que même le regarder manger était un plaisir coupable. Il essuya la crème et les miettes de sa bouche, et rit en refusant une deuxième part. Puis il repoussa sa chaise.

— Je vais voir ce que fait Dylan.

En partant, il jeta un coup d'œil à Eleanor.

— A demain.

Elle comprit alors qu'il lui souhaitait le bonsoir, et l'idée d'une autre nuit sans lui lui parut insupportable. Du coin de l'œil, elle vit que dame Anne allait vers un panier posé dans un coin pour prendre sa broderie, et pendant qu'elle s'éloignait elle s'empressa de rejoindre Troye qui saisissait sa cape.

— Troye…

Elle le retint d'une main sur son bras, et rougit abondamment en hésitant sur les mots de sa requête.

— Qu'y a-t-il ? demanda-t-il en baissant les yeux sur elle, les sourcils froncés.

— Je… je…

Elle regarda par-dessus son épaule et chuchota :

— Où avez-vous dormi, ces dernières nuits ?

Le visage de Troye se ferma et il jeta sa cape sur ses épaules, prenant le temps de soupeser sa réponse qui, à l'agacement d'Eleanor, fut fort vague.

— J'étais assez bien installé.

Elle leva les yeux vers lui, rougissant de plus belle.

— Vous m'avez manqué.

Il ne fit aucun commentaire et elle fut contrainte d'être plus claire.

— Je suis assez bien pour que vous reveniez, si vous voulez.

— Souhaitez-vous que je le fasse ?

— Oui.

— Alors qu'il en soit ainsi. Mais ne m'attendez pas.

Il s'en alla à grands pas, mais ce fut avec bonheur qu'Eleanor passa la soirée à repriser son lambrequin, la bande d'étoffe qu'il portait sous son heaume. Elle resta assise et pensa au plaisir de l'avoir de nouveau dans son lit, ce qui serait une bonne occasion de l'interroger à propos de l'enfant. Elle était sûre que dame Anne lui aurait volontiers tout dit et présenté le petit garçon ou la petite fille, mais il était clair que Troye lui avait donné l'instruction de ne pas le faire. Et elle était toujours aussi curieuse au sujet d'Isabeau, consciente que sa belle-mère l'avait tendrement aimée.

— Dame Anne ?

— Mmm ? fit celle-ci en levant les yeux et en coupant un fil d'un coup de dent.

— Parlez-moi… d'Isabeau.

Un silence répondit à sa question, pendant que dame Anne fourrageait dans ses soies avec grande attention.

— Etait-elle jolie ? insista Eleanor.

Dame Anne plissa les paupières pour enfiler un fil vert foncé dans son aiguille.

— Oui. Très jolie.

— Etait-elle… blonde ?

Eleanor rougit à sa duperie.

— Non. Elle avait les cheveux noirs, et les yeux brun foncé.

— Etait-elle grande ?

— Non, elle était menue, plus petite que vous.

Dame Anne lui décocha un regard acéré, les yeux aussi sombres que ceux de Troye, scrutant les tréfonds de son âme comme si elle voulait en extraire la vérité par la seule force de son expression.

— Maintenant écoutez-moi bien, et faites-en votre profit. Le passé est un compagnon dangereux — il peut fasciner, envoûter et empoisonner le présent, quand de fait il ne vit que dans notre esprit. Vivez pour aujourd'hui, Eleanor. Oubliez le passé. Il ne peut que vous blesser si vous le laissez vous accompagner.

Eleanor rougit. Elle posa sa couture et, se levant de sa chaise, murmura :

— Dame Anne, ce n'est pas moi qui ai un problème avec le passé.

Elle souhaita une bonne nuit à sa belle-mère et se retira dans sa chambre avec une bougie et ses pensées pleines d'anxiété. Elle procéda avec grand soin à ses ablutions, se lavant avec de l'eau de rose et brossant ses cheveux jusqu'à ce qu'ils brillent et soient doux au toucher. Elle choisit une chemise de nuit délicate, lacée avec des rubans roses, puis se glissa sous les couvertures et s'allongea pour attendre.

Au bout d'un moment, lassée de contempler le dais du lit, elle commença à dire ses prières, mais son esprit vagabonda et revint à sa préoccupation principale : Isabeau. Elle se demanda de nouveau si Troye avait partagé ce lit avec elle — cela semblait fort probable, mais elle se voyait mal lui poser la question. Quelle différence cela ferait-il ? S'il répondait oui, que pourrait-elle faire ? Demander un lit neuf ? C'était peu plausible ! Elle avait le sentiment que même si le manoir des Valois était bien entretenu et bien géré, ils n'étaient pas aussi riches que sa propre famille. Elle se mordilla la lèvre, supposant qu'elle pouvait demander à son père d'utiliser sa dot pour un nouveau lit, puis elle sourit en songeant qu'elle se rendrait ridicule par une telle requête. Le fait était qu'Isabeau avait été là, mais qu'elle n'y était plus. Et elle devait faire au mieux avec cela.

Elle se tourna sur le côté, face à la porte, et se demanda à quelle heure Troye rentrerait. Elle soupira, ses yeux se fermant, et bien qu'elle s'efforçât de les tenir ouverts la journée avait été fatigante. Elle se détendit, s'enfonçant sous les couvertures, se creusant une place dans l'oreiller. De fait, c'était un lit fort confortable…

Un soudain courant d'air et le contact d'une chair froide contre sa peau chaude éveillèrent Eleanor. Troye murmura une excuse en se glissant dans le lit, nu et glacé. A moitié endormie, Eleanor leva les bras et les passa autour de son large dos, l'attirant dans sa chaleur. En silence, il se laissa faire. Elle le tint contre elle, l'odeur masculine de son corps pénétrant dans ses narines et taquinant ses sens. Puis il se tourna vers elle et les muscles de ses épaules et de ses bras jouèrent, fermes et durs, les aplats de son torse et de son ventre se pressant contre la douceur de ses seins et de son corps féminin. Il soupira, se détendant dans son étreinte, enfouissant sa mâchoire rugueuse dans le creux lisse de son cou. Ils ne se dirent pas un mot, mais Eleanor percevait son désir. Du bout des doigts, elle lui caressa la nuque pour l'encourager.

Presque aussi maladroit qu'un jouvenceau inexpérimenté,

il parcourut son visage de ses lèvres, cherchant sa bouche. Il l'embrassa et fit glisser ses mains le long de son dos pour saisir le bas de ses reins. Elle émit un petit son de plaisir, sans essayer de lui dire par des mots qu'elle aimait la façon dont il l'embrassait et la touchait. Elle pressa son corps contre le sien, les pointes de ses seins sensibles et tendues contre son torse, et elle savoura le contact de sa toison brune. Elle pouvait sentir son sexe durci plaqué contre elle, dur et fort.

D'un geste décidé Troye lui ôta sa chemise, la rejetant sur le côté et promenant les mains sur son corps nu. Elle gémit de plaisir, espérant qu'il lui répondrait, mais il resta silencieux, comme toujours. Elle sentit sa propre peau s'échauffer sous ses caresses, mais bien que sa virilité fût aussi brûlante qu'un tisonnier, son dos restait frais sous ses paumes. Une image insidieuse lui vint à l'esprit, celle de Troye et d'Isabeau faisant l'amour, Troye criant son nom… Elle voulut s'écarter, mais il était trop tard, Troye était concentré sur son but.

Il la fit rouler sur le dos et écarta ses cuisses, s'allongeant sur elle en une position de domination. Elle resta allongée et l'accepta tandis qu'il la pénétrait. Il la soumit à des assauts de plus en plus rapides, et bien que son souffle parût un peu plus saccadé à l'oreille d'Eleanor, il n'émit toujours aucun son, aucun cri de plaisir ou d'amour. Elle se cramponnait à ses épaules alors qu'il bougeait sur elle. Elle ne pouvait voir son visage dans le noir, mais elle était certaine qu'il fermait les yeux et qu'il était perdu dans son propre univers, un univers où il ne la laissait pas le suivre. Elle appréciait néanmoins de le sentir sur elle, comme elle appréciait le pouvoir de son propre corps de lui donner du plaisir, mais quand il s'arrêta elle aspirait toujours à éprouver autre chose. Elle put seulement deviner qu'il avait de nouveau accompli cet acte mystérieux par lequel il l'inondait de sa semence.

Une petite plainte désappointée s'échappa de sa gorge, et il se redressa sur un coude. Même s'il ne pouvait pas la voir non plus, elle sentit qu'il baissait les yeux sur elle.

— Je suis désolé, murmura-t-il. Vous n'êtes pas… satisfaite ?

Elle hésita à répondre, s'interrogeant sur la sagesse de faire des histoires au sujet de quelque chose qu'elle ne connaissait pas, pour commencer. Et, pour une étrange raison, elle pensait que Troye n'était pas à blâmer de son manque de contentement. De fait, dans son innocence, elle considérait qu'elle était fautive.

— Je suis assez fatiguée, éluda-t-elle, et elle adoucit ses mots en caressant son visage et en embrassant sa joue. Mais c'est mon devoir de vous laisser… agir à votre guise, n'est-ce pas ?

Troye grogna, fort conscient que le devoir et la passion n'étaient pas compatibles. Et, cependant, leurs étreintes avaient-elles jamais été autre chose que le devoir ?

— Eleanor…

Elle ne souhaitait pas discuter davantage de cette question. Elle se tourna sur le côté et lui dit :

— Bonne nuit, Troye.

9.

Eleanor fut éveillée par le doux gazouillis des oiseaux dans les arbres. Le soleil se levait très tôt et elle s'attendit à se retrouver seule, comme toujours, mais quand ses sens s'avivèrent peu à peu elle sentit la chaleur et le poids de Troye endormi à côté d'elle. Se rappelant comment il avait été avec elle pendant la nuit, elle n'avait guère envie de lui faire face à la froide lumière du jour.

Elle se pelotonna sur le côté, les genoux remontés, se tenant sur le bord du lit, le plus loin possible de lui. Elle ferma les yeux et essaya de se rendormir, mais un coq chanta et elle pouvait entendre, en bas, la maisonnée qui se mettait en branle — le cuisinier, Jarvis, qui remuait des casseroles, la douce voix de Meg parlant avec Dylan. Même si elle désirait très fort s'échapper dans le sommeil, celui-ci la fuyait.

Troye bougea, alors ; elle entendit sa respiration profonde se modifier et elle sentit qu'il était réveillé. Il soupira et s'étira, puis le matelas s'enfonça quand il se tourna vers elle. Il posa doucement une main sur son épaule.

— Eleanor, chuchota-t-il, êtes-vous réveillée ?

— Mmm, répondit-elle d'une voix ensommeillée, sans se tourner vers lui.

Mais sa main insista et elle roula sur elle-même avec réticence. Entrouvrant les yeux, elle aperçut son large torse et ses épaules musclées qui la dominaient ; ses longues jambes étaient proches des siennes, mais ne la touchaient pas. La chaleur et la force de son corps étaient très attirantes pour ses sens. Elle sentit ses seins se tendre en réponse, et plus bas, en cet endroit mystérieux qui se trouvait entre ses jambes, encore humide et meurtri de leur étreinte, elle perçut la palpitation du désir.

Troye étudia son visage et ses yeux baissés. Cela le chagrinait de voir la tristesse si clairement inscrite sur ses traits, une tristesse dont il était responsable. Maladroitement, il murmura :

— Cette nuit…

Il lutta pour trouver les mots capables d'exprimer les pensées et les émotions qui frappaient à la porte de son esprit comme des visiteurs indésirables.

— Cela n'a pas été satisfaisant pour vous, n'est-ce pas ?

Elle fut sur le point d'acquiescer, mais elle se retint, s'interrogeant sur ce changement en Troye. Il ne s'était jamais soucié auparavant de parler d'intimité. En proie à un mélange de confusion et d'espoir, elle osa à peine lever les yeux vers les siens, incertaine de ce qu'elle y lirait.

— Eleanor, reprit-il doucement, mais la voix ferme et claire. Je sais que je n'ai pas été le meilleur des époux pour vous, et je n'ai pas l'intention d'être si rude. Je suis désolé. Je ne puis m'empêcher d'être comme je suis — je vous en ai averti.

Un soupir s'échappa des lèvres d'Eleanor, tandis que l'espoir s'estompait et que la déception lui transperçait de nouveau le cœur. Elle hocha la tête, incapable de prononcer un mot, craignant que si elle le faisait, tout ce qu'elle retenait en elle jaillisse avec la force d'un torrent. Il refuserait simplement de considérer autre chose que son propre chagrin, la tenant à l'écart.

— Je vous promets de ne plus jamais... vous posséder, si vous ne le souhaitez pas.

Elle releva vivement ses cils et le fixa, la froide main de la peur l'étreignant.

— Que voulez-vous dire ?

Il s'assit, repoussa les couvertures et sortit les jambes du lit.

— Je veux dire que vous n'avez plus à vous faire de souci. Je m'abstiendrai de toute... relation conjugale, à moins que vous en éprouviez le besoin et que vous me demandiez de... coucher avec vous, acheva-t-il en hésitant délicatement.

Eleanor poussa presque un cri. Elle observa son corps magnifique pendant qu'il traversait la chambre et prenait ses habits, enfilant ses chausses. Il ne voulait pas d'elle comme une épouse à aimer, et maintenant il la repoussait en tant que femme ! Son humiliation et sa déception étaient complètes.

— Nous irons à York en milieu de matinée. Etes-vous assez bien pour monter à cheval, ou dois-je demander à Dylan de vous conduire en chariot ?

— Non, répondit-elle d'une voix étranglée.

Elle s'éclaircit la gorge.

— Je peux monter.

— Bien.

Il passa sa tunique, enfila ses bottes et ceignit sa taille de son baudrier et de son épée, avant de lui sourire depuis la porte.

— Je vous verrai tantôt.

Dès que la porte se referma, Eleanor enfouit son visage dans son oreiller et étouffa les grands sanglots qui la secouaient, cédant à une crise de pleurs qui la laissa épuisée et inconsolée. Finalement, ses larmes taries, elle resta allongée et se demanda comment, au nom du ciel, elle pourrait réussir à se tirer du lit. Même se lever et s'habiller lui semblait un trop grand effort, alors chevaucher jusqu'à York et passer la journée avec Troye et sa mère ! « Je ne peux pas », se dit-elle en essuyant ses joues et son nez d'un revers de main.

Elle s'imagina leur offrant des excuses, qu'elle ne se sentait pas bien, ou n'importe quoi d'autre, et rester au lit. Ou alors, complota son esprit rebelle, pendant qu'ils seraient partis elle ferait ses bagages et s'enfuirait ! Oui ! Elle ne pouvait vivre avec cette agonie, cela ne pouvait pas continuer. Elle s'en irait… mais où ? York était si loin de tout, elle ne serait jamais capable de chevaucher seule sur les routes pendant six jours pour atteindre Londres.

Elle abandonna cette idée. Son bon sens lui disait que c'était impossible. C'était sa vie, elle n'en avait pas d'autre. Elle n'avait d'autre choix que de rester et d'endurer la souffrance d'être mariée à un homme qui ne l'aimait pas comme elle l'aimait. Peut-être que cela lui ferait moins mal quand les années passeraient. Elle s'habituerait à la douleur et, comme Troye, cesserait d'éprouver quoi que ce soit.

Meg entra alors après avoir frappé à la porte, chargée d'un plateau supportant une tasse de lait chaud parfumé à la noix muscade et au miel, et des tartes aux œufs garnies de raisins secs. La chambrière la salua et posa le plateau. Eleanor la remercia, puis s'assit dans son lit et enfila sa chemise.

— Meg, j'aimerais prendre un bain. Faites apporter la baignoire et de l'eau chaude, je vous prie. Il fait bon, ce matin, et je voudrais en profiter.

— Ma dame.

Meg fit une révérence et s'éclipsa vers la cuisine pour faire chauffer de l'eau, et dire au valet Simon et à Dylan de monter le cuvier à l'étage.

L'eau mettrait du temps à chauffer et Eleanor ne se pressa pas. Elle mangea les tartes et but le lait, puis elle alla s'asseoir sur le coffre sous la fenêtre et contempla le plat paysage du Yorkshire. Ici, la campagne était plus froide et plus ouverte que dans le Somerset, avec ses collines et ses vallons. Est-ce qu'Isabeau s'était assise là, elle aussi ? Nul doute qu'elle avait été satisfaite, elle. Eleanor poussa un autre soupir et prit sa brosse, relevant ses cheveux pour les attacher avec un ruban au sommet de sa tête.

On frappa à la porte et elle cria d'entrer. Avec des grognements et des ahanements Simon et Dylan introduisirent une lourde baignoire en cuivre dans la chambre et la disposèrent devant la cheminée.

— Ma dame veut-elle du feu ? demanda Simon en essuyant la sueur de son front.

Eleanor sourit et secoua la tête.

— Non, il fait assez chaud.

Le soulagement du jeune homme fut palpable.

— Fort bien. Nous allons apporter l'eau, maintenant, si ma dame est prête ?

— Oui, merci.

Il fallut cinq voyages à Dylan et à Simon pour emplir la baignoire avec des seaux fumants, et Eleanor leur sut gré de leurs efforts. Elle les remercia, puis elle congédia Meg, lui assurant qu'elle pourrait se débrouiller sans elle.

Elle voulait être seule et rester allongée dans l'eau chaude le plus longtemps possible avant qu'elle refroidisse, sans être dérangée dans ses pensées par la chambrière.

Elle dénoua les rubans de sa chemise et la laissa tomber sur ses chevilles, puis sortit des plis de la toile et monta dans la baignoire. Avec un soupir d'aise et un frisson de plaisir, elle s'enfonça dans l'eau chaude. Cela lui parut délicieux et elle se détendit pendant un long moment. Ensuite, elle prit une barre de savon à la rose et elle se leva pour se laver.

En bas, dans la grand-salle, Troye attendait impatiemment. Il était prêt à partir pour York, mais sa mère l'informa qu'Eleanor prenait un bain. Avec un froncement de sourcils, il gravit l'escalier pour se rendre dans leur chambre et l'inciter à se presser. Lorsqu'il ouvrit la porte il était enclin à la tancer, mais la scène qui l'accueillit le priva de l'usage de la parole et lui coupa le souffle.

Eleanor se tenait debout dans la baignoire, nue, la lumière dorée du matin qui entrait par la fenêtre auréolant sa peau claire de reflets abricot. Troye ne put s'empêcher de contempler son dos lisse et gracieux, sa taille fine et les courbes féminines d'un postérieur qui lui parut ravissant. Ses cheveux étaient relevés et révélaient la minceur gracile de son cou et de ses épaules.

Il se tint immobile et poussa la porte sans la refermer complètement, captivé par la vue de son corps et s'avisant qu'il ne l'avait encore jamais vue nue auparavant. Chaque fois qu'il s'était accouplé avec elle, il faisait noir ou elle était couverte par un vêtement. Il détourna vivement son esprit du souvenir de leurs étreintes, mais il ne put faire autrement que de la fixer quand elle se tourna à demi. Il admira ses seins tandis qu'elle les savonnait de sa paume, prenant dans la coupe de sa main leur globe ferme et haut couronné d'une aréole rose foncé. Puis sa main descendit le long de son ventre plat et elle savonna les boucles brunes entre ses jambes.

Troye se sentit traversé d'une chaleur intense, un désir comme il n'en avait pas éprouvé depuis longtemps montant farouchement dans toutes ses parties mâles. Pendant un moment il fut tenté de s'avancer, de la soulever de la baignoire et de la jeter sur le lit, pour satisfaire ses ardeurs avec la douce féminité de son corps. Il en avait le droit, comme son époux ; elle était à lui, il pouvait la prendre et la posséder, et cependant…

Il ferma la porte avec soin, conscient qu'il avait le souffle court et qu'un fin voile de sueur couvrait son front. Il lui avait promis qu'il ne la toucherait plus sauf si elle le lui demandait, et il doutait fortement qu'elle le fasse. L'espace d'un instant il resta là, fixant ses bottes, empli de confusion et de perplexité, puis il se détourna et ressortit sans bruit.

Dame Anne regarda son fils quand il passa, nota la ligne dure de sa bouche et la légère rougeur qui avivait son hâle. Elle sourit pour elle-même et fit des embarras à propos d'un lacet égaré pour sa botte, demandant à Meg de lui en apporter un autre. Troye émit un grognement et s'assit sur une chaise, les poings serrés sur ses genoux, puis il contempla fixement les pierres grises de la cheminée vide.

— Eleanor est-elle prête ? demanda sa mère d'un ton détaché.

— Pas tout à fait.

— Je vais envoyer Meg pour lui dire de se hâter.

— Oui. La journée passe.

Troye se leva abruptement de son siège et déclara qu'il allait aux écuries, voir si Dylan avait préparé les chevaux.

Dame Anne hocha la tête quand Meg lui tendit un lacet, et dit doucement à la petite chambrière :

— Meg, allez voir dame Eleanor. Assurez-vous qu'elle porte sa plus jolie cotte et qu'elle ne couvre pas ses cheveux d'une guimpe.

— Mais…

Meg fut choquée à l'idée qu'une dame mariée sorte avec les cheveux dénoués, mais sa maîtresse la fit taire.

— Et prenez votre cape, Meg, car vous m'accompagnerez ce matin.

Ravie, Meg fit une révérence, excitée à la perspective d'une matinée à York. Dans la chambre de maître, elle trouva Eleanor lavée et séchée, qui enfilait ses dessous. Elle la persuada de mettre la cotte verte qui allait si bien avec ses cheveux auburn et brossa ses longues mèches jusqu'à ce qu'elles brillent. Puis elle tressa deux minces nattes sur les tempes d'Eleanor et les attacha avec des rubans dorés.

— Voilà, ma dame, vous êtes un joli brin de fille.

Eleanor sourit, un peu étonnée par les soins que Meg donnait à sa toilette.

— Le maître attend, lui rappela promptement la chambrière, sentant qu'elle allait lui poser des questions sur son soudain intérêt pour son apparence.

Elle s'empressa de sortir pour aller chercher sa cape et ses bottes, impatiente de profiter de la matinée, surtout que le jeune et beau Dylan devait les accompagner. Elle était amoureuse de Simon depuis des mois, mais il se montrait assez lent dans ses avances. Peut-être qu'un peu de jalousie le pousserait à être un peu plus vif, à moins que Dylan ne s'avère être l'homme qu'il lui fallait.

Les chevaux attendaient devant l'entrée. Dylan avait choisi pour Eleanor un calme palefroi gris, une petite jument qui lui taquina gentiment la paume quand elle s'approcha pour prendre sa bride.

— Il paraît qu'elle s'appelle Luz. Ils l'ont achetée à un Espagnol et c'est une belle petite bête, ma dame. Sa bouche est très tendre, faite pour une reine. Vous n'aurez pas de problème avec elle.

Eleanor sourit, caressa les naseaux roses et regarda les yeux bruns de sa jument.

— Merci, Dylan. Voulez-vous m'aider à me mettre en selle, s'il vous plaît ?

L'écuyer regarda son maître, incertain, car c'était le rôle de Troye d'aider sa femme à monter. Mais celui-ci semblait fort occupé avec son propre cheval, dont il resserrait les harnais. Dylan croisa les mains et Eleanor posa son pied dessus. Avec facilité, il la mit en selle et elle s'installa. Pendant qu'elle saisissait sa bride, Dylan enfourcha son propre cheval et se pencha pour hisser Meg derrière lui. Eleanor sourit en voyant rougir la petite chambrière, qui enlaça étroitement la taille du jeune écuyer. Il retint une exclamation et lui demanda d'un ton bourru de desserrer son étreinte. Une fois que dame Anne fut en selle sur son hongre louvet qui était bien habitué à elle, ils se mirent en route pour le court trajet jusqu'à York.

De Fulford, ils suivirent un chemin au bord de la rivière Ouse, la traversant à un endroit où elle était peu profonde. Sur la rive opposée ils passèrent devant un couvent et entrèrent dans la ville par la porte de Mickelgate. L'entrée voûtée, en pierre, était nantie d'une porte et d'une herse prêtes à être fermées à la moindre alerte pour défendre la cité, et il y avait des meurtrières pour que les archers puissent tirer leurs flèches. Le passage était gardé par plusieurs soldats qui contrôlaient tous ceux qui entraient dans York, se méfiant des Ecossais, des juifs et des lépreux.

Troye se pencha sur sa selle vers Eleanor et lui dit tranquillement de ne pas lever les yeux, car il y avait eu une exécution récemment et la tête de l'homme coupable de viol et de meurtre était exposée sur les remparts.

Eleanor obéit et talonna Luz quand Troye pressa les chevaux dans la rue pavée de Mickelgate. La petite jument espagnole méritait bien son nom : elle était vive comme la lumière. C'était une journée agréable, ensoleillée avec quelques nuages dans le ciel bleu pâle et une douce brise qui allégeait la chaleur estivale. Eleanor se sentit soudain de belle humeur. Mais la brise ne tarda pas à leur apporter la puanteur des tanneries, des tas d'ordures et du marché aux poissons le long du quai.

Ils retraversèrent la rivière par le pont de l'Ouse et chevauchèrent dans les rues étroites jusqu'à ce qu'ils s'arrêtent dans le quartier de Marketskyre. Il fut décidé que Dylan attendrait avec les chevaux, à la vive déception de Meg. Dame Anne lui demanda de prendre son panier et de la suivre dans la halle des bouchers, où elle voulait passer une commande pour le festin qui serait donné en l'honneur du mariage de Troye et d'Eleanor.

Sa belle-mère donna à Eleanor une liste des épices dont elle avait besoin, et une autre liste de rubans et de fils à se procurer aux étals des merciers. Ils convinrent de se retrouver sur les marches de la cathédrale à une heure après midi. Troye pressa Dylan de bien surveiller les chevaux et de ne pas s'éloigner, ce à quoi son écuyer eut du mal à répondre poliment, car il était frustré de ne pas pouvoir accompagner la jolie petite Meg dans ses courses.

Eleanor emboîta le pas à Troye, qui la guida le long des ruelles étroites jusqu'au premier arrêt : la mercerie. Il attendit dehors pendant qu'elle entrait et choisissait les articles souhaités par dame Anne. Elle fut agréablement surprise par le choix et la qualité offerts par la mercière, une femme qui la questionna poliment et lui souhaita la bienvenue quand elle apprit que c'était sa première visite à York. Ses achats enveloppés proprement dans un carré de feutre, Eleanor prit congé de la marchande et ressortit dans la rue, où elle trouva Troye en train de converser avec un gentilhomme corpulent.

Elle se tint près de son coude et attendit, prenant lentement conscience du regard que le gentilhomme fixait sur elle. Elle leva les yeux vers Troye, qui se rendit compte à son tour de la façon dont son compagnon la dévisageait. Il les présenta brièvement.

— Sire Malcolm Rix, haut magistrat d'York, mon épouse, dame Eleanor.

Sire Malcom s'inclina avec enthousiasme et baisa la main qu'Eleanor lui tendait.

— C'est un grand honneur de vous accueillir dans notre belle cité, ma dame, et un privilège de rencontrer une dame aussi ravissante. Vous êtes fortuné, messire Troye.

— En effet.

Troye s'inclina, puis, prenant le coude d'Eleanor, il l'entraîna avec une hâte à peine correcte, jugea-t-elle.

Elle regarda par-dessus son épaule sire Malcolm qui lançait :

— Adieu, ma dame de Valois, jusqu'à ce que nous nous revoyions au banquet de noces.

Eleanor sourit et manqua trébucher sur les pavés inégaux.

Elle leva les yeux vers Troye qui fronçait les sourcils et la pressait d'avancer.

— Quelque chose ne va pas, messire ?

— Le vieux débauché, grogna-t-il d'un ton sourd. Il a déjà eu trois épouses et les a toutes tuées. Il ferait bien de détourner les yeux des femmes des autres.

Pendant un moment, Eleanor fut intriguée et quelque peu embarrassée par la réaction de Troye. Avait-il honte d'elle ? Elle sentit la rougeur de la colère colorer son visage et son cou, et avant de pouvoir se retenir elle s'exclama :

— Peut-être préféreriez-vous que je porte un sac sur la tête ?

Il baissa les yeux sur elle, une lueur spéculative dans son regard sombre, puis il s'avisa qu'elle le provoquait.

— Ne soyez pas facétieuse, répondit-il.

Elle rejeta la tête en arrière et libéra brusquement son bras de son emprise.

— Je suis fort désolée que vous soyez encombré d'une épouse aussi laide !

Troye s'arrêta et, à sa vive surprise, il se mit à rire — un son doux et sourd qu'il avait fort peu utilisé ces dernières années.

— Sotte que vous êtes. Je suis sûr que vous savez fort bien que vous êtes une femme attirante.

— Mais…

Eleanor faillit exploser devant son insinuation qu'elle quêtait des compliments, et elle dut se retenir fortement pour ne pas lui donner un coup de coude dans les côtes.

— Toutefois, je préférerais que vous vous couvriez la tête la prochaine fois que vous viendrez en ville. Une telle beauté n'est pas faite pour être regardée par n'importe quel Tom, Dick ou Harry.

Il repartit d'un pas vif et, tandis qu'ils marchaient, Eleanor comprit soudain, avec une petite satisfaction très agréable, qu'il était jaloux ! Son cœur s'envola brusquement et la journée lui parut éclatante et pleine d'espoir.

Elle appréciait grandement la façon dont Troye la guidait et la protégeait d'un bras sur ses épaules tandis qu'ils parcouraient les rues bondées, et qu'il repoussait sur le côté les individus douteux qui s'approchaient de trop près. Ils sortirent du dédale de ruelles et se dirigèrent vers le marché, et vers l'étal où le vendeur d'épices exposait ses produits. Acheter de la cannelle, de la noix muscade et du macis ne prit pas longtemps, mais quand ce fut fait ils rencontrèrent plusieurs personnes qui connaissaient Troye depuis longtemps et il fallut faire d'autres présentations. Eleanor eut enfin l'impression que leur mariage était presque réel, alors qu'il la présentait comme « son épouse et sa dame ».

En marchant vers la cathédrale, ils s'arrêtèrent pour observer des comédiens qui jouaient une pièce dans Sampson Square. Cela portait sur la fertilité et était un peu paillard, mais Eleanor prit plaisir à voir sourire Troye, même si elle avait les joues échauffées quand ils laissèrent derrière eux la foule qui riait et se délectait de l'histoire.

York était dotée de plus de cinquante églises, et quand une heure après midi sonna de nombreuses cloches retentirent. La masse imposante et dorée de la cathédrale se dressa devant eux et Eleanor agita la main en apercevant dame Anne qui attendait sur les marches.

— Où est Meg ? s'enquit-elle. Elle ne s'est pas perdue, n'est-ce pas ?

— Non, répondit dame Anne en souriant. Mais je me sens assez fatiguée et je l'ai envoyée quérir Dylan avec les chevaux. Il fait si chaud, aujourd'hui ! Troye, je n'ai pas pu voir le drapier, il a été retardé. Auriez-vous l'amabilité de vous en occuper ? Il n'a pas payé pour la dernière expédition en Hollande et je ne suis pas décidée à expédier d'autres marchandises pour lui jusqu'à ce qu'il le fasse. On m'a dit qu'il reviendrait après le repas de midi. Peut-être qu'Eleanor et vous pouvez partager une collation en attendant. Meg et moi rentrerons à la maison, avec Dylan.

Troye se tourna vers Eleanor.

— Vous pouvez rentrer aussi, si vous voulez. Etes-vous fatiguée ?

— Non, je me sens fort bien, lui assura-t-elle.

Dame Anne insista :

— Je pensais que vous voudriez peut-être montrer la cathédrale à Eleanor. C'est un si bel édifice, et les gens viennent de lieues à la ronde pour y prier. La châsse de Saint William attire de nombreux pèlerins.

Eleanor pencha la tête en arrière et regarda les hauts murs si magnifiquement sculptés, murmurant qu'elle aimerait beaucoup prier dans une église aussi célèbre. Dylan arriva alors, tenant le cheval de dame Anne par la bride, avec Meg en croupe derrière lui. Troye ne fut pas très content d'apprendre que la précieuse Luz et son propre destrier Merlin avaient été laissés dans les écuries d'une auberge voisine, et qu'il devrait payer quelques marks pour les services d'un palefrenier qui les surveillait. Il soupira et maugréa ; sa mère le tança, disant qu'il faisait des histoires pour rien, et il n'eut d'autre choix que d'accepter la situation, fût-ce avec fort peu de grâce.

Dame Anne, qui craignait pour son plan soigneusement ourdi de laisser Eleanor passer un peu de temps libre avec son mari, adoucit les choses en offrant d'aller chercher les chevaux tout de suite. Eleanor et Troye pourraient rentrer à pied, car la distance n'était pas très longue. Troye fut encore moins satisfait de cette solution et il agita la main pour classer l'affaire, pressant sa mère de rentrer et de se reposer.

— Assurez-vous que Troye n'oublie pas de vous nourrir, Eleanor, lança dame Anne tandis qu'ils faisaient volter leurs chevaux et prenaient le chemin de Fulford.

Eleanor sourit et leur dit au revoir d'un signe de main, se sentant un peu nerveuse de rester seule avec Troye. Elle jeta un coup d'œil prudent à son visage, notant que son froncement de sourcils ne s'était pas atténué, et pleine d'appréhension pour l'après-midi. Des nuages couvrirent le soleil et le vent se leva, soufflant sa cape et ses cheveux en arrière. Elle frissonna et demanda doucement, en indiquant la cathédrale d'un signe de tête :

— Entrons-nous ?

— Oui.

Troye la prit par le bras et ils montèrent les marches ensemble, puis entrèrent par une porte latérale.

Eleanor regarda autour d'elle avec intérêt. Elle n'avait jamais vu une nef aussi immense, qui s'élevait jusqu'à des vitraux situés en hauteur.

— Les murs extérieurs sont hauts de quatre-vingt-dix pieds, déclara Troye à mi-voix, et l'intérieur est long de plus de cinq cents pieds.

— Vraiment, murmura Eleanor qui n'accordait que peu d'importance à ces faits et qui était surtout fascinée par les merveilleuses sculptures et l'espace aérien de la cathédrale.

C'était une puissante source d'inspiration, et elle s'arrêta près d'un râtelier en fer qui contenait de nombreuses bougies. Ici, les fidèles et les âmes perdues priaient pour leurs tribulations et elle éprouva le désir d'en faire autant. Elle s'agenouilla et joignit les mains pour prier.

Troye resta debout sur le côté, détournant les yeux, car il avait perdu toute foi en Dieu. La mort d'Isabeau lui avait ôté toute idée d'un Dieu aimant et juste, car où étaient l'amour et la justice dans le trépas de sa femme ? Néanmoins, il se tourna et regarda Eleanor agenouillée, la tête légèrement inclinée et les yeux fermés tandis qu'elle priait. La lumière vacillante des bougies jetait une douce lueur sur son profil et auréolait ses cheveux auburn d'un halo ambré.

Elle avait vraiment l'air angélique, mais ses pensées étaient d'un ordre plus intime ; il se souvenait comment elle lui était apparue, nue dans son bain, et évoquait la sensation de son corps sous le sien… Toutefois, ce n'étaient pas des pensées décentes à avoir dans l'enceinte d'une église et il se morigéna vertement. D'un geste abrupt, il s'éloigna et sortit au soleil.

Eleanor était abîmée dans ses prières. Elle implorait en silence : « Saint Jude, faiseur de miracles, priez pour moi. Saint Jude, qui aidez les désespérés, priez pour moi, qui suis si seule et si impuissante. Amen. »

Pendant un long moment elle resta à genoux, déposant aux pieds de Dieu toute la douleur et les difficultés que son amour pour Troye avait apportées dans sa vie, et quêtant une assistance. « C'est trop pour moi à porter seule, Seigneur. De grâce, venez à moi dans ma détresse. Amen. »

Elle ouvrit les yeux, se signa et se leva. Elle regarda autour d'elle, mais ne vit pas Troye. Elle aurait aimé rester plus longtemps dans la paix et la grandeur de la cathédrale, néanmoins, craignant que son mari ne l'ait abandonnée, elle entreprit de le chercher. Supposant que tout cela était trop pour lui, elle alla jusqu'aux portes principales, sortit dans le clair après-midi et descendit les marches, jetant un coup d'œil sur sa droite et sur sa gauche. Elle le trouva appuyé contre le mur, les yeux fermés, qui attendait — et elle se douta que c'était sans patience. Elle le rejoignit et toucha doucement un de ses bras, croisés sur sa poitrine.

Il ouvrit les yeux et les abaissa sur elle. Elle aperçut beaucoup de souffrance dans leurs profondeurs sombres, et avec un gémissement étouffé elle se haussa sur la pointe des pieds pour l'embrasser, glissant les bras autour de ses épaules afin de l'attirer dans le réconfort de son étreinte.

A sa surprise, il céda. A son tour, il enlaça son dos mince et ils se tinrent l'un l'autre. Elle pressa sa joue sur la sienne, sa mâchoire rugueuse contre sa peau douce, puis elle leva la tête et, les yeux brouillés de larmes, elle trouva sa bouche. Elle l'embrassa avec une douceur pleine de chaleur, d'amour et de consolation. Ses lèvres étaient fraîches sous les siennes, et il ne répondit pas à la pression de son baiser. Puis, alors qu'elle craignait qu'il n'y ait plus d'espoir, il se détendit, posa une main sur sa nuque et ouvrit la bouche pour accepter son offre de réconfort.

Consciente qu'ils étaient sur une place publique, Eleanor s'écarta et murmura :

— Troye ?

— Hmm ?

— Je suis marrie pour Isabeau.

Elle le sentit se raidir. Ses muscles se nouèrent quand il la prit par les bras et l'éloigna de lui, se penchant pour la fixer d'un regard dur.

— Que savez-vous d'Isabeau ?

— Je... je... Seulement ce que votre mère m'a dit.

Elle se crispa avec méfiance, réticente à évoquer le passé et cependant totalement certaine que s'ils ne le reconnaissaient pas, n'en parlaient pas, ne le ressentaient pas, il serait toujours une barrière entre eux.

— De grâce, ne vous fâchez pas. J'ai sûrement le droit de savoir ?

— Le droit de savoir ? répéta-t-il en la secouant légèrement. Non, vous n'avez aucun droit. Cela ne vous regarde pas. Et je ne tiens pas à ce que vous prononciez son nom.

Eleanor retint une exclamation, choquée par la dureté de ses paroles et par la douleur qu'elles infligeaient à son cœur. Mais son amour pour lui était véritable et elle pouvait comprendre qu'il s'exprimait sous le coup de sa propre souffrance, et non par besoin de se montrer cruel avec elle. Au lieu de se raccrocher à lui, elle le lâcha, baissant la tête et murmurant une excuse.

Troye sentit la fraîcheur du vent tournoyer entre eux quand Eleanor se recula. Et quand il regarda son visage baissé, ses yeux dissimulés par ses cils mouillés de larmes, il éprouva une bouffée de remords. Il l'avait souvent traitée rudement, comme un taureau réagissant avec une rage aveugle à la douleur brutale qui lui était infligée. Il prit lentement conscience, à travers la brume de son chagrin, qu'il n'y avait ni honneur ni nécessité à rudoyer Eleanor.

Il plaça deux doigts sous son menton et leva son visage vers lui, souriant gentiment.

— Venez, mettons-nous en quête d'un repas. Je ne sais pas vous, mais je suis affamé.

Au prix d'un grand effort, Eleanor lui dédia en retour un fragile sourire, et plaça avec joie sa main dans celle qu'il lui tendait. Ils s'éloignèrent des hauts murs de la cathédrale et pénétrèrent dans les rues étroites bordées d'échoppes et d'étals. Troye réfléchit à un endroit convenable pour leur déjeuner, sachant que la plupart des tavernes étaient pleines de paysans grossiers, de soldats et de ribaudes. Eleanor lui fit valoir qu'ils pouvaient simplement acheter des pâtés et chercher un endroit tranquille où les manger.

Ils trouvèrent un vendeur dans Coney Street et achetèrent des tourtes à la viande toutes chaudes et des parts de tarte aux pommes, la pâte dorée, croustillante et fleurant bon la cannelle. Puis Troye la conduisit dans un endroit abrité près de l'abbaye St Mary et ils s'assirent dans l'herbe pour se restaurer.

Eleanor s'assit les jambes croisées, comme une enfant, et Troye s'allongea près d'elle. Elle rit quand de la sauce coula de son pâté, et lui essuya le menton de sa manche. Il la remercia et ils mangèrent dans une agréable convivialité, faisant des commentaires sur le temps et sur les impressions d'Eleanor à propos de la cité. Puis ils furent pris de léthargie et s'allongèrent dans l'herbe, au soleil, et Eleanor espéra que ses ferventes prières seraient exaucées. Pendant un bref moment, au moins, Troye ne l'écartait pas de lui.

Elle fut vivement tentée de profiter de l'occasion pour l'interroger sur son enfant, mais elle craignit de gâcher la journée par un autre éclat de colère et tint sa langue. A la demande de Troye, elle se leva et le suivit jusque chez le drapier installé sur le quai. Pendant que Troye entrait pour parler affaires, elle s'assit sur un tonneau retourné et contempla les eaux vert foncé de la rivière Ouse qui glissaient rapidement.

— Bonjour à vous, jolie dame.

Eleanor leva les yeux quand une ombre tomba sur elle. Son regard rencontra des prunelles noires et acérées qui bougeaient vivement, l'inspectant avec attention et examinant leurs proches environs. A sa peau brune, ses grandes boucles d'oreilles en or et ses jupes froncées et bigarrées, il était aisé de voir que la femme était une bohémienne. Elle tendit à Eleanor un brin de bruyère blanche.

— Pour la chance, murmura-t-elle avec un sourire aguichant.

Eleanor savait fort bien quc refuser l'offrande d'une bohémienne ne pouvait qu'attirer des malédictions et le mauvais sort, aussi prit-elle la bourse en cuir attachée à sa ceinture et en retira-t-elle sa plus petite pièce. Elle la pressa dans la main de la femme et prit la bruyère, espérant que ce serait assez pour la contenter et pour qu'elle s'en aille. Car, comme beaucoup d'Anglais, elle ne se fiait guère aux bohémiens et ne les aimait pas beaucoup.

Pendant un instant il sembla que la bohémienne allait partir, puis elle s'arrêta, saisit la main droite d'Eleanor, la retourna et étudia sa paume. Elle regarda la jeune femme avec des yeux pleins d'une ancienne sagesse.

— Oui, c'est ce que je pensais, ma jolie petite dame. Vous portez un lourd fardeau, mais votre cœur est solide et sincère. Il y a beaucoup de peine…

Elle leva vivement les yeux, comme Eleanor, au son d'une voix grave et masculine qui venait du seuil de l'échoppe derrière elles.

— Filez ! cria le drapier. Nous ne voulons pas de personnes comme vous par ici, à harceler les bonnes gens.

— Ne craignez rien, tout ira bien, murmura vivement la bohémienne en s'apprêtant à s'enfuir. La peine se changera en plaisir, si vous restez patiente et loyale.

— Attendez !

Eleanor prit une autre pièce dans sa bourse et la glissa furtivement dans la main de la bohémienne tandis que Troye et le drapier approchaient, ce dernier criant et cherchant du regard une arme pour rosser l'intruse.

Elles échangèrent un coup d'œil et un sourire, puis Eleanor se tourna quand Troye posa une main sur son épaule en un geste protecteur.

— Vous a-t-elle ennuyée ? demanda-t-il en suivant des yeux la femme qui s'enfuyait en courant le long du quai. Vous auriez dû m'appeler.

— Non. De fait, c'était fort intéressant.

Eleanor sourit en se rappelant les paroles de la vieille romanichelle et les rangea dans un coin de son esprit, pour y repenser plus tard.

Troye hocha la tête, s'assurant d'un coup d'œil qu'elle était saine et sauve, puis porta les yeux sur le soleil qui baissait à l'horizon.

— Rentrons à la maison. La journée a été bien remplie et vous paraissez fatiguée.

Il prit congé du drapier et montra le chemin jusqu'à l'auberge où se trouvaient les chevaux. Il était impatient de retrouver Luz et son précieux Merlin et de s'assurer qu'il ne leur était rien arrivé non plus. Eleanor ne put s'empêcher de se demander si elle comptait plus ou moins à ses yeux que les deux bêtes. La journée avait en effet été riche en événements pour elle et elle aspira soudain à quitter le bruit et la puanteur de la cité pour rejoindre le calme et la paix de la maison. Elle sourit en songeant à la rapidité avec laquelle elle avait accepté le manoir de Fulford comme son foyer.

Les chevaux étaient vifs, trottant avec la queue haute et tirant sur leur mors. Ils levaient leurs naseaux et tendaient les oreilles vers l'avant, flairant l'écurie et la promesse d'un seau d'avoine. Luz caracolait avec coquetterie à côté du puissant destrier Merlin, forçant Eleanor à la retenir d'une main ferme tandis qu'elle s'élançait en avant sans permission. Quand Eleanor tira sur sa bride, elle se cabra presque et la jeune femme eut du mal à rester en selle.

— Y arrivez-vous ? demanda Troye en fronçant les sourcils. Laissez-moi lui passer une longe.

Eleanor rit et secoua la tête.

— Elle ne pense pas à mal. Je peux la maîtriser aisément.

— Ne tombez pas, insista Troye, l'air sombre, en réprimandant Merlin et en l'écartant de la jument surexcitée.

— Rien à craindre. Je monte depuis mon enfance.

Eleanor lui jeta un coup d'œil, notant son visage crispé, et se rappela soudain Isabeau. Elle avait fait une chute et en était morte. Il était naturel que Troye craigne que la même chose ne se reproduise. Au lieu de profiter de la vivacité de Luz, elle lui fit comprendre que sa conduite n'était pas acceptable. Aussitôt, la jument espagnole se calma et baissa la tête, trottant docilement. Néanmoins, Eleanor fut soulagée quand ils atteignirent le manoir et entrèrent dans la cour des écuries. Dylan arriva en courant et elle retira son pied de l'étrier, prête à sauter, mais au lieu de l'écuyer ce fut Troye qui vint l'aider.

Son mari était plus grand et plus musclé que Dylan et elle n'hésita pas à sauter dans ses bras. Il la tint un instant, la regardant dans les yeux, puis il la mit sur ses pieds.

— Merci, murmura-t-elle. Cela a été une journée fort plaisante.

Il s'inclina et sourit, après quoi ils se tournèrent tous les deux en entendant des voix échauffées, l'une appartenant à une matrone et l'autre aiguë et haut perchée. Une petite fille émergea à toute allure de derrière la haie qui séparait la cour des jardins, tenant ses jupes à deux mains et un épagneul bondissant à son côté.

— Revenez, petite sotte ! cria la femme d'un ton essoufflé. Vous savez fort bien que vous ne devez pas…

Eleanor en conclut que ce devait être une nourrice.

— Papa ! s'écria l'enfant en se jetant dans les bras de Troye.

La robuste nourrice s'arrêta, sa guimpe voletant et ses joues rougies tremblotant sous l'effet de l'exercice. Elle fit claquer sa langue et s'excusa auprès de Troye, détournant les yeux d'un air coupable tandis qu'Eleanor essayait de lui adresser un sourire.

— Ce n'est pas grave.

Troye se pencha et prit la petite fille par sa taille minuscule pour la lever en l'air, ce qui la ravit et la fit glousser de plaisir. Puis il l'installa sur son bras et se tourna vers Eleanor.

— Voici quelqu'un que j'aimerais vous présenter. Cette petite coquine est ma fille, Joan.

10.

L'enfant regarda Eleanor avec des yeux bruns, des yeux de biche, ses longs cheveux noirs nattés en une seule tresse, de petites mèches s'échappant pour encadrer son joli petit visage.

Eleanor sourit, mais quand elle tendit la main pour toucher celle de la petite fille, celle-ci se tortilla et donna des coups de pied pour se libérer de l'emprise de Troye. Il la remit debout et elle alla aussitôt vers son chien, le prenant par son collier et le tenant près d'elle d'un geste protecteur. Eleanor les reconnut tous les deux : les traits de la petite fille étaient les mêmes que ceux de la jouvencelle de son rêve et de la jeune femme du portrait, et elle était sûre que le petit chien était le même épagneul.

Troye s'éclaircit la gorge, se sentant maladroit, ne sachant pas très bien comment expliquer la présence d'Eleanor et sa position dans leur vie, n'en étant pas sûr lui-même. Il décida de s'en tenir aux faits, et rien d'autre.

— Joan, voici mon épouse. Tu peux l'appeler dame Eleanor.

La petite fille fit la moue et serra son chien en passant un bras potelé autour de son cou. Eleanor faillit protester contre une appellation aussi formelle, mais par quel autre nom pouvait-elle être désignée ? L'enfant avait déjà une mère, une mère très aimée, et elle ne souhaitait pas usurper sa place.

Elle se pencha et tendit la main à la petite fille.

— Comment allez-vous, damoiselle Joan ? Je suis très heureuse de faire votre connaissance.

Joan la fixa d'un air solennel, cachant ses mains dans son dos, aussi Eleanor mit-elle un genou en terre et taquina les oreilles soyeuses de l'épagneul, qui accueillit ses caresses en remuant la queue et en lui léchant la main.

— Et comment s'appelle votre compagnon ?

— C'est Toby.

Joan leva les yeux vers son père.

— C'est un chien très gentil.

— J'en suis sûre.

Eleanor sourit, fronçant légèrement les sourcils quand Troye poussa un grognement irrité.

Joan regarda Eleanor, ne voyant dans son innocence enfantine qu'une belle dame qui était fort aimable. Toby renifla de sa truffe noire les jambes d'Eleanor, et agita de nouveau la queue. La petite fille sourit largement.

— Vous plaisez à Toby.

Eleanor tapota la tête du chien et se releva.

— Rentrons-nous à la maison ? Je pense que Meg aura du bon lait frais à nous offrir.

Joan sautilla à cette perspective agréable, puis suivit Eleanor qui se dirigeait vers la porte de la cuisine.

— Et des biscuits à la cannelle. J'ai aidé à les faire.

Eleanor sourit.

— Mmm... mes préférés.

Tandis qu'elles marchaient, elle se demanda quel âge avait Joan, devinant qu'elle devait avoir au moins cinq ans.

Comme s'il percevait sa question, Troye murmura :

— C'était un bébé de lune de miel.

Il s'écarta et laissa Eleanor et sa fille entrer devant lui dans la maison, les suivant dans la grand-salle et restant près dc la cheminée pendant que Joan courait vers sa grand-mère. Dame Anne était assise près d'une fenêtre, du tissu sur les genoux, cousant une chemise pour la petite Joan qui grandissait rapidement.

Le tableau que lui offraient sa mère, sa femme et sa fille parut si familier à Troye qu'il sentit une douleur se réveiller dans sa poitrine. La souffrance était si aiguë qu'il se détourna et contempla les pierres froides de la cheminée. Mais il pouvait encore les entendre. Le ton calme et stoïque de sa mère, les bavardages incessants de Joan et la douce voix d'Eleanor. Il écouta la voix de sa femme, si tendre et si suave, mais il y perçut une note d'incertitude. Comment aurait-il pu douter qu'Eleanor soit autre chose que gentille avec sa fille ? Et comment aurait-il pu douter que voir une autre femme s'occuper de l'enfant d'Isabeau serait pour lui une torture ?

Jetant un coup d'œil à travers la salle, Eleanor nota son expression douloureuse et devina la raison pour laquelle il avait tenu Joan à l'écart d'elle jusqu'à maintenant. Son cœur lui fit mal quand elle comprit qu'il n'avait pas voulu la blesser en lui refusant les privilèges d'une belle-mère, mais qu'il cherchait simplement à se protéger de son chagrin.

— Troye ?

Elle fit un pas vers lui, mais il se détourna.

Il avait l'impression de ne pas pouvoir respirer, que son cœur, ses poumons et ses côtes étaient si contractés par une douleur physique qu'il allait sûrement mourir. Brusquement, sans dire un mot à personne, il quitta la grand-salle.

— Troye ! cria Eleanor.

Elle aurait voulu lui courir après, mais dame Anne la pressa de le laisser seul.

Troye sortit dans les jardins et inspira de grandes goulées de l'air frais du soir. Mais cela ne suffit pas. La souffrance était brûlante et à vif dans sa poitrine. Alors il se mit à courir, traversant la cour et allant le long de la rivière. Ses jambes pilonnaient le sol, ses mains écartaient les hautes herbes et les roseaux qui bordaient le chemin. Il courut jusqu'à ce qu'il soit loin du manoir et trop épuisé pour continuer. Ses pieds ralentirent leur cadence et il se mit à marcher, ne sachant pas où il allait jusqu'à ce qu'il arrive devant le portail du cimetière. Il avança comme dans un rêve et se dirigea vers le coin éloigné où peu s'arrêtaient. Haletant et transpirant, il se jeta à terre près de la tombe et un mot lui échappa en un murmure étranglé.

— Isabeau.

Même après tout ce temps, elle lui manquait tellement. Il rêvait d'elle la nuit, des rêves si vivants et si réels qu'il avait l'impression de la tenir dans ses bras, pour se réveiller face à la réalité et au chagrin qui le laissait froid et vide. Il leva les yeux vers l'inscription de la pierre tombale et jura à Isabeau qu'il l'aimerait et la chérirait toujours. Et cependant il se remémora les nuits passées avec Eleanor dans son lit, et l'agréable après-midi qu'il venait de partager avec elle à York, oubliant presque sa douleur. Il se sentit ravagé par les remords. Comment pourrait-il jamais aimer quelqu'un d'autre qu'Isabeau ?

Dame Anne ordonna que le souper soit servi sans attendre Troye. Joan avait l'habitude de manger avec sa nourrice dans la chambre qu'elles occupaient dans une aile du manoir, mais en l'absence de son père la petite fille demanda à s'asseoir à la table, et sa grand-mère ne vit pas de raison de refuser. Eleanor lui sourit gentiment quand elle insista pour être placée à côté d'elle, et qu'elle l'observa avec de grands yeux durant tout le repas. Elles parlèrent peu et Eleanor s'efforça d'arborer un visage courageux. A la fin du souper, la nourrice arriva pour emmener Joan, qui ne protesta guère. Elle bâillait et posa la tête sur la large épaule de sa nourrice, suçant son pouce et agitant la main en direction d'Eleanor quand elles montèrent l'escalier.

Eleanor lui répondit et lui souhaita une bonne nuit, puis elle se tourna vers la table et aida Meg à la débarrasser. Bien que la servante protestât, elle était décidée à trouver n'importe quelle petite tâche pour se tenir occupée, car si elle s'arrêtait un seul moment pour s'appesantir sur Troye, sa résolution faiblirait et elle paniquerait devant l'absence de son mari.

Par cette soirée d'été, la lumière se prolongeait fort tard. Les serviteurs achevèrent leur travail dans la cuisine et se retirèrent dans leurs chambres derrière le cellier, pendant qu'Eleanor et dame Anne s'asseyaient pour partager un moment de silence amical. Les croisées étaient ouvertes et elles pouvaient entendre les chants du soir de merles et d'un coucou. Quand il fit trop sombre pour coudre, Eleanor alluma une bougie et, à la demande de dame Anne, prit la bible familiale qui était posée sur une étagère. Elle l'ouvrit sur ses genoux et approcha la chandelle pour distinguer la fine écriture manuscrite.

— Lisez-moi l'épître aux Corinthiens, premier chapitre, verset treize.

Eleanor feuilleta les pages de parchemin jusqu'à ce qu'elle trouve le passage que sa belle-mère désirait entendre.

— « Si je parle les langues des hommes et des anges, mais que je n'ai pas l'amour, je ne suis qu'un gong ou une cymbale, sonnant creux. Si je possède le savoir et une foi capable de bouger les montagnes, mais que je n'ai pas l'amour, je ne suis rien. »

La voix d'Eleanor ralentit et se brisa. Elle sentait la brûlure des larmes dans ses yeux, sa gorge et son nez, mais elle les ravala et continua.

— « Si je donne tout ce que je possède aux pauvres et livre mon corps aux flammes, mais que je n'ai pas l'amour, je n'obtiens rien. L'amour est patient, l'amour est aimable. Il n'envie pas, il ne se vante pas, il n'est pas orgueilleux. Il n'est pas grossier, il n'est pas égoïste. Il ne se met pas… »

Là, la voix d'Eleanor se brisa de nouveau et ses larmes coulèrent, ruisselant sur ses joues.

— « Il ne se met pas en colère et ne tient pas le compte des torts. L'amour ne prend pas plaisir au mal, mais se réjouit de la vérité. Il protège toujours, fait toujours confiance, espère toujours, persévère toujours. Il ne faillit jamais. »

Elle sanglota sur ces derniers mots, et, vaincue, enfouit son visage dans la paume de sa main. Dame Anne se leva de sa chaise et vint à elle. Elle lui tapota l'épaule et la pressa contre son ventre en un geste de réconfort. Elle n'essaya pas d'arrêter les larmes d'Eleanor, mais la laissa pleurer. Puis, quand elle se calma, reniflant et hoquetant, elle demanda doucement :

— Aimez-vous Troye ?

Eleanor hocha la tête, incapable de parler.

— Alors soyez patiente. Soyez gentille. Il se punit maintenant pour ce qui est arrivé à Isabeau, et son cœur est brisé en mille morceaux. Cela remonte à quelques années, mais son deuil n'a pas cessé avec le temps. Elle lui manque toujours, il ne peut accepter qu'elle soit partie, mais un jour la vérité deviendra réalité. A ce moment-là il viendra à vous et aura besoin de votre amour.

— Comment puis-je en être sûre ? demanda Eleanor dans un sanglot, ne croyant pas qu'une telle chose soit possible. Il se peut qu'il ne veuille jamais de moi.

Dame Anne haussa les épaules.

— Comment peut-on être sûr de quoi que ce soit dans cette vie ? Je sais qu'il est dur de trouver la foi et du réconfort lors de nuits solitaires, mais essayez.

Elle se pencha et posa un baiser sur la tête d'Eleanor.

— Troye ne rentrera pas, ce soir. Allez vous coucher.

Eleanor leva les yeux, ayant sur le bout de la langue la question craintive de savoir où était Troye, et prête à l'attendre. Mais elle était épuisée, à la fois physiquement et émotionnellement, aussi hocha-t-elle la tête et se leva-t-elle de sa chaise.

Dame Anne la suivit des yeux tandis qu'elle montait l'escalier, ses fragiles épaules voûtées et son pas lent et las. Avec un soupir, sa belle-mère se tourna et appela Dylan qui se tenait dans l'ombre, comme toujours.

Il s'avança dans la lumière.

— Ma dame ?

— Allez chercher votre maître. Assurez-vous qu'il revienne sain et sauf à la maison.

Dylan s'inclina, sachant fort bien qu'il trouverait Troye au château d'York, en compagnie d'autres chevaliers, ou, sinon, dans l'une des tavernes de la cité, probablement La

Toison d'or. Il partit à pied — la soirée était agréable et ce n'était pas loin, et il courrait moins de risques d'être attaqué par des bandits s'il laissait les chevaux à l'écurie.

L'époque était calme et les portes de la ville étaient ouvertes, mais elles étaient gardées. Dylan traversa le pont et se rendit d'abord au château, où personne n'avait vu Troye de la soirée. Il s'enfila donc dans les étroites rues pavées pour aller à La Toison d'or. Il trouva Troye assis dans un renfoncement au fond de la taverne, la tête courbée sur un gobelet de vin. Son maître n'avait jamais eu beaucoup de goût pour le vin, et d'ordinaire il ne lui fallait pas longtemps pour s'enivrer. Dylan s'assit et ouvrit sa cape, jetant un coup d'œil de côté.

— Que regardez-vous, mon garçon ? grommela Troye en prenant une autre gorgée du puissant bourgogne, qui alourdissait sa langue mais atténuait dans une certaine mesure la douleur qui l'habitait.

— Rien, messire.

Dylan posa les coudes sur la table et observa de nouveau autour de lui, notant les autres clients et d'éventuels fauteurs de troubles. La salle était bruyante et remplie de soldats qui partiraient comme fantassins en Ecosse avec le roi.

Troye grogna.

— Je suppose que ma mère vous a dépêché après moi.

— Oui. Elle sait fort bien que vous êtes sorti pour vous soûler.

— Surveillez votre langage, mon garçon. Je ne suis pas assez soûl pour ne pas pouvoir vous donner une leçon de respect à l'égard de votre maître.

Dylan haussa les sourcils et lui jeta un regard sceptique. Il désigna le gobelet de vin d'un signe de tête.

— Combien en avez-vous pris, messire ?

— Trop pour les compter, et pas assez pour faire une différence.

— Avez-vous soupé ?

— Ce n'est pas de la nourriture que je veux dans mon ventre.

— Nous avons bien mangé, ce soir, déclara Dylan d'un ton attendri à ce souvenir. Du poulet et de la tourte au jambon, avec des pommes cuites et un flan de prunes pour dessert. Dame Anne tient une bonne table.

Troye se renfrogna et se pencha sur son vin, claquant des doigts pour commander une autre tournée au tavernier. Elle fut apportée par une servante, une femme légère au corselet échancré et aux traits grossiers, qui n'était pas contre l'idée d'augmenter ses gages dans la ruelle derrière la taverne. Elle se pencha sur Troye, le regard suggestif, s'assurant que ses seins bien remplis étaient largement révélés.

Dylan la repoussa.

— Ecartez-vous.

Elle fit la moue et s'éloigna, jetant par-dessus son épaule un coup d'œil irrité à l'écuyer. Mais il n'avait cure des sentiments d'une ribaude et se préoccupait beaucoup plus de ramener son maître à la maison avant que les heures passent et que des dangers les attendent dans les rues.

— C'est un lit chaud et confortable qui vous attend, messire, suggéra-t-il doucement.

Troye grogna. Il n'allait pas avouer à son écuyer que c'étaient les conforts de son lit, précisément, qui l'en tenaient éloigné. Toutefois, il se rendit compte qu'il n'avait plus envie de boire. Se levant brusquement, il jeta quelques pièces sur la table. Dylan le suivit, déconcerté par ce soudain départ et son apparent changement d'humeur.

Dès que l'air frais de la nuit pénétra dans les poumons de Troye, il fut pris d'une violente nausée. Il se pencha sur un caniveau et vida le contenu de son estomac, titubant quand Dylan le soutint pour la longue marche de retour. Mais une fois au manoir il ne put se résoudre à monter l'escalier, ni à affronter Eleanor endormie dans le lit qu'il avait partagé jadis avec une autre. Il dormit dans la cuisine, enroulé dans sa cape près du feu qui ne s'éteignait jamais, veillé par son fidèle écuyer.

Au matin, il se leva et sortit dans la cour pour plonger la tête dans un seau d'eau froide, s'ébrouant et s'étirant dans l'air frais du matin. Puis il retourna dans la cuisine et s'assit à la table éraflée tandis que Jarvis et Meg se mouvaient sans bruit autour de lui.

— Donnez-moi quelque chose pour faire passer la sécheresse de ma gorge, lança-t-il d'un ton coupant à quiconque avait la malchance de se trouver à portée d'oreille.

Sans un mot, Jarvis posa rudement devant lui un pichet de lait et s'éloigna vivement. Troye grimaça en buvant le liquide chaud et se demanda s'il ne ferait pas bien de sortir pour le cas où son estomac se rebellerait. Juste comme il se levait, sa mère apparut sur le seuil et lui jeta un regard qui le fit se rasseoir.

Dame Anne croisa les bras sur sa taille et considéra son fils avec sévérité.

— Et qu'avez-vous à dire pour votre défense, ce matin ?

— Bonjour, mère.

Elle fit claquer sa langue et secoua légèrement la tête, tous deux sachant fort bien ce qu'elle voulait dire. Elle s'avança de quelques pas et posa une main sur l'épaule de Troye.

— Combien de temps cela va-t-il durer ?

— Quoi ?

— Pendant combien de temps allez-vous vous punir ?

Il se renfrogna et l'ignora.

— Cela fait des années, Troye. Rien de ce que vous faites ne changera le passé. Rien ne ramènera Isabeau…

— Non ! lança-t-il d'un ton d'avertissement.

— Je ne puis rester assise et ne rien dire pendant que vous vous mettez en pièces. Et qu'en est-il d'Eleanor ? La pauvre enfant n'a rien fait pour mériter un tel traitement. Elle vous aime, vous savez.

— Taisez-vous, mère, fit Troye d'un ton rageur, en se levant de sa chaise et en chassant sa main. Laissez-moi tranquille.

— Troye…

Elle le suivit tandis qu'il sortait d'un pas raide dans la cour, et l'arrêta fermement en le retenant par le bras.

— Vous êtes responsable de votre femme. Si vous ne pouvez vivre avec elle dans l'affection, ce mariage doit être annulé. Eleanor est une jeune femme charmante — il est cruel de la condamner pour la vie à un mariage sans amour. N'avez-vous point de sentiments pour elle ?

Il ferma les yeux un moment, puis s'éloigna du manoir pour aller dans les jardins, un endroit plus retiré où il pouvait être sûr qu'on ne les entendrait pas. Dame Anne le suivit et attendit pendant qu'il luttait pour trouver les mots justes, pour démêler le fatras d'émotions qui habitait son esprit et son cœur. Enfin, d'une voix sourde et douloureuse, il déclara :

— Ce n'est pas que je n'ai pas de sentiments pour

Eleanor. De fait, elle ressemble beaucoup à Isabeau, douce, gentille et jolie. Mais cela fait mal, mère, cela fait trop mal. Et je me sens coupable. Comment puis-je cesser d'aimer Isabeau ?

Dame Anne lui caressa doucement la joue.

— Une part de vous aimera toujours Isabeau. C'est ainsi. Elle était votre épouse, elle est la mère de Joan. Mais c'était alors, et nous sommes maintenant. Vous n'êtes plus le même homme que vous étiez à l'époque, et il n'y aura jamais une autre Isabeau. Si vous devez aimer une autre femme ce sera d'une manière différente, et vous ne devrez en éprouver ni honte ni culpabilité. Ne vous punissez pas de vous sentir heureux. Vos vœux de mariage vous lient jusqu'à ce que la mort vous sépare. Ce n'est pas un péché d'aimer de nouveau.

Troye la regarda fixement. Il y avait beaucoup de choses à considérer pour lui dans ses paroles, trop de choses que sa conscience ne pouvait pas admettre. Toutefois il hocha la tête, et sa mère le laissa partir. Ils s'en allèrent chacun de leur côté — dame Anne retournant dans la maison pour houspiller les serviteurs, et Troye allant réveiller Dylan pour le former à la chevalerie, comme c'était son devoir.

Pendant plusieurs jours, ils vaquèrent à leurs occupations comme si la vie était idyllique et qu'il n'y avait pas de tourments. Mais, de tous, Eleanor était la plus angoissée par l'atmosphère tendue qui régnait au manoir. La nuit elle dormait seule, et le jour elle essayait de s'épuiser à de multiples tâches.

***

Une semaine après l'agréable journée qu'elle avait passée à York avec Troye — une journée qu'il n'avait sans doute pas trouvée à son goût, vu la façon dont il l'évitait — Eleanor se leva comme d'habitude et s'assit sur le coffre sous la fenêtre. Elle regarda distraitement dehors, sa brosse dans une main, à peine capable de trouver l'énergie de la passer dans ses longs cheveux. Mais elle leva les yeux en entendant le tintement de harnais et un bruit de sabots. Au-dessous d'elle, Troye jeta deux grosses sacoches de selle sur le dos de Merlin, puis il enfourcha son destrier. Il leva la tête et vit Eleanor. Leurs yeux se rencontrèrent. Elle sentit son sang se glacer dans ses veines et se leva de son siège, se penchant vers la fenêtre. Mais avant qu'elle puisse l'ouvrir et appeler Troye, il leva la main en signe d'adieu, fit volter son cheval et s'en alla.

Avec un petit cri, elle courut à la porte ; celle-ci s'ouvrit avant qu'elle l'atteigne et dame Anne lui fit signe de s'arrêter.

— Il me quitte ! s'écria Eleanor, fixant sa belle-mère avec désarroi.

— Tout doux, ne vous mettez pas dans cet état. Oui, il part, mais pas pour longtemps. Il va à Anvers pour livrer une cargaison de laine et de drap. Nous avons eu quelques problèmes avec les Brabant et il se rend là-bas pour s'en occuper. Ne craignez rien, il rentrera dans une semaine environ.

— Il ne m'a pas dit au revoir !

Doucement, dame Anne écarta les mèches qui tombaient sur le front d'Eleanor.

— Certes, mais il faut lui pardonner. Il est aussi troublé que vous. Cela vous fera du bien à tous les deux d'être séparés pendant un moment.

Eleanor ne pouvait être d'accord avec cela. Elle s'arracha brusquement aux bras de dame Anne et retourna s'asseoir près de la fenêtre. Là, elle fixa la place vide où Troye s'était tenu seulement quelques instants plus tôt. Elle ne le verrait pas pendant une semaine entière ! Comment survivrait-elle ? Que ferait-il durant son absence ? Trouverait-il d'autres femmes pour se consoler ? Quand il rentrerait, la séparation lui aurait-elle fait tant de bien qu'il souhaiterait la rendre permanente ? Toutes ces pensées et d'autres encore s'agitaient dans son esprit, mais elle restait assise, immobile et silencieuse, le visage pâle, le regard morne tandis qu'elle regardait fixement devant elle.

Dame Anne était fort soucieuse de l'effet que le départ de Troye avait sur Eleanor. Les affaires du cœur étaient toujours source d'une grande tension, même pour les personnes les plus robustes, et à ses yeux sa belle-fille était de plus en plus fragile. Elle se dit que la solution était de la tenir occupée, et surtout de lui faire passer le plus de temps possible avec Joan. Après tout, en tant que grand-mère, elle ne rajeunissait pas et l'enfant aurait besoin de la présence et des conseils d'une dame dans sa vie quand elle grandirait.

D'un geste bref, dame Anne croisa les mains et marcha vers la porte.

— A présent, il y a beaucoup à faire et je ne suis plus aussi jeune et agile que je l'étais. Meg fait de son mieux, qu'elle soit bénie, mais j'aurais besoin d'une autre paire de mains pour m'aider. Il faut battre le beurre, si cela vous dit.

Elle dévisagea Eleanor avec un air d'attente. Ses traits nobles et lisses démentaient son âge, mais Eleanor s'avisa, avec une bouffée de honte, que sa belle-mère devait être au crépuscule de sa vie, puisque Troye approchait de l'âge mûr. Les travaux manuels n'étaient pas quelque chose à quoi elle était habituée, ayant toujours eu des serviteurs pour lui obéir, mais à présent elle accueillait volontiers le répit de corvées qui la distrairaient de ses pensées.

— Oui, ma dame, murmura Eleanor. Cela me dit.

La journée passa rapidement, dans la fraîcheur de la petite laiterie voisine de la cuisine. Eleanor avait mal aux épaules et aux mains à force de tourner la baratte et d'écumer la crème de la veille, en mettant des cuillerées dans de la mousseline qu'elle accrochait aux chevrons pour que le petit lait s'égoutte. Dame Anne parlait peu, lui donnant ses instructions d'une voix calme, mais elle pouvait entendre à l'arrière-plan les bavardages de Meg et d'un joli garçon nommé Simon, aussi blond qu'elle était brune.

Plus tard dans l'après-midi, elle joua avec Joan dans le jardin, se servant d'une balle faite de chiffons. Toby prit part au jeu avec joie et entrain. Quand Joan fut fatiguée elles s'assirent dans l'herbe, à l'ombre d'un chêne, et burent du jus de pomme bien frais.

Joan regarda Eleanor et dit :

— Mon père est encore parti.

Eleanor lui sourit gentiment.

— Oui… mais il rentrera bientôt.

Une expression de tristesse emplit les grands yeux bruns de la petite fille et le cœur d'Eleanor manqua un battement.

— J'avais une mère, mais je ne me souviens pas d'elle. Elle est partie, aussi.

Eleanor lui tapota l'épaule.

— Votre père reviendra, je vous le promets.

Joan qui était étendue dans l'herbe se leva et grimpa sur les genoux d'Eleanor. Elle s'appuya contre sa poitrine, ses yeux se fermant tandis qu'elle cherchait avec confiance une position confortable. Eleanor fut fort déconcertée, n'ayant pas l'habitude du poids et de la chaleur d'un petit enfant. Mais cela semblait si naturel et si juste qu'elle se redressa et passa ses bras autour de la petite fille, la serrant gentiment. Puis elle s'adossa au tronc du chêne et s'abandonna à son tour au plaisir d'un petit somme.

De l'intérieur du manoir, dame Anne leva les yeux de son éternelle couture et regarda par la fenêtre. Elle vit Eleanor avec Joan endormie sur ses genoux et sourit.

Au cours des jours qui suivirent, elle constata que ses os la faisaient souffrir et elle quêta l'aide d'Eleanor pour diverses courses.

Par un tel après-midi, alors qu'Eleanor longeait les rues pavées vers le marché pour acheter des figues sèches et des raisins secs, escortée par Simon, elle résolut de trouver un apothicaire et de voir s'il avait des potions qui pourraient soulager dame Anne. Elle était souvent restée confinée dans la maison, ces derniers temps, et Eleanor était soucieuse, d'autant que sa belle-mère ne lui apparaissait pas comme quelqu'un qui cédait aisément à la moindre douleur. Ils traversèrent Samson Square en direction du marché, et Eleanor leva les yeux quand un groupe de cavaliers passa près d'eux. Simon la tira en arrière, posant une main protectrice et respectueuse sur son coude.

— Ma dame, lui murmura-t-il à l'oreille, la ville regorge

de soldats et de mercenaires. Vaquons à nos affaires et hâtons-nous de rentrer.

Eleanor hocha la tête, mais sourit à l'inquiétude du jeune valet.

— Nc craignez rien, ce sont des chevaliers anglais, et ils sont là pour protéger notre royaume des Ecossais.

Simon secoua la tête devant sa naïveté.

— Certes, mais ils ne sont pas tous chevaleresques, et pas tous anglais. Ce n'est pas un endroit pour une dame, par les temps qui courent.

Regardant autour d'elle, Eleanor remarqua que bien que les rues soient bondées, et grouillantes de toutes sortes de gens empressés, il y avait de fait peu de dames de sa classe, et pour de bonnes raisons.

— On dit que le roi a mobilisé une armée plus grande que quand il est allé au pays de Galles, reprit Simon. Au moins trente mille hommes, mais beaucoup d'entre eux déserteront. Et ils chercheront du vin et des femmes avant de rentrer chez eux.

De nouveau, il l'enjoignit de se presser.

Ils pénétrèrent dans le marché et Eleanor perdit peu de temps à admirer les étals colorés. Elle alla droit au marchand de fruits secs — des raisins et des figues de Sicile, des abricots de Turquie — et fit promptement ses achats. Elle abandonna l'idée de trouver un apothicaire, car l'après-midi finissait et Simon était impatient de rentrer. Ils se dirigèrent vers la porte de Coppergate. Tandis qu'Eleanor levait la tête et regardait au-delà de la masse de corps et de visages en mouvement, quelqu'un accrocha son regard. Elle contempla l'individu, en croyant à peine ses yeux, et plissa les paupières pour mieux voir. Ces cheveux blonds rasés, ces yeux bleus perçants, ce visage sévère et cette attitude arrogante — cela ne faisait aucun doute, c'était Casper von Eckhart ! Sa réaction instinctive fut de se raccrocher à la manche de Simon.

Il se tourna et vit son air consterné.

— Qu'y a-t-il, ma dame ?

— Cet homme…

Elle scruta la foule, mais von Eckhart avait disparu.

— Non, ce n'est rien.

Retenant son souffle, elle résolut d'avertir Troye dès qu'il rentrerait, et elle n'eut pas besoin d'autres encouragements de Simon pour hâter le pas.

De retour au manoir, Eleanor oublia bientôt le Hun et se plongea dans la routine des tâches quotidiennes, amusant Joan que l'absence de son père rendait nerveuse.

Quelques jours plus tard, Eleanor se mit en quête de Meg pour l'aider à écosser des pois. Jarvis avait envoyé la servante chercher des œufs au poulailler. C'était la fin de l'après-midi, la journée avait été étouffante et les ombres fraîches apportaient un soulagement bienvenu. Eleanor alla au poulailler, mais ne trouva pas Meg. Elle revint sur ses pas, et s'arrêta quand elle crut entendre la voix de la chambrière dans la grange. Elle entra dans la dépendance obscure et emplie de foin et regarda autour d'elle, puis elle perçut un petit rire et la voix grave de Simon. Pensant que le valet devait aider Meg à ramasser ses œufs, elle s'avança de quelques pas et se figea sur place. Simon aidait certainement la petite servante, mais d'une manière qui fit rougir Eleanor. Il était étendu sur des balles de foin, avec Meg à cheval sur lui.

— Alors tu promets que tu ne referas jamais les yeux doux à ce Dylan, dit Simon d'une voix sourde.

Meg rit et se pencha vers lui.

— Oui, c'est toi que j'aime, Simon.

Son corselet était ouvert, révélant des seins pleins et couronnés de durs tétons roses.

— Dieu, tu es une jolie fille, Meg.

Simon grogna et lui saisit un sein d'une main, soupirant et gémissant tandis que Meg s'agitait sur lui.

Les joues en feu, Eleanor recula et sortit rapidement et sans bruit. Elle quitta la grange, courant presque pour traverser la cour et se rendre dans le jardin, où elle s'assit sur un banc. Elle aurait dû être fort en colère et le faire savoir à Meg sans mâcher ses mots. Que se serait-il passé si Joan était entrée dans la grange ? Pourtant, ce n'était pas de la colère qu'elle éprouvait, mais de l'envie. Visiblement, les deux jeunes gens avaient été engagés dans un acte de plaisir mutuel, s'y abandonnant avec insouciance, et, à en juger par les bruits que Simon faisait, il appréciait vivement la chose. Comme elle désirait que Troye grogne et gémisse de la sorte quand il la possédait ! Mais n'était-ce pas le fond de l'affaire ? Troye ne lui avait jamais fait l'amour. Leurs étreintes étaient juste l'union physique d'un mâle et d'une femelle.

Eleanor résista à la tentation de fondre en larmes, car elle n'avait jamais été fille à pleurer au moindre problème, et dernièrement elle avait cédé à ce besoin bien trop souvent. A partir de maintenant, Troye de Valois ne la ferait plus jamais pleurer ! se promit-elle. Se levant d'un air résolu, elle retourna au manoir et ne dit pas un mot de ce qu'elle avait vu dans la grange.

Le samedi soir, Troye rentra. Il paraissait las, et cependant de bonne humeur. Quand il franchit la porte, Eleanor se leva de sa chaise et alla l'accueillir. Comme il lui avait manqué ! Et elle avait presque oublié combien il était beau. Il se pencha et l'embrassa sur la joue, comme il embrassa sa mère et la petite Joan qui courut à lui avec des cris de joie. Troye la souleva dans ses bras et l'étreignit, avant de la remettre sur ses pieds et d'accepter un gobelet de vin de sa mère, tandis qu'ils discutaient de ses affaires à Anvers.

Ils soupèrent dans une ambiance détendue, et dame Anne mentionna que le haut magistrat de York était venu en son absence. Troye jeta un coup d'œil à Eleanor, mais elle ne s'en aperçut pas, occupée qu'elle était à aider Joan à ôter des graines de bardane du pelage doré de Toby.

— Que voulait-il ? demanda-t-il.

— Il a des nouvelles du roi. Le chancelier de l'Echiquier s'est installé à York et une grande armée a été mobilisée pour marcher sur l'Ecosse avant l'hiver.

Troye soupira.

— Alors c'est décidé, nous sommes de nouveau en guerre ?

Dame Anne lui jeta un coup d'œil de côté.

— Le roi ne va sûrement pas vous demander de venir avec lui ? Pas après votre campagne au pays de Galles il y a deux étés ?

Eleanor leva les yeux, les battements de son cœur se ralentissant tandis qu'elle attendait la réponse de Troye.

Il se contenta de hausser les épaules.

— Je suis à son service. S'il m'ordonne de me battre contre les Ecossais, je devrai le faire. Nous ne sommes pas nombreux à être huissiers d'armes et il y aura grand besoin de cavalerie pour vaincre les Ecossais, qui sont aussi farouches, sinon plus, que les Gallois.

— Mais…

Eleanor allait protester, mais elle ferma la bouche quand dame Anne lui adressa un froncement de sourcils dans le dos de Troye. Avec son époux juste revenu de son absence, elle ne souhaitait pas encourager les divergences de vue. Elle se releva et murmura :

— Je vous souhaite une bonne nuit, dame Anne.

— Bonne nuit, mon enfant.

Après avoir attendu si patiemment le retour de Troye, et ses craintes étant plus fortes que sa modestie, elle regarda son mari.

— Troye ?

Comprenant ce qu'elle voulait dire, et conscient que de fait elle lui avait manqué au cours de la semaine passée, il se colora légèrement sous le regard de sa mère et déclara à voix basse :

— Je vous rejoindrai bientôt. Joan, il est temps d'aller te coucher.

— Portez-moi, papa ! demanda la petite fille en grimpant sur les genoux de son père.

Il feignit de se plaindre, mais sourit en la portant en haut, tandis qu'Eleanor les suivait et se rendait dans sa propre chambre. Là, elle se lava prestement et revêtit sa plus jolie chemise de nuit, celle avec les rubans roses, avant de se brosser les cheveux. Puis elle se mit au lit et se coucha sur le côté, face à la fenêtre, les couvertures remontées sur son épaule bien que la soirée soit chaude et la lumière douce.

Elle attendit anxieusement, se demandant si, quand Troye viendrait se coucher — s'il venait —, elle devrait se tourner vers lui et l'encourager, ou rester dans son coin et ne pas l'ennuyer. Elle était déchirée entre le désir de l'aimer de tout son cœur, avec toute la passion chaude et vibrante de son âme, et celui de le laisser en paix jusqu'à ce qu'il soit prêt. Le jour dont dame Anne avait parlé, où il serait disposé à se tourner vers elle et à accepter son amour, semblait vraiment très lointain. La douleur de la solitude pesa sur sa poitrine et, tandis que le temps passait, elle pensa que Troye ne viendrait pas.

Juste comme ses paupières commençaient à se fermer et son corps à se détendre pour dormir, elle entendit la porte qui s'ouvrait. Elle ne se tourna pas et resta immobile, écoutant le bruit de ses bottes qui tombaient par terre et le bruissement de ses habits tandis qu'il se dévêtait. Puis il y eut un moment de silence, suivi par le bruit de l'eau dans la cuvette. Il se lavait. Les couvertures se soulevèrent et elle se figea, le matelas s'enfonçant sous le poids de Troye. Elle sentit qu'il s'allongeait sur le dos, puis qu'au bout d'un moment il tournait la tête dans sa direction.

Troye regarda le pâle éclat de l'épaule nue d'Eleanor. Ses longs cheveux paraissaient noirs dans la lumière du soir. Il lui sembla, dans la pénombre, qu'il pouvait presque croire qu'il était couché avec… Mais non, il ferma les yeux et força son esprit à chasser cette pensée. Il n'était pas juste, pas bien de toujours comparer Eleanor à une autre. Et cependant il le faisait, sa peau, son corps, ses cheveux, sa voix, son parfum… étant dans son esprit ceux d'Isabeau, comme si elle était allongée près de lui en cet instant. Il contempla le dais du lit pendant ce qui lui parut être une éternité. Il entendait la respiration régulière d'Eleanor. Il devina qu'elle devait être endormie, et il se pencha sur elle pour s'en assurer. Dans la lumière ambrée qui tombait de la fenêtre, il put discerner les traces brillantes de larmes sur sa joue. Avec un grognement silencieux, il s'avisa qu'il l'avait blessée une fois de plus.

— Eleanor ? murmura-t-il en roulant vers elle et en pressant son torse contre son dos.

Ses paupières palpitèrent mais elle n'émit pas un son, et s'écarta de lui.

— Je suis marri, chuchota-t-il, et il posa un baiser sur la peau lisse et douce de son épaule.

Eleanor s'éveilla alors, au contact de ses lèvres sur sa peau et de son corps plaqué contre son dos. Elle entrouvrit les yeux, ses cils baissés, mais elle ne se tourna pas et ne chercha pas à l'encourager. Elle avait le cœur trop lourd, sachant qu'il n'avait pas de sentiments pour elle. Et cependant il était son mari et elle ne pouvait se refuser à lui ; d'ailleurs, elle n'en eut pas envie quand sa main glissa sur la courbe de sa hanche.

Ses baisers trouvèrent le creux vulnérable de sa nuque et il en sema d'autres dans son dos, entre ses épaules, la chaleur et la moiteur de sa langue éveillant ses sens, le contact de son souffle et de ses lèvres provoquant en elle une réponse. Et néanmoins elle ne se tourna pas, et il ne lui demanda pas de le faire. Ses doigts se glissèrent sous sa chemise, caressant la minceur de sa cuisse avec lenteur et douceur. Puis sa main changea de direction et trouva la douce rondeur de son postérieur. Il pétrit sa chair tendre, et elle retint un petit cri.

Tout en embrassant son échine et taquinant ses fesses,

il glissa un genou entre ses jambes, relevant légèrement celle de dessus pour pouvoir avoir accès à sa féminité par-derrière. Eleanor sentit son cœur s'emballer et le désir flamber dans cet endroit secret, que seul Troye connaissait et dont il faisait ce qu'il voulait. Ses doigts bougèrent en un mouvement lent et sensuel, caressant l'entrée de son corps. Sa virilité était dure et impatiente, pressée contre son dos, et Eleanor remua les hanches, ondulant pour suivre le rythme insistant de ses caresses. Il passa son autre main sous ses côtes et se saisit d'un sein, en taquinant la pointe et pressant le globe de chair tendre sous sa paume.

Elle gémit et Troye l'attira au milieu du lit, remontant sa chemise au-dessus de sa taille, embrassant le creux de ses reins, son postérieur, la mordillant doucement, excité par le contraste entre ses boucles et la chair moite et soyeuse de son sexe. Il avait le souffle court, et le plaisir s'emparait de lui. Il écarta ses jambes et la souleva légèrement, poussant contre elle sa virilité tendue par le désir. Eleanor étouffa un cri, saisie, quand il la pénétra par-derrière. Il la tint fermement contre lui, ses assauts doux et lents, et elle fut étrangement troublée, sentant l'excitation l'envahir comme jamais auparavant.

Néanmoins elle avait envie de le voir, de contempler son visage, de plonger les yeux dans les siens, aussi émit-elle un murmure de protestation et le rythme de Troye se ralentit. Il se retira et baisa son cou, sa joue, le coin de sa bouche, conscient qu'il n'avait jamais possédé Isabeau de cette manière ; mais, pour la première fois depuis des mois, il éprouvait un plaisir intense et réel, et non quelque chose qu'il se forçait à ressentir. Il murmura à l'oreille d'Eleanor :

— Votre postérieur est si doux. Je désire vous prendre de cette manière, si vous êtes d'accord.

Elle se sentit rougir violemment de la tête aux pieds, saisie par ses paroles, lui qui ne parlait jamais lorsqu'ils s'accouplaient. Mais elle ne pouvait nier la joie qu'elle éprouvait à ses mots, ni le plaisir sensuel qui l'envahissait. Il la domina et la posséda totalement, et elle en exulta. Elle était incapable de se refuser à lui comme de se priver elle-même de cette volupté, et même si quelque chose lui soufflait que ce n'était pas tout à fait convenable, elle céda et accepta ses doigts qui se glissèrent entre ses cuisses, la caressant avec insistance et l'excitant plus encore.

Elle balança ses hanches et sa peau se couvrit de sueur quand Troye trouva le cœur gonflé et palpitant de sa féminité, l'encourageant tendrement à s'abandonner, jusqu'à ce qu'elle ne veuille plus de ces tendres caresses et désire qu'il la prenne, avec l'ardeur farouche et virile qui était la sienne.

— Troye…

Elle inspira, ayant du mal à prononcer son nom, captivée par l'intensité de ce moment, comme lui.

— Je désire vous prendre, lui murmura-t-il à l'oreille, son large torse couvrant son dos et sa taille. Eleanor ?

— Oui, répondit-elle dans un souffle, se pâmant presque de désir et du besoin qu'elle avait de lui.

Il grogna en s'introduisant en elle avec précaution, lentement, savourant le plaisir de son corps, puis il accéléra ses assauts, les mains crispées sur ses hanches, la tenant fermement contre lui. Eleanor sentit de puissantes ondes de plaisir se former en elle et elle cria son nom.

— Troye !

Il haletait et ne lui répondit pas, la possédant avec force.

Elle avait envie d'être allongée sur le dos et de nouer ses jambes autour de lui, de sentir son torse contre ses seins et son cœur battre sur le sien, de l'attirer dans son étreinte. Mais elle savait que ce serait bientôt fini, et même si elle avait éprouvé du plaisir à leur accouplement ce n'était toujours pas un acte d'amour à proprement parler. L'intensité du désir reflua trop tôt et un moment plus tard elle le sentit se détendre sur elle, ayant répandu sa semence en elle. Il soupira et roula sur le dos, le souffle court comme s'il était épuisé. En cet instant, tandis que la déception et la colère s'emparaient d'elle, elle ne sut si elle aimait Troye ou si elle le détestait.

11.

Eleanor rabattit sa chemise sur ses jambes et chercha anxieusement quelque chose à dire à Troye, en prétendant comme il le faisait que rien ne s'était passé. Il y avait des moments où ils paraissaient si proches d'atteindre enfin un point de rencontre, un terrain commun où le passé ne pouvait les toucher. Mais le plus souvent, comme à présent, il semblait qu'ils étaient si éloignés l'un de l'autre qu'il n'y avait aucun espoir. Apparemment, ses prières à Saint Jude étaient restées vaines. Puis elle se souvint d'avoir vu Casper von Eckhart et elle se tourna, consciente que Troye ne bougeait pas mais qu'il n'était pas endormi. Il paraissait aussi troublé qu'elle par leurs relations, mais elle doutait qu'il veuille en discuter et elle craignait de l'affronter, de peur qu'il ne la quitte de nouveau.

— Troye ?

— Hmm ?

Elle s'approcha un peu plus près.

— Il y a quelques jours, j'ai vu Casper von Eckhart.

— Quoi !

Il tourna vivement la tête vers elle et se dressa sur un coude pour la contempler dans la lumière qui diminuait rapidement.

— Où ? Il n'est pas venu ici, au manoir ?

Eleanor secoua la tête.

— Non. C'était en ville, près du marché. Je ne l'ai aperçu qu'un instant, et je ne pense pas qu'il m'ait vue.

Troye se rallongea et noua ses mains sous sa tête. Il fixa le dais du lit et déclara d'un ton ferme :

— A dater de maintenant, je veux que vous restiez près de la maison. Dans quelques semaines nous partirons pour l'Ecosse, mais jusque-là la ville vous est interdite. Elle n'est pas sûre pour les femmes.

— Mais...

— Pas de mais, Eleanor. Je parlerai à ma mère demain matin. Elle m'a dit que vous l'aviez beaucoup aidée en mon absence, et je vous en remercie, mais dorénavant les courses en ville seront faites par Simon ou par ce paresseux de Jarvis. Est-ce clair ?

— Oui.

Elle hocha la tête, puis lui posa la question qui la tourmentait.

— Pourquoi croyez-vous qu'il est à York ?

Troye haussa les épaules et soupira, avant de se tourner sur le côté pour lui faire face.

— Le roi a engagé de nombreux mercenaires, et il a grand besoin de cavaliers. Son courroux est redoutable, mais quand cela lui convient il est aussi prompt à pardonner. Nul doute qu'il a repris le Hun dans ses rangs pour répondre à ses desseins.

Dans la pénombre, il scruta le visage d'Eleanor.

— Vous n'avez pas peur ?

— Non, je doute qu'il me veuille du mal.

Troye acquiesça d'un signe de tête.

— Vous êtes mon épouse, à présent. Il n'osera même pas vous regarder.

Elle sourit à son ton sourd.

— Et vous battriez-vous pour mon honneur, s'il le faisait ?

— Pas s'il se contentait de vous regarder.

Eleanor gloussa.

— Et s'il essayait de me toucher ? De m'embrasser ?

— Alors je le tuerais !

Ils rirent tous les deux, doucement. Etre allongée si près de Troye, lui parler à mi-voix, partager une plaisanterie presque comme des époux normaux, parut délicieux à Eleanor. Elle brûlait de tendre la main vers lui, de caresser de ses doigts la toison de son torse, d'embrasser son biceps tout proche, mais elle n'osa pas. La seule crainte qui l'habitait maintenant était qu'il la tienne à l'écart si elle se rapprochait trop de lui. Cela lui coûta beaucoup, mais elle se tourna de l'autre côté, vers la fenêtre.

— Bonne nuit, Troye.

— Bonne nuit.

Il resta éveillé un long moment ; bien qu'il soit fatigué, le sommeil le fuyait. Il avait maintes pensées à l'esprit : les préparatifs pour la campagne en Ecosse, la santé mystérieusement déclinante de sa mère, la nouvelle que von Eckhart était à York et, surtout, son manquement à satisfaire Eleanor. Mais demain serait un autre jour, et cela ne servait à rien de rester éveillé à s'inquiéter.

Il se sentait détendu, contenté, après… Il sentit la rougeur envahir son visage quand il jeta un coup d'œil à Eleanor. Il n'aurait pas dû posséder une épouse aussi jeune et inexpérimentée qu'elle de cette façon-là, mais ils l'avaient apprécié tous les deux, non ? Et cela faisait longtemps qu'il n'avait pas éprouvé une passion aussi vive… Pendant un moment, pour la première fois depuis qu'ils étaient mariés, il s'interrogea sur les réponses d'Eleanor. Il n'avait pas une grande expérience des femmes — il y avait eu quelques filles désireuses d'initier un jeune homme, mais ensuite la guerre et son métier de soldat l'avaient beaucoup occupé. Puis il y avait eu Isabeau, et plus personne d'autre.

Il ne voulait pas comparer les réponses d'Eleanor à celles de sa première femme, et cependant… elles n'étaient pas les mêmes, il en avait conscience, et il ne pouvait en blâmer nul autre que lui-même. Eleanor avait été vierge et il doutait qu'elle ait expérimenté le summum du plaisir, ou même qu'elle en ait une vague idée. Physiquement, il savait qu'il n'y avait aucune raison pour qu'il ne lui montre pas comment atteindre l'extase, mais il se retenait toujours ; il ne pouvait lui donner cela, et il ne savait pas pourquoi.

Avec un soupir, il roula sur le côté, tournant le dos à Eleanor qui dormait. Ses paupières tombèrent et il s'endormit à son tour, sa dernière pensée étant qu'il essaierait de se faire pardonner. Par un présent, peut-être ? Une cotte neuve ou un collier…

Pendant l'absence de Troye, la nerveuse petite Joan avait pris l'habitude de rendre visite à Eleanor le matin, avant qu'elle se lève. La petite fille appréciait le réconfort d'un câlin quand Eleanor soulevait les couvertures et l'accueillait dans son lit. Ce matin-là ce ne fut pas différent, et Joan ne parut pas se soucier le moins du monde que son père soit couché avec Eleanor, nu. Ils s'éveillèrent tous les deux au bruit de la porte qui s'ouvrait, au piétinement de petits pieds nus sur le plancher, aux grognements de Joan tandis qu'elle escaladait le lit et se jetait entre les corps de son père et de sa belle-mère.

— Que fais-tu ? grogna Troye, brusquement tiré de son sommeil.

Il contempla sa fille, les paupières lourdes, et repoussa ses cheveux en arrière.

Joan gloussa, assise sur ses talons, et le désigna d'un air espiègle.

— Vous avez l'air d'un hérisson.

— Vraiment ?

Il la saisit et se mit à la chatouiller.

— Et toi, tu as l'air d'une petite fille qui devrait être envoyée au poulailler.

Joan poussa des cris perçants et rit de bon cœur pendant que son père la chatouillait et essayait de l'attraper. Elle agitait les bras et les jambes en s'efforçant à moitié de lui échapper. Eleanor s'était réveillée en l'entendant entrer et elle se tourna, tressaillant quand de petits coudes lui heurtèrent la tête.

— Assez, déclara Troye en lâchant sa fille. Tu fais mal à dame Eleanor.

Aussitôt, Joan prit une mine grave. Elle se mit à genoux et s'appuya sur la hanche d'Eleanor pour scruter anxieusement son visage.

— Dame Eleanor, je ne vous ai pas fait mal, n'est-ce pas ?

Eleanor secoua la tête et sourit gentiment.

— Non. Votre père vous taquine.

Joan se pencha et posa un baiser mouillé sur sa joue.

— Allons-nous promener Toby ?

Eleanor jeta un regard dubitatif aux nuages gris qui assombrissaient le ciel.

— Je crois qu'il va pleuvoir.

— Oui, dit Troye en soulevant sa fille et en la posant fermement par terre. Cours retrouver ta nourrice et dis-lui qu'à partir de maintenant tu ne dois pas aller plus loin que les jardins avec Toby.

Joan le dévisagea de ses grands yeux bruns, pleins d'innocence.

— Pourquoi ?

Troye fronça les sourcils.

— Parce que je le veux.

— Pourquoi ?

Eleanor faillit rire devant l'expression de Troye, irritée et perplexe. Elle s'assit et se tourna vers Joan.

— Votre papa veut que nous soyons en sécurité, parce qu'il y a plein de méchants hommes dans les environs en ce moment. Maintenant courez vous habiller, petite. Nous allons descendre pour rompre notre jeûne ensemble.

Joan les dévisagea tour à tour, puis elle haussa les épaules et trotta vers la porte qu'elle laissa ouverte, se mettant en quête de sa nourrice et appelant Toby pour qu'il la suive.

Troye se leva et traversa la chambre pour aller fermer la porte. Eleanor sentit ses joues s'enflammer à la vue de son corps viril, magnifique, et à la pensée de l'intimité qu'ils avaient partagée. Il était parfaitement proportionné, songeat-elle en le contemplant avec admiration, les épaules et le torse larges, couverts d'une toison brune qui commençait à grisonner, la taille souple, les hanches minces, les bras et les jambes noués de muscles gagnés sur les champs de bataille. Quand il enfila ses chausses, son regard rencontra celui d'Eleanor et il remarqua sa rougeur et son expression admirative.

— Dame Eleanor…

Il sourit, revint vers le lit et posa un genou sur le bord, se penchant vers elle pour lui murmurer :

— Honte à vous, de reluquer un homme avec une telle concupiscence.

Eleanor sourit aussi et baissa modestement les yeux.

— Mais, messire, cet homme est mon époux.

— Il vaut mieux pour vous.

Cette pointe de jalousie ravit Eleanor, mais, juste comme elle espérait qu'il allait l'embrasser, on frappa à la porte et il soupira, levant les yeux au ciel.

— Qu'y a-t-il ?

— Troye, appela sa mère, venez vite ! C'est Dylan !

— Qu'est-ce qu'il a ? s'enquit Troye avec impatience, en enfilant sa tunique. Ne me dites pas qu'il a encore mal au ventre pour avoir mangé trop de flan aux prunes !

Il empoigna ses bottes.

— Il n'aura nulle compassion de ma part.

— Non, non, venez vite, il a été sévèrement battu !

Dame Anne paraissait prise de panique, elle qui était toujours calme et contrôlée.

— Eleanor est-elle avec vous ?

— Evidemment !

— Alors dites-lui d'apporter son coffret de remèdes. Nous en aurons besoin. Descendez dans la cuisine dès que possible.

Eleanor et Troye se regardèrent, puis elle repoussa vivement les couvertures et se leva.

— Allez-y, le pressa-t-elle. Je viendrai dès que je serai habillée.

Il hocha la tête et sortit, ses pieds bottés résonnant dans l'escalier tandis qu'il se hâtait vers la cuisine. Eleanor enfila une chemise propre et une cotte bleu ciel, les doigts tremblants sur les lacets qui fixaient ses manches à son corselet. Elle renonça à mettre ses chausses et glissa les pieds dans des pantoufles de vélin, puis elle prit le coffret de remèdes que sa tante Beatrice l'avait aidée à garnir et descendit vivement dans la cuisine.

Il y avait plusieurs personnes rassemblées autour de Dylan qui était affalé sur une chaise devant la cheminée — dame Anne, Troye, Simon, Meg et le cuisinier Jarvis. Ils faisaient tous diverses suggestions et poussaient des exclamations inquiètes, mais ils s'écartèrent pour laisser passer Eleanor quand elle arriva. Elle posa le coffret sur la table et se tourna vers Dylan, retenant un cri lorsqu'elle vit son visage meurtri, qui enflait rapidement et virait au violet autour de ses yeux et de son nez. Elle posa une main sur son épaule, mais il ne parut pas s'en rendre compte.

— Que s'est-il passé ? demanda-t-elle.

Ce fut Troye qui lui répondit.

— Il a été attaqué par plusieurs individus alors qu'il revenait du château hier soir. Je l'y avais envoyé pour prendre des nouvelles de l'arrivée du roi. Il s'est évanoui avant de pouvoir me dire de qui il s'agissait, mais j'ai mes soupçons.

Il échangea un coup d'œil avec Eleanor, puis se tourna vers sa mère.

— Nul ne doit aller en ville, sauf Simon ou Jarvis. Je parlerai au haut magistrat pour qu'il fournisse un garde qui vous protégera pendant que je serai en Ecosse.

— Oh, mais ce n'est sûrement pas nécessaire ? protesta dame Anne. Nous n'avons jamais eu d'ennuis auparavant. Qui nous en voudrait ? Nous ne sommes pas des gens importants et ne possédons pas une grande fortune.

Troye posa une main sur son bras et l'entraîna à l'écart de

la cuisine, dans la grand-salle. Il baissa la voix, car même si leurs serviteurs étaient avec eux depuis longtemps, son instinct de soldat l'incitait à se méfier de tout le monde. Il expliqua qu'Eleanor venait d'une famille titrée et fort riche, et qu'il y avait eu des problèmes à Londres avec un soupirant trop zélé nommé Casper von Eckhart.

— Ou c'est cela, déclara-t-il sombrement, ou Dylan a joué de malchance et a été attaqué pour une simple tentative de vol. Espérons-le.

— En effet.

— Tenez Joan à l'œil, mère. Vous savez combien elle aime courir dans les jardins et jouer à cache-cache avec Toby. Vous devez être vigilante en permanence. Et avec la rébellion en Ecosse, il y a de fortes chances que les Ecossais descendent au-delà de Berwick. Si cela se produit, vous devrez emmener Eleanor et Joan et chercher refuge au château à la moindre rumeur d'attaque.

— Les Ecossais ne descendront sûrement pas aussi loin dans le Sud, observa dame Anne. N'est-ce pas ?

Troye haussa les épaules.

— Cette fois-ci, c'est différent. Il ne s'agit pas seulement de chevaliers qui se rebellent contre l'autorité du roi Edward, mais aussi de paysans et de fermiers. J'ai confiance que nous étoufferons la rébellion, mais il ne coûtera rien d'être prudent.

Ils retournèrent dans la cuisine et découvrirent que Dylan avait été soigné par Eleanor et transporté dans son lit pour se reposer de ses blessures. Troye se sentit impatient que son écuyer se remette, pour reprendre avec lui son entraînement et ses préparatifs.

*
* *

Le lendemain, il se réjouit grandement quand trois cavaliers entrèrent au trot dans la cour, montés sur de puissants destriers comme on en voyait peu à la campagne, et revêtus de leur armure sous leur cape bleue portant l'insigne de la garde personnelle du roi. Les trois chevaliers démontèrent et attachèrent leurs chevaux, tandis que Troye sortait à grands pas de la maison pour voir qui ils étaient, son épée au côté.

— Or ça ! Voilà le jeune marié en personne !

Troye sourit largement.

— Austin, vieux grigou, c'est un plaisir de vous voir !

Ils se serrèrent la main et il y eut maintes tapes dans le dos avec sire Austin Stratford, sire Percy Warrender et sire Lindsay Crawford. Troye les fit entrer dans la grand-salle et les présenta à sa mère, puis désigna d'un signe de main Eleanor qui se levait de son siège.

— Et, bien sûr, vous connaissez mon épouse et ma dame.

Les trois chevaliers s'inclinèrent devant elle. Sire Lindsay sourit en lui baisant la main, conscient de la possessivité de Troye et pensant que cela lui ferait du bien de savoir que d'autres hommes appréciaient les charmes de sa jeune épouse.

— J'espère que la vie conjugale vous convient, dame Eleanor. Vous êtes encore plus belle que dans mon souvenir.

Eleanor rougit et jeta un coup d'œil à Troye qui fronçait les sourcils. Elle se rendait parfaitement compte qu'elle n'était pas au mieux de son éclat, à cause des nombreuses nuits sans sommeil qu'elle passait à se tourmenter au sujet de sa vie conjugale, précisément, mais elle eut la grâce de sourire à sire Lindsay et de le remercier, murmurant quelques mots en réponse à son compliment.

— Simon ! cria Troye en direction de la cuisine. Apportez-nous un pichet de cette nouvelle cervoise de l'abbaye !

Il se tourna vers ses amis et les invita à s'asseoir à la table.

— Je suppose que vous venez avec nous en Ecosse…

— Absolument.

— On ne manquerait cela pour rien au monde !

— Nous allons faire fuir Wallace dans les collines avant que vous ayez le temps de crier « voleur de moutons » !

Ils rirent et Eleanor regagna son fauteuil en face de dame Anne. Elles échangèrent un regard et se sourirent. Il était agréable d'avoir de la compagnie, et elles appréciaient toutes les deux le son de ces voix masculines. Meg servit aux hommes du rôti de porc et du pain frais et ils burent et mangèrent, oubliant tout le reste pendant qu'ils parlaient de la campagne à venir, durant laquelle ils traverseraient la rivière Tweed à Coldstream et assiégeraient Berwick, actuellement aux mains des Ecossais.

— Berwick est une petite ville, certes, déclara sire Austin, mais elle fait beaucoup de commerce avec l'Europe et l'Angleterre. Elle vend du saumon, des harengs, des peaux tannées, des vins et des alcools importés. Nous ne pouvons laisser les Ecossais la contrôler, pas avec l'état des finances du roi.

Sir Lindsay hocha la tête d'un air sombre.

— De fait, ne sommes-nous pas tous taxés jusqu'aux oreilles pour payer les grands desseins d'Edward ?

— Ne craignez rien, intervint Troye. C'est l'Eglise qui supporte le plus gros des dépenses, tellement Rome est avide d'empêcher Edward et Philippe de France de se prendre à la gorge en bons chrétiens qu'ils sont.

Dame Anne et Eleanor étaient assises près de la cheminée, se concentrant ostensiblement sur leurs travaux de couture. Elles cousaient des chemises de laine pour Troye, afin de lui tenir chaud dans les contrées glaciales du Nord. Mais elles écoutaient la conversation des chevaliers, et les regards qu'Eleanor jetait à sa belle-mère étaient de plus en plus anxieux, car leurs discours sur les armes et la stratégie l'alarmaient grandement. Néanmoins, dame Anne se contentait de sourire et de secouer la tête, comme pour dire : « Il n'y a rien à craindre. Ce ne sont que des paroles. »

Eleanor regarda à travers la salle Troye assis à la table avec ses compagnons, un gobelet de cervoise entre les mains, discutant d'un ton animé des mérites de l'arbalète comparés à ceux des arcs, et des tactiques de William Wallace. Il avait le visage grave, sa voix était ferme et forte — celle d'un homme entraîné depuis l'enfance à se battre et à tuer les ennemis du roi. Il lui traversa l'esprit que peut-être un tel homme ne souhaitait pas ou n'était pas capable d'aimer une femme avec tendresse, et cependant elle savait que ce n'était pas vrai, car il avait aimé Isabeau. Le cœur lourd, elle se dit que c'était envers elle seulement qu'il n'avait pas de tendresse.

Sire Percy but une longue rasade de cervoise avant d'ajouter ses commentaires.

— Et il y a une autre petite querelle que nous aurons sans doute à régler — Philippe de France et Edward sont en guerre depuis que Philippe brûle de conquérir la Gascogne.

— Certes, répondit Troye, mais pas cette année.

Sire Percy secoua la tête. Il était le plus âgé des trois

chevaliers, avec d'épais cheveux gris et une grosse moustache argentée.

— Je suis trop vieux pour cela. L'Ecosse sera ma dernière campagne, et ensuite je rentrerai chez moi pour retrouver Felicity, mettre les pieds devant la cheminée et profiter de mes dernières années avec elle. La pauvre femme a longtemps souffert de mes absences. Quoi qu'en dise le roi, pour ma part je suis las de la guerre.

Tous les quatre restèrent silencieux un moment, et Eleanor leva les yeux pour découvrir le regard de Troye fixé sur elle avec une expression pensive. Il se faisait tard, mais les chevaliers ne donnaient nul signe de vouloir se retirer. La fatigue pesait sur ses paupières, et elle posa sa couture dès que dame Anne le fit. Elles souhaitèrent une bonne nuit aux hommes et montèrent l'escalier ensemble. Devant la chambre d'Eleanor, dame Anne s'arrêta et posa une main sur le bras de sa belle-fille.

— Ne vous inquiétez pas trop au sujet de ce que nous avons entendu ce soir. Ce ne sont que des discours virils. Ils se gorgent de l'aventure de la guerre, mais finalement ils rentrent tous à la maison pour mettre leurs pieds devant la cheminée, comme le dit sire Percy. Soyez patiente, Troye vous reviendra.

Eleanor ne pouvait le croire, pas avec l'armure de Troye qui attendait dans la grand-salle, toute prête, et pas avec leur mariage qui était source de douleur et de tristesse.

— Je puis seulement prier qu'il en soit ainsi, murmura-t-elle.

Dame Anne n'était pas encline à de grandes démonstrations d'affection, son attitude toujours digne et réservée, mais là, voyant le chagrin inscrit sur le visage d'Eleanor, elle soupira et l'embrassa sur le front, et la pressa de garder confiance. Eleanor répondit en lui souhaitant une bonne nuit et elles se séparèrent.

Elle resta éveillée, se demandant quand Troye viendrait se coucher, mais les heures passèrent et la conversation se poursuivit en bas dans la grand-salle. De fait, elle ne sembla devenir que plus sonore, mêlée de rires. Eleanor se tourna sur le côté, écoutant, heureuse que Troye soit tiré de sa maussaderie et profite de la compagnie de ses amis. Elle s'endormit bien avant qu'il vienne se mettre au lit, quand les dernières étoiles s'éteignirent à l'aube.

Elles virent fort peu Troye au cours des jours qui suivirent. Eleanor passa beaucoup de temps avec Joan. Au début elle avait craint que ce ne soit difficile, car la petite fille n'était-elle pas la vivante image de sa mère ? Mais elle découvrit bientôt que l'enfant était une petite personne de son plein droit, qui aspirait à la compagnie et à l'affection comme toutes les créatures jeunes et innocentes. Quand les tâches de la journée étaient accomplies, et que les longs après-midi d'été s'étiraient en de claires soirées, Eleanor et Joan jouaient souvent dans le jardin, faisant des parties de cache-cache, jetant une balle à Toby ou construisant des fourmilières avec des feuilles et des brindilles.

Par un après-midi particulièrement chaud, elles allèrent se promener au bord de la rivière, emmenant Toby, une bouteille de citronnade et des cakes aux raisins. Elles s'assirent à l'ombre d'un saule pleureur et plongèrent les pieds dans les fraîches eaux vertes. Elles fabriquèrent des barques avec des feuilles et des bâtons et leur firent faire la course. En regardant le petit visage souriant de Joan,

Eleanor souhaita pouvoir donner un aussi bel enfant à Troye, elle aussi.

Son sourire s'estompa un peu, car ils étaient mariés depuis près de trois mois et ce matin-là, pour la troisième fois, ses menstrues avaient commencé. Elle brûlait de donner un fils à son mari, mais aucun bébé ne poussait dans son ventre. Et bientôt, dans une semaine environ, Troye allait partir. Mais son cœur s'allégea à la pensée que les choses avaient été beaucoup plus faciles entre eux, dernièrement. Elle espérait que quand Troye rentrerait tous les problèmes seraient miraculeusement résolus et qu'il serait aussi disposé à lui donner un fils qu'elle était impatiente d'en concevoir un.

Quand Troye rentrerait ? *S'il* rentrait... Un sentiment de crainte se logea à l'arrière de son esprit. Elle savait à présent ce que sa tante Beatrice et sa mère avaient ressenti chaque fois que son oncle Remy ou son père partaient à la guerre.

Joan commença à s'ennuyer de rester assise au bord de la rivière, alors, main dans la main, elles suivirent le chemin qui serpentait entre les roseaux et les hautes herbes poussant sur la berge. Elles finirent par arriver au village et Joan désigna le clocher de l'église.

— Ma mère est là. Allons-nous la voir ?

Eleanor fut un peu déconcertée. Elle n'était pas certaine que Joan comprenne vraiment que sa mère était morte. Même si elle avait peu d'expérience des enfants, elle pensait qu'une petite fille aussi jeune que Joan ne pouvait saisir la vraie signification de la mort. Néanmoins, elle sourit et hocha la tête, car comment pouvait-elle repousser une telle requête ?

Elles traversèrent le village, appelant Toby, puis Eleanor

ouvrit le portail du cimetière et suivit Joan et le petit épagneul entre les tombes. Comme elles tournaient au coin de l'église, elle entendit Joan pousser un petit cri de joie, et elle leva les yeux pour voir Troye debout devant la pierre tombale.

Il se tourna en entendant arriver sa fille et se pencha pour l'étreindre. Eleanor s'arrêta dans l'ombre de l'église, observant de loin le père et la fille. Elle avait l'impression d'être une intruse qui assistait à une scène privée, à quelque chose qui n'était pas fait pour être vu par le reste du monde. La douleur qui la traversa la surprit, car elle pensait qu'à présent elle s'était habituée à la troisième personne partageant leur mariage. Mais il n'en était pas ainsi. L'amour de Troye pour Isabeau restait source de souffrance pour eux deux.

Elle s'esquiva sans bruit, et rentra seule au manoir. Mais dès qu'elle franchit la porte d'entrée et se tint dans la fraîche pénombre de la grand-salle, elle sentit qu'Isabeau était présente ici aussi, là où elle avait vécu, là où elle avait dormi avec Troye, là où elle avait donné naissance à Joan et où elle était morte. Elle était partout dans cette maison, dans cette famille. Elle semblait imprégner l'air aussi sûrement que l'odeur de la cire d'abeille qui montait des meubles de chêne foncé.

Tandis qu'Eleanor restait là, embarrassée, elle aperçut Meg et Simon dans la cuisine. La jeune servante était debout devant la table et battait le contenu d'un plat creux avec une cuillère de bois. Simon s'approcha derrière elle et chassa tendrement une mèche de cheveux qui lui tombait dans les yeux. Meg se tourna et lui sourit pour le remercier, alors il se pencha sur elle et l'embrassa sur les lèvres. C'était un geste tout simple, mais empreint de tant de douceur et d'affection qu'Eleanor en éprouva une bouffée d'envie.

Quand est-ce que Troye l'avait regardée avec une telle lueur d'amour dans les yeux ? Ou lui avait fait le présent de sa tendresse ? Avec un petit cri défait, elle saisit ses jupes à deux mains et pirouetta sur elle-même, franchissant la porte en courant. Elle se précipita dans les jardins, au-delà de la haie qui bordait le verger. Elle se jeta sur l'herbe verte, au milieu des pommes tombées, et cacha son visage au creux de son bras, de grands sanglots la secouant et lui déchirant la gorge.

Quand elle eut enfin versé toutes les larmes de son corps, elle resta allongée là un long moment, le regard fixe, engourdie, incapable de comprendre quoi que ce soit. Pourquoi l'idée de Troye rendant visite à la tombe d'Isabeau la bouleversait-elle à ce point ? Etait-ce le fait qu'il était allé la voir en premier, avant de rentrer à la maison ? Ou était-ce parce qu'elle craignait l'emprise qu'Isabeau avait toujours sur lui ? Parce qu'il préférait la compagnie d'une tombe à celle de sa femme ?

Pourtant, dans ce mariage, qui était l'épouse ? Il était sacrilège de penser ainsi, mais elle avait l'impression que Troye avait deux femmes, et c'était un sujet qu'ils devraient résoudre tôt ou tard. Mais comment ? Elle avait tout essayé, elle avait essayé d'être patiente et aimante, elle avait essayé de se montrer fraîche et distante, mais il semblait que d'une manière ou d'une autre Troye ne s'intéressait pas à l'épouse qui vivait.

Dame Anne avait invité tous ses voisins, amis et connaissances à un grand festin pour célébrer le mariage de Troye et d'Eleanor. Le jour du grand événement était là et ce serait autant une fête d'adieu que la célébration de noces, car Troye et quelques-uns des hôtes, y compris le roi, devaient partir pour Berwick dans un jour ou deux.

Le banquet devait avoir lieu dans les jardins, avec des hôtes de marque et les marchands de la cité dont dame Anne faisait partie, depuis qu'elle avait hérité de son mari son négoce de laine. La maisonnée bruissait d'excitation, car il y avait longtemps qu'il n'y avait pas eu de fête au manoir.

De longues tables sur tréteaux avaient été installées à l'ombre des chênes pour recevoir un vaste assortiment de plats délicieux, et d'autres servaient à poser les pichets de cervoise, de vin et d'hydromel. Un bœuf et un cochon rôtissaient à la broche au-dessus d'une large fosse, tournés avec lenteur et diligence par Simon qui suivait les festivités d'un œil intéressé ; mais son regard ne s'éloignait jamais beaucoup de Meg, qui se frayait un chemin parmi les premiers invités en offrant des rafraîchissements.

De la fenêtre de sa chambre, Eleanor put voir que les tables et les arbres avaient été décorés de guirlandes de fleurs et de rubans colorés. Elle entendit les musiciens qui accordaient leurs instruments. Elle se tourna et contempla la magnifique cotte de soie étalée sur le lit. Il semblait que dernièrement elle avait eu peu de raisons de sourire, mais là elle sourit tandis que l'excitation et le bonheur montaient en elle à la perspective de cette soirée.

C'était Troye qui lui avait offert sa cotte et c'était la plus jolie qu'elle avait jamais vue, d'une teinte cuivrée inhabituelle, le corselet et les manches retenus par des rubans de couleur crème. Elle l'enfila et entreprit de nouer les attaches. Il y en avait beaucoup et elle eut du mal à y arriver. Elle appela Meg pour l'aider, puis se souvint qu'elle était dehors et s'occupait des invités.

Alors la porte de la chambre s'ouvrit, et Troye passa la tête dans la pièce.

— Quelque chose ne va pas ? demanda-t-il.

Eleanor haussa les épaules d'un air impuissant, en tenant son corselet sur sa poitrine.

— J'ai juste besoin d'assistance pour lacer cette cotte.

— Ah.

Troye entra et ferma la porte. Il traversa la chambre, se pencha pour considérer les rubans et les œillets, les paupières plissées, puis se mit rapidement au travail.

La peau d'Eleanor la picotait dans l'attente qu'il pose un baiser sur sa nuque, ou que ses doigts caressent le creux de son cou, et, retenant son souffle en le sentant si proche d'elle, elle guetta un geste de lui. Mais aucun ne vint. Il la laça avec vivacité ; quand ce fut fait, il se recula et déclara :

— C'est du plus bel effet.

— Merci.

Eleanor se détourna vivement et feignit de prendre sa brosse, pour qu'il ne voie pas la déception dans ses yeux.

Mais Troye n'avait aucune idée de la blessure qu'il lui avait causée par ses manières détachées, et il lança qu'il l'attendrait en bas. Puis il se détourna en toute hâte pour aller saluer ses amis et s'assurer qu'ils étaient servis. Eleanor hocha la tête, incapable de prononcer un mot, les lèvres tremblantes et la gorge brûlante tandis que son cœur se brisait.

« Arrête ! s'admonesta-t-elle fermement. Arrête ces sottises ! » Toutefois, tandis qu'elle allait à la fenêtre pour brosser ses cheveux, elle ne put s'empêcher de regarder

Meg et Simon, ainsi que d'autres couples qui paraissaient se sourire, se toucher et rire ensemble de cette manière simple et aisée propre aux gens qui s'aimaient, et les larmes ruisselèrent sur ses joues.

Elle se sentait si seule ! Si délaissée et si peu aimée. Comment pourrait-elle le supporter ?

Pourtant il fallait le faire, et avec un visage enjoué. Elle posa sa brosse, essuya ses joues de ses mains, se moucha dans un mouchoir que dame Anne avait brodé à ses initiales et descendit l'escalier.

Ce fut une soirée mémorable, un banquet dont on parlerait pendant les semaines à venir. Eleanor prit plaisir à danser, car en tant que femme mariée elle avait droit à plus de libertés. Troye était un bon danseur, mais il montrait peu d'enthousiasme, et elle l'observa pendant qu'il se tenait sur le côté, conversant avec sire Austin, sire Percy et sire Lindsay.

Le haut magistrat l'invita plusieurs fois, ainsi que quelques autres gentilshommes, des voisins ou des marchands qui connaissaient bien dame Anne et sa famille. Elle s'amusa, même si la soirée lui parut durer trop longtemps. Par ce long soir d'été, la nuit ne tomba pas avant qu'il soit très tard, et il était bien plus de minuit quand les invités commencèrent à partir, criant leurs remerciements et riant tandis qu'ils rentraient chez eux en vacillant, égayés par trop de bon vin, de cervoise et de riche nourriture.

Le lendemain, Troye partirait avec le roi pour Berwick, et son armure et ses armes l'attendaient dans la grand-salle. Eleanor s'arrêta, un pied sur l'escalier, et contempla le brillant pectoral en acier, ainsi que l'écu portant les armoiries des Valois. Cette nuit serait la dernière qu'ils passeraient ensemble avant longtemps, et elle espéra que Troye s'en souviendrait. Quand elle avait souhaité une bonne nuit à dame Anne, elle lui avait décoché un regard significatif, mais il n'avait rien dit d'autre que son habituel :

— Je monterai bientôt.

Avec un soupir, elle monta l'escalier et gagna sa chambre. Elle ferma la porte et se prépara à se coucher, mais elle batailla avec les rubans lacés sous ses bras. Troye les avait noués trop serré, et elle était sur le point d'appeler Meg pour l'aider quand la porte d'entrée claqua et quand un bruit de bottes résonna sur les marches. Elle se figea, les doigts pris dans les rubans, et regarda avec de grands yeux la porte qui s'ouvrait et Troye qui entrait.

Il referma brusquement derrière lui et lui sourit.

— Le dernier est enfin parti ! Par Dieu, je pourrais dormir une semaine ! s'exclama-t-il.

Il s'assit sur le bord du lit pour ôter ses bottes, sans la regarder.

Pendant un moment, elle promena les yeux sur ses larges épaules, sur son cou robuste, sur les cheveux noirs qui bouclaient sur sa nuque. Pour elle, il représentait tout ce qui était fort et bon. Elle alla vers lui, sans autre idée que de combler le fossé qui les séparait, et il se tourna à demi, levant les yeux quand elle s'arrêta près de lui.

Timidement, les paupières baissées, elle leva les bras et murmura :

— S'il vous plaît…

Troye rit.

— Ah, ces damnés rubans !

Il n'était pas vraiment en état de s'occuper des vêtements compliqués d'une femme, ayant bu plus que sa part de vin, mais il s'exécuta et saisit les lacets obstinés noués sous son bras. Il la secoua en tirant sur les nœuds, puis grommela un juron impatient quand ils refusèrent de céder. Avant qu'Eleanor ait compris ce qu'il projetait de faire, il tira sa dague de son fourreau et coupa prestement les rubans. La cotte tomba, révélant ses épaules lisses et crémeuses et la rondeur de ses seins.

— Troye ! s'écria-t-elle.

— Je vous achèterai d'autres rubans. C'est un petit prix à payer pour vous avoir dévêtue.

Ils se dévisagèrent pendant un long moment. Eleanor scruta son visage familier, tandis qu'il parcourait le sien du regard et s'arrêtait sur sa bouche, puis sur ses seins. Ils étaient des étrangers, et pourtant ils étaient mari et femme. Ils étaient liés par une intimité née des circonstances, et cependant ils ne se connaissaient pas vraiment l'un l'autre. Il y avait des choses dont ils ne pouvaient pas parler, la mémoire de leur passé qui existait et était néanmoins banni et nié. Eleanor se sentait sur le point d'exploser sous la pression des questions douloureuses et des doutes qui brûlaient dans son cœur. Mais elle ne pouvait demander à Troye les réponses dont elle avait besoin, car son âme était pétrifiée à l'idée de la vérité qu'elle entendrait si elle le faisait.

A la place, elle céda quand il la prit par la taille et l'attira à lui. Elle était debout entre ses genoux écartés, et elle retint son souffle quand il pressa son visage entre ses seins. Elle lui caressa doucement les cheveux, écartant les mèches qui lui tombaient sur le front. Il l'attira encore plus près, et pendant un instant elle espéra que toutes ses craintes et toute sa souffrance seraient bientôt dissipées.

Il écarta la fine étoffe de sa chemise. Elle eut la chair de poule au contact de ses lèvres sur ses côtes, tandis qu'il goûtait sa peau, prenait dans sa bouche la rondeur d'un sein, en caressant la pointe de sa langue jusqu'à ce qu'elle se durcisse. Eleanor soupira et ses hanches oscillèrent avec sensualité. Le sentir si proche d'elle la rendait faible et elle trembla, avide de ses caresses, mais ne voulant pas, cette fois, le laisser prendre sans donner quelque chose en retour. Cette fois, elle était déterminée à obtenir de lui ce qui lui revenait de droit.

Elle se pencha sur lui et baisa son front tandis qu'il suçait un mamelon. Puis elle murmura doucement :

— Je vous aime, Troye. Je vous ai aimé toutes ces années.

Il s'arrêta, sa bouche lâchant abruptement son sein, et ôta ses mains de ses hanches. Il la repoussa et elle chancela, s'accrochant à un montant du lit pour garder son équilibre. Elle remonta sa chemise afin de cacher sa nudité, même si son cœur gisait entre eux, à nu et vulnérable.

— Non, Eleanor. Je vous en prie, non. Pas de cela.

Il se leva, la dominant de sa haute taille, le regard noir et son beau visage figé en un masque dur.

— Je ne puis feindre, et ne vous insulterai pas par des mensonges. Je suis votre époux et essaie de remplir mes devoirs d'époux, mais je ne puis vous donner davantage.

— Mais…

Eleanor lutta pour trouver ses mots.

— Quand nous nous accouplons…, dit-elle en rougissant et en persévérant dans son désespoir, ne ressentez-vous rien pour moi ?

Il souffla, sur la défensive.

— Les hommes sont ainsi. Ce ne sont pas des créatures à émotions et ils n'ont pas besoin d'amour et autres sornettes pour coucher avec une femme.

Elle poussa un cri, des larmes brûlantes lui montant aux yeux, tandis que la cruelle vérité s'abattait sur eux.

— Peut-être que vous n'en avez pas besoin, mais moi si !

Elle frappa sa poitrine et son cœur de sa paume ouverte.

— Je veux être aimée, je veux que vous m'aimiez, et que vous cessiez de m'utiliser comme n'importe quelle ribaude !

Il se tourna vers elle, la main levée, grandement tenté de la souffleter, mais il se contint quand elle tressaillit et se mit à pleurer.

— Eh bien je ne peux pas ! cria-t-il, à bout de patience. Je ne peux pas vous aimer ! Je ne vous aime pas !

— A cause d'elle ! répliqua Eleanor, sa colère aussi vive que la sienne. A cause d'Isabeau !

— Oui. Je l'aimerai toujours.

— Comment pouvez-vous, Troye ? Elle est morte !

A ces mots, il inspira vivement, la foudroyant du regard, et elle sentit le lien fragile qui les unissait se rompre. Elle resta là, choquée par le rejet qui avait dressé sa tête hideuse dès qu'elle avait prononcé le mot « aimer ».

— Alors, allez-y ! cria-t-elle. Allez au cimetière et couchez avec votre femme !

12.

Leurs voix échauffées avaient dérangé la maisonnée, mais ni l'un ni l'autre ne remarquèrent dame Anne qui se tenait sur le seuil, les contemplant tour à tour.

— Fort bien.

Troye jeta un regard noir à Eleanor, enfila ses bottes et sa tunique, et ramassa son baudrier et son épée qui étaient par terre. Il se tourna vers elle et s'inclina d'un geste moqueur.

— Il vaut mieux que je m'en aille. Adieu.

Eleanor le suivit des yeux, des larmes ruisselant sur son visage pâle, pendant qu'il passait devant sa mère et franchissait la porte. Mesurant ce qu'elle avait fait et ce qu'il voulait dire, elle cria :

— Troye !

Elle voulut s'élancer derrière lui, mais dame Anne l'arrêta de ses deux mains sur ses épaules, usant de toute sa force pour la retenir.

— Troye ! Je regrette ! Je ne voulais pas dire cela ! lança-t-elle dans un sanglot, en essayant désespérément de se libérer.

— Chut !

Dame Anne la fit taire, alors que les pleurs de Joan

résonnaient plus fort à quelque distance de là. Lentement mais fermement, elle la repoussa dans la chambre et referma la porte d'une main.

— Laissez-le partir, petite.

— Non ! Je ne veux pas qu'il parte !

— Il reviendra quand il sera calmé.

Eleanor secoua la tête, agitée par des sanglots et le visage écarlate.

— Non, il ne reviendra pas. Je l'ai perdu pour toujours !

En entendant un bruit de sabots dans la cour, elle se rua à la fenêtre et se saisit maladroitement du loquet pour l'ouvrir. Quand elle y parvint, elle se pencha dehors et appela :

— Troye !

Sa cape flottait derrière lui alors qu'il galopait vers la route ; qu'il l'ait entendue ou non, il ne s'arrêta pas ni ne se retourna.

— Venez, Eleanor, dit dame Anne en l'écartant de la fenêtre, qu'elle referma sur l'air frais et parfumé de la nuit. Qu'est-il arrivé ? Pourquoi vous querelliez-vous ?

Eleanor se laissa choir sur le bord du lit. Elle se couvrit le visage de ses deux mains et continua à sangloter. Puis, d'une voix étranglée, elle expliqua :

— C'est à cause d'elle. Toujours à cause d'elle. Il ne m'aime pas. Je ne puis continuer ainsi !

Elle s'effondra de nouveau, sanglotant avec une telle force qu'elle avait l'impression que ses côtes allaient craquer.

Dame Anne se tenait devant elle, lui caressant les cheveux en silence. Que pouvait-elle dire ? Elle craignait elle aussi qu'Eleanor n'ait raison.

Ils étaient tous épuisés après la longue journée de préparation du banquet et la fête elle-même, une fête destinée à célébrer un mariage qui semblait terminé avant même d'avoir commencé. Dame Anne resta un moment avec Eleanor, envoyant Meg, qui guettait sur le palier pour voir ce qui se passait, dans la cuisine pour y faire chauffer du lait avec de la noix muscade et du miel. Puis elle insista pour qu'Eleanor se mette au lit, s'asseyant sur une chaise à son chevet.

— Je vais écrire à mon père, murmura Eleanor roulée en boule sur le côté comme une enfant, la joue posée sur sa main. Je lui dirai la vérité et lui demanderai de faire annuler mon mariage.

Dame Anne soupira, mais elle n'essaya pas de la persuader du contraire. Ne recevant pas de paroles d'encouragement de sa belle-mère, Eleanor se remit à pleurer, versant sur son oreiller des larmes silencieuses et désespérées. Le rêve était terminé. Peu importait qu'elle soit enfin l'épouse de Troye, car tant que son cœur serait pris ailleurs elle ne pourrait jamais être une vraie femme pour lui, ni lui un vrai mari pour elle.

Toutefois, quand elle se réveilla le lendemain matin, elle ne se rua pas sur une plume et du parchemin comme elle se l'était promis pendant la nuit. Elle se leva aussitôt et s'habilla, impatiente de quitter son lit et cette maison de chagrin. Dehors, le matin l'accueillit, doux et frais, l'ourlet de sa cotte se mouillant de rosée, les oiseaux chantant à tue-tête. « Comment cela peut-il être ? se demanda-t-elle. Comment le monde peut-il continuer à être aussi beau, aussi paisible, quand mon propre univers s'est écroulé ? » Elle alla jusqu'à la rivière et s'assit à son endroit favori, un endroit qu'elle avait souvent partagé avec Joan. Elle remonta ses genoux contre elle et fixa les eaux vertes et tranquilles.

Peut-être que dame Anne avait raison, et que Troye reviendrait dès que son courroux serait apaisé et que les mots vifs qu'ils avaient échangés s'atténueraient dans sa mémoire. Comme avant. Elle ne devait pas se tourner trop rapidement vers son père avec ses complaintes. Sa mère et sa tante ne l'avaient-elles pas prévenue qu'il y avait des moments où deux époux n'étaient pas d'accord, mais qu'elle devait patienter et rester calme ? Comme elles lui manquaient ! Comme elle aspirait à être chez elle, avec ceux dont elle était sûre qu'ils l'aimaient ! Elle se détesta pour les larmes brûlantes qui lui remontèrent aux yeux, mais son cœur douloureux devait se libérer de son chagrin.

Au bout d'un moment, quand le puits de sa tristesse fut asséché pour quelque temps, elle se leva et retourna à la maison, craignant que Joan ne la cherche et ne la trouve pas. Elle s'était très attachée à l'enfant au cours des semaines passées, et avait conscience que la soudaine disparition de sa mère et les fréquentes absences de son père la mettaient dans un profond sentiment d'insécurité. Or elle ne pouvait abandonner la petite fille quand celle-ci l'avait si rapidement et si aisément acceptée comme belle-mère.

Plus tard ce matin-là, Dylan arriva avec un chariot et rassembla l'armure de Troye, ainsi que des victuailles et de l'argent pour la route. Eleanor griffonna hâtivement un billet, suppliant Troye de venir la voir avant de partir.

— Vous n'oublierez pas ? insista-t-elle en pressant la note dans la main de l'écuyer. Assurez-vous qu'il lise ceci avant que vous vous mettiez en marche.

— Oui, ma dame.

Dylan s'inclina et grimpa sur le banc, puis agita la main, le cœur lourd. Pour la première fois, il n'avait pas grande envie de s'embarquer dans une campagne ; d'une certainc manière, les conforts du foyer lui étaient devenus trop chers.

Toute la journée, Eleanor resta près de la maison, attendant et guettant anxieusement l'arrivée de Merlin sur le chemin qui venait de la route. Une fois, elle crut vraiment entendre un cheval et se précipita à la fenêtre, mais il n'y en avait pas. Plus tard dans l'après-midi, deux cavaliers apparurent, mais c'étaient seulement des drapiers venus voir dame Anne au sujet d'une expédition à Anvers. Elle fut cruellement déçue et commença à penser que Troye ne viendrait pas.

Quand les marchands furent partis, mécontents d'apprendre que l'expédition ne se ferait qu'à la fin du mois, car il n'était pas raisonnable d'envoyer une demi-cargaison, dame Anne alla trouver Eleanor et essaya d'apaiser ses craintes.

— Ne vous inquiétez pas. Il est sûrement très occupé à se préparer avec les autres chevaliers. Nul doute qu'il viendra ce soir.

Eleanor hocha la tête, mais son espoir mourut bientôt quand le crépuscule arriva et s'en alla. Elles mangèrent leur souper, elle écouta les bavardages de Joan et aida sa nourrice à la mettre au lit, puis elle s'assit avec sa couture. Quand l'heure se fit tardive, elle se montra de plus en plus nerveuse. Jusqu'à ce que, finalement, poussée par la frustration et la déception, elle bondisse sur ses pieds et s'exclame :

— Fort bien. S'il ne vient pas à moi, c'est moi qui irai à lui !

— Non, Eleanor !

Dame Anne se leva à son tour et posa son ouvrage, fort consciente de la nature impulsive de sa belle-fille.

— Il est trop dangereux pour vous de vous mettre en route de nuit.

— Je ne m'en soucie pas !

Eleanor courut chercher sa cape accrochée près de la porte.

— Je dois le voir, je dois savoir ce que nous allons faire.

Dame Anne se retint de remarquer que d'après le silence et l'absence de Troye il n'y avait rien à faire. Et cependant elle comprenait le désespoir d'Eleanor ; poussée par un amour qui était trop évidemment profond et sincère, celle-ci avait souffert la douleur du rejet. Sa belle-mère voyait peu d'espoir pour ce mariage, mais elle savait qu'aucune de ses paroles n'aurait d'effet sur la jeune femme.

— Alors je viens avec vous, dit-elle, car elle était également anxieuse de voir son fils et de lui faire savoir ce qu'elle pensait de lui. Nous prendrons Simon avec nous.

Elle alla réveiller le valet, pendant qu'Eleanor montait dans sa chambre et sortait une dague du grand coffre rangé au pied du lit, qui contenait toutes ses possessions, ses cadeaux de mariage et sa dot. En refermant le couvercle, elle jeta un coup d'œil à l'autre coffre, celui qui était placé sous la fenêtre. Comme elle souhaitait que quelqu'un l'enlève ! Les lèvres pincées, elle se détourna, glissant la dague dans une boucle de sa ceinture.

Simon ne fut pas très content d'être tiré de son lit à cette heure avancée de la nuit, mais il n'émit pas de plainte et sella les chevaux, qu'il amena devant la porte d'entrée. Il portait une lanterne pour éclairer leur chemin et un robuste gourdin, et priait qu'ils ne fassent pas de mauvaise rencontre.

Il y avait à peine un mille jusqu'au château, et, bien que les portes de la cité soient ouvertes, ils durent payer une amende au garde pour passer si tard. Eleanor n'aurait pas su dire à quoi elle s'était attendue, mais certainement pas à la foule grouillante qui s'amassait tout autour du château et dans la cour intérieure. Des centaines d'archers gallois et des milliers de fantassins de tous les comtés avaient été mobilisés et s'attroupaient là en masse, en attendant l'ordre de partir.

Aux portes du château, le garde leur refusa l'entrée. C'était un soldat de York qui connaissait bien dame Anne et il était réticent à la laisser pénétrer dans le château qui fourmillait de soldats rudes et bruyants — pour la plupart des paysans ayant peu d'égards pour une dame.

Dame Anne insista en lui mettant un florin dans la main.

— Mon bon ami, je dois voir le capitaine de la garde personnelle du roi. Vous savez qui il est, n'est-ce pas ?

Le garde rougit et lui rendit sa pièce, prenant ce geste comme un affront.

— C'est pour votre bien, dame Anne. Vous n'avez pas intérêt à entrer, croyez-moi.

— Mais nous le devons ! s'écria Eleanor. Je vous en supplie…

Elle se pencha sur sa selle et toucha l'épaule du garde.

— De grâce, je dois voir mon époux avant qu'il parte pour l'Ecosse. S'il vous plaît !

Le soldat la regarda et fut ému par le désespoir inscrit sur son jeune et joli visage. Il appela l'un des autres gardes en service et lui dit de conduire les visiteurs dans la grand-salle, et d'aller chercher sire Troye à l'armurerie.

— Merci, murmura Eleanor.

Dame Anne glissa de nouveau le florin dans la paume du garde.

— Pour votre amabilité.

Il s'empourpra et se mit de côté d'un air bourru, en empochant la pièce et en les laissant passer. Ils entrèrent dans la cour et démontèrent. Simon resta là pour garder les chevaux, les brides dans une main et son gourdin dans l'autre, regardant autour de lui avec férocité. Dame Anne et Eleanor gravirent les marches du donjon et pénétrèrent dans la grand-salle. Il y régnait une vraie cohue, avec des chevaliers et des serviteurs qui couraient en tout sens, allaient chercher de la nourriture, du vin et de l'eau, nettoyaient des armes, préparaient des hauberts, soignaient des blessures reçues en route, étudiaient des cartes du Nord et faisaient le compte des soldats qui étaient arrivés et de ceux qui manquaient.

Pendant un moment elles restèrent sur le seuil, regardant autour d'elles. Eleanor se demanda comment Troye pourrait les trouver dans cette mêlée et, sur la requête de dame Anne, elle se mit de côté. Le chancelier de l'Echiquier était également hébergé là, et il y avait de nombreux clercs qui se démenaient, essayant de se tenir au courant des choses, rédigeant des actes pour ceci et des reçus pour cela.

Au bout d'un certain temps, comme il n'y avait aucun signe de Troye, dame Anne arrêta un page et lui demanda d'aller à l'armurerie avec un message. Alors qu'elles attendaient, les jambes lasses, le page revint en disant qu'il n'avait pu trouver sire Troye. Elles commencèrent à s'alarmer et se mirent à aborder tous les chevaliers qu'elles purent.

Finalement, elles tombèrent sur sire Charteris, un vieil ami du père d'Eleanor. Après avoir salué dame Anne et embrassé Eleanor, il leur apprit, gravement et avec beaucoup de regret, que Troye était déjà parti à midi avec l'avant-garde chargée de déblayer la route pour l'armée.

Eleanor se sentit écrasée par la déception. Elle n'avait aucun moyen de savoir si Troye avait reçu son billet, s'il l'avait ignoré ou n'avait simplement pas pu y répondre. Elle aurait aimé penser qu'il était parti à la guerre sans éprouver de mauvais sentiments ou d'amertume envers elle, mais c'était peu probable. Il avait pris l'armure que Dylan lui avait apportée et donc il avait dû recevoir son message, car elle était sûre que l'écuyer n'avait pas manqué de le lui donner.

— Quelque chose ne va pas ? demanda sire Charteris en la dévisageant d'un regard acéré.

Il avait passé l'âge de partir avec l'armée et resterait à York pour superviser l'arrière-garde et l'approvisionnement des troupes qui marcheraient vers le nord avec Edward, à travers les sauvages contrées écossaises.

— Puis-je vous aider, dame Eleanor ?

Eleanor secoua la tête, les lèvres tremblantes, luttant pour retenir ses larmes toujours prêtes à couler.

— Je voulais parler à Troye, mais il semble qu'il soit trop tard.

Il caressa sa barbe d'un geste pensif, jetant un coup d'œil à dame Anne.

— Je crains que nous ne nous connaissions point ? Sire Charteris à votre service, ma dame.

Dame Anne, qui croyait avoir dépassé depuis longtemps l'âge de rougir, sentit ses joues s'empourprer quand il s'inclina devant elle. Elle se présenta, ajoutant :

— Je suis la mère de Troye de Valois.

— Ah, la belle-mère. Veuve, peut-être ? s'enquit sire Charteris, prenant un vif intérêt à la situation, car il était veuf lui-même et comprenait les difficultés qu'il y avait à s'occuper des enfants adultes et de leur mariage. Je peux peut-être envoyer un message à sire Troye. Est-ce que cela vous aiderait, dame Eleanor ?

En cet instant et devant cette aimable proposition, Eleanor mesura soudain la futilité de sa quête et se sentit terriblement abattue. Elle secoua la tête et se détourna, les yeux baissés et les épaules affaissées. Dame Anne murmura ses remerciements à sire Charteris et esquissa un mouvement pour suivre Eleanor, mais il la retint en posant une main sur son coude.

— Si je puis vous aider, dame Anne, veuillez vous sentir libre de vous adresser à moi. Je ferai ce que je pourrai, mais vous devez prendre en compte que le roi et ses hommes partent pour la guerre. Ils ne sont guère préoccupés par des affaires conjugales, en ce moment.

— Certes.

— Toutefois, il me déplaît fort de voir une jeune épouse aussi troublée.

Il marqua une pause, attendant une explication, mais aucune ne vint.

— C'est une affaire privée, messire. Tristement, il n'y a rien à faire à ce sujet. Ce qui sera, sera.

Sire Charteris s'inclina avec des regrets dans ses yeux pleins d'expérience. Il les regarda partir et se demanda ce qui troublait tant les dames de Valois. Devait-il prévenir sire Henry que tout n'allait pas bien dans l'existence de sa fille ?

*
* *

Elles rentrèrent au manoir en silence, et une fois là Simon fut soulagé de rentrer les chevaux et de pouvoir se mettre au lit. Toutefois, ayant vu par lui-même les centaines de soldats rassemblés à York et dans les environs, il s'assura d'abord que toutes les portes et les fenêtres étaient fermées et barrées, et les bêtes en sécurité.

Eleanor accrocha sa cape et souhaita une bonne nuit à dame Anne avant de monter dans sa chambre. Là, elle resta assise sur le lit et regarda fixement devant elle pendant un long moment. Quand la fatigue finit par s'insinuer dans ses os et lui fit tomber les paupières, elle se coucha, la joue posée sur l'oreiller de Troye. Elle pouvait encore sentir son odeur. Où était-il, maintenant ? se demanda-t-elle. Elle avait le cœur étreint par la pensée de le savoir parti avec un si mauvais souvenir d'elle. Que devait-elle faire ? Attendre simplement le retour d'un époux qui ne pouvait supporter d'éprouver le moindre sentiment pour elle, et qui semblait pourtant penser qu'il avait le droit d'user de son corps chaque fois qu'il le voulait ? Elle savait ce qu'il fallait faire, le savait depuis longtemps, mais son cœur se brisait en mille morceaux à cette pensée.

Elle savait que si elle écrivait à son père il faudrait plusieurs semaines avant qu'il reçoive sa missive, et elle ne pouvait supporter de le décevoir ou de le mettre en colère par son échec. A présent elle désirait seulement s'échapper, et ne pouvait penser à autre chose. Si elle partait, très loin, alors elle serait capable de laisser le passé derrière elle et d'oublier qu'elle avait aimé Troye, aussi sûrement qu'il l'avait oubliée.

Mais où irait-elle ? Elle ne pouvait se rendre au château

d'Ashton — c'était beaucoup trop loin et elle ne réussirait jamais à faire le voyage à travers un pays infesté de malfaiteurs qui n'hésiteraient pas à s'en prendre à une femme seule. Pendant un moment elle pensa aller chez sa grand-mère dame Margaret, à Oxford, mais ce ne serait pas non plus un voyage facile. Et elle n'était pas sûre de ne pas être repoussée, car sa grand-mère avait des idées rigides sur le mariage : une épouse ne devait pas quitter son mari, quelles que soient les circonstances.

Pour une raison quelconque, penser à Oxford lui rappela la conversation qu'elle avait eue avec sa mère avant son mariage avec Troye. Elle se souvint de ce que dame Joanna lui avait dit à propos de son père, son vrai père, celui qui était mort au pays de Galles avant sa naissance. Ne lui avait-elle pas indiqué qu'il venait de Canterbury ? Si elle allait trouver les Blackthorn et leur déclarait qu'elle était de leur famille, ils ne la rejetteraient sûrement pas ? Et il était peu probable que ses parents la retrouvent dans ces circonstances. Ce serait la dernière chose qui leur viendrait à l'esprit. Et c'était ce qu'elle souhaitait, ne jamais être retrouvée, pour trancher avec le passé et devenir quelqu'un d'autre.

Mais comment aller là-bas ? Eleanor réfléchit, s'avisant que la meilleure façon d'atteindre le Kent serait par bateau. Il y avait de nombreux navires qui partaient de York vers l'Europe et le sud de l'Angleterre, en route pour l'Irlande et l'Espagne. Elle pouvait aisément partir pour Calais, et de là revenir à Douvres. Elle s'assit brusquement dans son lit, se rappelant les drapiers et la promesse de dame Anne qu'un bateau partirait pour Anvers à la fin du mois. D'Anvers, elle pourrait sûrement atteindre Douvres ?

*
* *

Sur le versant d'une colline bien au nord de York, Troye tira sur sa bride et s'arrêta. Il regarda en arrière, vers le spectacle magnifique de l'armée du roi Edward qui remontait la côte en direction d'Edimbourg. Une force aussi importante n'avait pas envahi l'Ecosse depuis les Romains, et il ne pouvait faire aucun doute pour personne que le roi d'Angleterre était déterminé à agir.

Le sol tremblait sous le piétinement de plus de deux mille chevaux montés par des chevaliers, lesquels étaient conduits par huit nobles comtes — y compris le fils de son vieil ami Guy de Warwick, ainsi que Surrey, Gloucester, Arundel et les jeunes comtes de Lancaster et de Pembroke, impatients de participer à leur première bataille et d'obtenir leurs éperons. L'éclatant soleil de l'après-midi faisait briller leurs hauberts, leurs épées, leurs lances, les étendards colorés et les bannières brandies dans le vent.

Derrière les chevaliers venaient les fantassins de l'infanterie, environ douze mille, bien que trente mille aient été appelés. Même de cette distance, tandis que le grand convoi s'avançait lentement, Troye pouvait entendre le roulement des tambours et le cliquetis des armures et des harnais. Il fut pris d'une immense fierté, cherchant des yeux le roi qui chevauchait au milieu, entouré par sa garde. Reprenant la bride de Merlin, il talonna les flancs du grand destrier et le fit descendre la colline pour aller rejoindre ses compagnons, et les informer de l'état de la route devant eux.

Ils établirent leur camp dès que le crépuscule commença à tomber et les commandants organisèrent une garde fort stricte, non seulement pour se prémunir des Ecossais, mais aussi pour empêcher les désertions. La discipline était sévèrement renforcée. Ils furent avertis que les bateaux devant apporter les rations des soldats avaient été contraints de rentrer au port à cause de mauvais vents. Troye rejoignit les autres commandants sous une tente, et ils s'assirent pour discuter de la façon dont ils se procureraient assez de nourriture pour continuer. La victoire ne serait pas remportée avec des estomacs vides et des soldats affamés étaient plus tentés de déserter.

Le vieux comte de Surrey, un vétéran, pointa un doigt sur la carte étalée sur une table.

— Au-delà de la rivière Tweed nous ne trouverons pas grand-chose pour nous sustenter, mais il y a ici un monastère bénédictin, et là plusieurs fermes. Nous y prendrons ce que nous pourrons.

— Si Wallace ne les a pas déjà dévastés.

Le seul comte écossais présent, Angus, parla d'un air sombre. Il avait juré fidélité à Edward, pas convaincu par les actions des rebelles comme William Wallace.

Les autres lui jetèrent un regard aigre, et alors que des plans étaient faits pour prendre Dirleton et deux autres petits châteaux sur la route d'Edimbourg, le lendemain, ils apprirent par Troye que Wallace s'était réfugié dans les forêts de Selkirk.

— Tout comme les Gallois, dit Gloucester. Ils disparaissent dans les collines et les forêts où nous ne pouvons les trouver, et d'où nous ne pouvons pas les faire sortir.

Le roi Edward caressa sa barbe.

— Certes, mais cette fois-ci nous allons prendre les villes et les châteaux ; sans eux, ils ne pourront pas survivre longtemps.

« Nous non plus », pensa Troye, mais il n'exprima pas ce sentiment à haute voix. Il ne le partagea que d'un regard avec les autres huissiers d'armes qui se tenaient en arrière, attendant leurs ordres. Quand ceux-ci furent donnés, Troye reçut l'instruction d'aller au monastère et de rassembler autant de provisions qu'il pourrait. Il partirait à l'aube, emmenant avec lui plusieurs chevaliers et une vingtaine d'archers pour les protéger, mais pour l'heure il avait grand besoin de se reposer et de manger. Il se mit en quête de Dylan, qui avait allumé un feu de camp et placé des peaux de mouton sur son bouclier pour qu'il dorme dessus. Il mangea du lapin rôti et du pain rassis, qu'il fit glisser avec du vin. Puis il s'allongea et s'endormit aussitôt.

Des heures plus tard, l'air frais et humide du matin et la lumière orangée de l'aube le tirèrent de ses rêves et il se redressa, réveillant Dylan de la pointe de sa botte.

Il passa une main dans ses cheveux et s'ébroua pour chasser de sa tête un reste de nuit. Tout autour de lui d'autres hommes se levaient, toussant, crachant, bâillant, gémissant. Les hauberts cliquetèrent quand ils les enfilèrent. Les chevaux piaffaient à l'arrière, mais ils n'étaient pas loin pour le cas où une alerte serait donnée.

Troye se mit debout et ceignit son épée, songeant à ses tâches de la journée. Néanmoins il s'arrêta un moment, sa compagne de la nuit encore présente en lui. Il se rappela ses bras noués autour de son dos pendant qu'elle le serrait contre elle, dans la chaleur et la douceur de son corps mince. Il avait souvent fait ce rêve désespéré, la sentir une fois encore, la tenir dans ses bras, l'aimer… Et cependant, cette fois cela avait été différent. Quand il avait écarté ses longs cheveux flottants pour voir son visage, ce n'avait pas été celui d'Isabeau…

*
* *

Eleanor faisait ses plans de fuite dans le plus grand secret. Chaque jour elle cachait quelque chose dans le balluchon qu'elle emporterait avec elle, des vêtements et quelques pièces. Mais elle laisserait derrière elle le reste, contenu dans le grand coffre sculpté au pied de son lit, peut-être pour Joan. Elle ne se demandait pas pourquoi elle éprouvait le besoin de se montrer si furtive, pourquoi elle ne pouvait dire ouvertement à dame Anne qu'elle avait l'intention de partir. Elle attendait son moment, endurant un cœur lourd et le poids de la solitude, ignorant les doutes qu'elle pouvait avoir. Jusqu'à un matin, plusieurs semaines après le départ de Troye, où Meg vint frapper à sa porte et l'appela de toute urgence dans la chambre de dame Anne.

Eleanor se leva vivement, repoussant ses couvertures et enfilant des pantoufles. Elle courut avec Meg dans le corridor, alarmée par la détresse évidente de la servante.

— Dame Anne ?

Elle se pencha sur sa belle-mère allongée dans son lit et demanda à Meg d'ouvrir les contrevents pour y voir plus clair. Puis, d'une main, elle lui prit le poignet et chercha son pouls, qui était faible et vacillant.

— Dame Anne ?

Il n'y eut pas de réponse, mais sa belle-mère la fixa avec impuissance, la bouche tordue d'un côté, sa main gauche bizarrement repliée et raide. Eleanor avait déjà vu des affections de ce genre, et elle craignit grandement que dame Anne n'ait subi une attaque. Elle repoussa doucement les mèches de cheveux gris qui lui tombaient sur le front et fit de son mieux pour l'installer confortablement, rongée par la culpabilité : elle avait été si absorbée par ses propres tracas qu'elle n'avait pas pris garde aux charges pesant sur la mère de Troye. Elle avait semblé fatiguée, ces derniers temps, préférant rester dans son fauteuil près d'une fenêtre de la grand-salle, à coudre ou à se reposer, et laissant à Eleanor la conduite de la maison et le soin de Joan. Elle avait continué à s'occuper des marchands, cependant, car Eleanor ne tenait pas à s'immiscer dans ses affaires, ne connaissant rien au commerce de la laine.

Les jours suivants l'état de dame Anne s'améliora fort peu, et Eleanor redoutait le pire. Elle se tourmentait, se demandant si elle devait envoyer un message à Troye pour le presser de revenir, avec la crainte qu'il prenne cela pour une machination de sa part et qu'il ignore sa requête comme il l'avait fait pour la précédente. Néanmoins, comme dame Anne s'affaiblissait et perdait conscience par moments, elle se dit qu'elle ne pouvait ignorer l'urgence de la situation, ni priver Troye de son droit de dire adieu à sa mère avant qu'elle ne quitte ce monde.

Elle rédigea hâtivement un bref billet, lui disant simplement que sa mère était souffrante et qu'il devait rentrer dès que possible. Elle envoya Simon le porter à sire Charteris, au château, et il s'occupa de l'expédier dans le Nord par un messager qui devait transmettre des dépêches militaires au roi. Ainsi, elle avait l'espoir que Troye recevrait ses nouvelles.

Nuit et jour, Eleanor restait assise au chevet de dame Anne. Elle la soignait du mieux qu'elle pouvait, la rafraîchissant, la nourrissant, mais il vint un moment où sa belle-mère sombra dans un profond sommeil, et elle craignit qu'elle ne s'en réveille jamais.

*
**

Un jour, en fin d'après-midi, Joan poussa la porte de la chambre de sa grand-mère et entra lentement dans la pièce, suivie par le fidèle Toby qui semblait aussi conscient de la triste situation que la petite fille, et qui trottinait derrière elle la queue et la tête basses. Quand elle atteignit Eleanor, Joan grimpa sur ses genoux et elle la laissa s'installer contre elle, tandis que Toby s'allongeait à ses pieds avec un soupir. Pendant un long moment l'enfant contempla sa grand-mère endormie, puis elle se tourna vers Eleanor et lui caressa la joue de sa petite main.

— Etes-vous triste, dame Eleanor ?

Eleanor sourit faiblement.

— Oui.

— Grand-mère va-t-elle bientôt se réveiller ? Elle aime marcher dans le jardin avec Toby et moi.

— Non, ma mie. Je ne pense pas que votre grand-mère se réveillera aujourd'hui.

— Demain ?

Des larmes montèrent subitement aux yeux d'Eleanor et elle secoua la tête, la voix coincée dans sa gorge.

Joan sentit vite son émotion et elle se tourna pour l'enlacer de ses petits bras, enfouissant son visage dans sa poitrine. Au bout d'un moment, elle murmura :

— Papa m'a dit que ma mère s'est endormie. Qu'elle est partie à l'église. Il a dit qu'elle était très belle.

— Oui…

Eleanor hocha la tête, caressant doucement la longue natte soyeuse de Joan.

— Je crois qu'elle l'était.

La petite fille leva vers elle ses grands yeux bruns.

— Vous ne me laisserez pas, n'est-ce pas, dame Eleanor ?

Eleanor renifla et ravala ses larmes, souriant en embrassant sa joue rebondie et en la serrant contre elle.

— Non, ma douce. Je ne vous quitterai jamais.

Par une fraîche journée d'octobre, dame Anne mourut. Comme d'habitude Eleanor avait dormi dans un fauteuil près de son lit, ou plutôt somnolé, même si juste avant l'aube la fatigue l'avait vaincue et qu'elle avait sombré dans un profond sommeil. Quand elle s'était réveillée, alors que les oiseaux commençaient à chanter et que la lumière dorée montait derrière les arbres, elle avait vérifié l'état de sa belle-mère et l'avait trouvée froide et immobile. Elle s'était signée et avait murmuré une prière pour son âme. Puis elle s'était penchée pour fermer les yeux de dame Anne, éprouvant un étrange sentiment de calme et de paix.

Les jours suivants, rien ne parut réel. On enterra dame Anne à côté d'Isabeau. De nombreux dignitaires de la ville, les marchands et tous les voisins vinrent assister à la messe de funérailles, mais quand tout fut fini Eleanor resta seule avec une Joan déroutée et des serviteurs renfrognés qui s'inquiétaient pour leur avenir.

Ce soir-là elle s'assit à la table, entourée de documents et de lettres qui avaient trait aux affaires de dame Anne, ainsi que de demandes de paiement émanant de créanciers, et elle se sentit dépassée, se demandant comment elle s'occuperait de tout cela. Les serviteurs étaient allés se coucher, Joan dormait, et sans la présence de dame Anne la grand-salle paraissait soudain menaçante. Les poutres de chêne craquaient, le vent sifflait dans la cheminée. Eleanor plongea les yeux dans l'ombre, mais elle n'eut pas peur, car si des esprits hantaient la salle ce seraient sûrement ceux d'Isabeau et de dame Anne. Avec l'arrivée de l'automne, les soirées étaient fraîches et elle frissonna, prenant ce prétexte pour aller se coucher.

Dans sa chambre elle résista à l'envie de barrer la porte, car au matin Joan viendrait sans doute la retrouver. Elle se dévêtit et se glissa sous les couvertures, se tournant sur le côté pour faire face à la place vide à côté d'elle. Comme elle détestait ce lit solitaire ! L'odeur virile de Troye avait depuis longtemps disparu de l'oreiller, mais elle tendit la main et lissa l'endroit où il avait dormi. Où était-il ? Que faisait-il ? Pensait-il quelquefois à elle, comme elle pensait à lui ?

Elle ferma les yeux et l'imagina allongé près d'elle, avec sa chaleur, son poids, le contact des poils bruns qui couvraient ses bras et ses jambes contre sa peau lisse. La pointe de ses seins se durcit lorsqu'elle se remémora la sensation de sa bouche sur sa poitrine. Elle ressentit une flèche de désir inattendue entre ses jambes au souvenir de ses doigts la caressant, de son corps la possédant totalement, comme un homme pouvait posséder une femme. Avec un petit gémissement elle pressa une main sur sa féminité, surprise par les sensations qui surgissaient en elle du seul fait d'imaginer que c'était Troye qui la caressait.

Elle ferma les yeux et s'allongea sur le dos, ses doigts cherchant la source de ce plaisir. Elle fit comme si elle indiquait à Troye ce qu'elle désirait qu'il fasse, comme si c'était lui qui la touchait avec tendresse, amour et une douce passion. Elle retint son souffle, suivant son instinct le long d'un chemin dont elle soupçonnait l'existence depuis longtemps, mais qu'elle n'avait jamais expérimenté avec Troye. Elle éprouva une volupté suave, plus exquise que tout ce qu'elle avait jamais connu, et cependant, après coup, elle versa des larmes silencieuses, pensant que Troye ne lui avait jamais fait le cadeau de ce plaisir, et songeant combien elle désirait qu'il le fasse, ce qui n'arriverait probablement jamais.

Le lendemain matin, dame Anne à peine enterrée, commença une procession de gens qui venaient réclamer de l'argent. Eleanor fit de son mieux pour se retrouver dans la masse affolante de documents, payant ceux dont les créances étaient prouvées par des comptes écrits de la main de dame Anne. Mais à la fin de la semaine elle n'avait plus d'argent, et elle se mit à puiser dans sa dot pour ne pas avoir d'ennuis. Elle refusa néanmoins de payer ceux pour qui elle avait des doutes, appelant Simon pour mettre dehors un fermier particulièrement belliqueux.

Sire Malcolm Rix, le haut magistrat, était venu deux fois, pour présenter ses condoléances et offrir son aide. Ses manières étaient à la fois trop familières et trop intrusives, d'autant qu'il suggérait qu'Eleanor était peut-être veuve, à l'heure qu'il était, et que les serfs avaient besoin de la ferme poigne d'un maître. Eleanor avait eu du mal à le traiter gracieusement, lui rappelant d'un ton frais qu'elle attendait le retour de son mari à tout moment et que les serfs ne lui avaient pas posé de problèmes.

Toutefois elle devait bientôt regretter ces paroles affirmatives, car un matin, à peine une semaine plus tard, elle descendit dans la cuisine pour trouver le feu éteint et aucun repas préparé. Elle appela Jarvis, le cuisinier, mais n'eut pas de réponse. Pendant un moment elle craignit d'avoir été abandonnée par tous ses serviteurs, mais Simon sortit en vacillant de sa chambre derrière le cellier, suivi par une

Meg aux yeux ensommeillés qui ajustait hâtivement son corselet et nouait un tablier.

— Jarvis est parti, déclara Eleanor.

Simon leva les yeux, passant une main dans ses cheveux blonds. Puis une idée subite lui vint et il courut aux écuries et à l'étable, pour découvrir que tous les chevaux à l'exception de Luz, les trois vaches et cinq cochons avaient disparu. Eleanor et Meg, qui se tenaient sur le seuil de la cuisine, échangèrent un regard consterné tandis qu'il jurait grossièrement.

— Le grigou !

Simon revint dans la cuisine après avoir attaché Luz dans sa stalle.

— Il va falloir garder l'œil ouvert, ma dame. Il va y avoir un paquet de vautours, maintenant, avec dame Anne partie et le maître absent.

Eleanor regarda Simon et Meg et leur demanda de sa manière franche et directe :

— Et découvrirai-je un beau matin que vous êtes partis, vous aussi ?

Simon se redressa de toute sa taille.

— Nous resterons avec vous, ma dame. Nous ne nous enfuirons pas, répondit-il fermement.

Pour confirmer ses dires, Meg fit une révérence, puis elle rougit et le poussa du coude en hochant la tête.

— Je sais que ce n'est pas le moment, ma dame, mais je voudrais vous parler, dit le jeune valet.

Il paraissait embarrassé et attrapa soudain un balai posé contre le mur, pétrissant le manche entre ses mains.

Eleanor sourit pour l'encourager.

— Qu'y a-t-il, Simon ? N'ayez pas peur de parler, car

votre loyauté et vos bons services seront récompensés, je vous le promets.

Simon contempla Meg, puis ses bottes, puis Eleanor, et finit par déclarer d'un trait :

— S'il vous plaît, ma dame, je voudrais vous demander la permission d'épouser Meg.

Les joues de la petite servante virèrent au rose vif.

— J'attends un enfant, ma dame, ajouta-t-elle.

Eleanor sentit son cœur se serrer, pas sous l'effet du choc, mais sous celui de l'envie. Elle hocha la tête d'un geste vif.

— Bien sûr.

Puis elle se détourna, demandant sèchement à Simon d'aller chercher du bois et de rallumer le feu.

— Et il nous faudra acheter une autre vache. Meg, reste-t-il assez de lait pour Joan dans le cellier ?

— Oui, ma dame.

— Bien. Alors continuons.

Mais tandis que les semaines passaient et que Simon se démenait avec ses tâches — couper du bois, tirer de l'eau, aller en ville et revenir chargé d'un sac de farine pour le pain ou d'un tonnelet de vin, monter la garde la nuit —, Eleanor se demandait combien de temps encore elle pourrait faire marcher la maison. Meg, qui avait gardé son état secret pendant de nombreux mois, devint brusquement lourde, encombrante et fatiguée, et Eleanor était anxieuse qu'elle en fasse trop. Elle avait conscience que sans Meg et Simon, tous les deux jeunes et forts, volontaires et enjoués, ses problèmes seraient bien pires. La nourrice de Joan, Agnes, était une femme aigrie qui considérait sa position comme supérieure à celle de simples serfs et refusait d'effectuer tout travail manuel. Elle s'occupait de Joan, et Eleanor devait admettre qu'elle le faisait bien, mais elle n'était utile à rien d'autre.

Quand les premières neiges de décembre recouvrirent le bord des fenêtres, la charge de travail augmenta et l'argent diminua. Des choses commencèrent à disparaître au manoir — un râteau par-ci, un tonneau par-là, des poussins —, des gens sans scrupule du voisinage profitant du fait qu'Eleanor n'avait qu'un serf pour la protéger.

Quand elle restait éveillée la nuit, écoutant tous les bruits qui lui semblaient maintenant si menaçants, elle pensait au contenu de son coffre et de celui d'Isabeau. Les présents de mariage et le reste de sa dot pouvaient représenter une grande tentation pour ceux qui ne se contentaient pas de voler des outils ou des bêtes. Elle commença à se dire qu'elle devrait bientôt accepter l'aide de sire Charteris et chercher refuge au château. Elle était réticente à abandonner le manoir, car c'était la maison de Troye et de Joan, mais la vie de la petite fille, celle des serfs et même la sienne avaient plus de valeur que des briques et du mortier et les biens contenus à l'intérieur. Elle priait que Troye soit d'accord avec elle.

13.

En Ecosse, Troye livrait des batailles bien plus violentes et dangereuses que celles qu'Eleanor aurait jamais à livrer, sans se douter de ce qui se passait chez lui. Le premier messager que lord Charteris avait envoyé n'avait pu le trouver, car son cheval s'était cassé une jambe en traversant la rivière Tweed et il avait remis ses dépêches à un autre messager, mais le billet de dame Eleanor à son époux était resté froissé et oublié au fond de sa sacoche. Toutefois, le deuxième messager qui apportait la nouvelle de la mort de dame Anne arriva début novembre à Edimbourg, où le roi et son armée étaient bloqués après une campagne désastreuse.

Wallace s'était révélé un formidable adversaire, à la fois comme un guerrier dont l'habileté sur le champ de bataille ne pouvait être mise en doute, et comme un chef et un tacticien qui inspirait la dévotion. Il avait mis au point une tactique de combat appelée « schiltrons » qu'il utilisait avec succès contre la redoutable armée anglaise, avec sa cavalerie armée et ses nombreux fantassins expérimentés. Les schiltrons consistaient en une triple rangée de lances de douze pieds tournées vers l'extérieur, qui était très difficile à pénétrer par un attaquant.

Troye, qui avait fait de première main l'expérience de ces schiltrons à l'effet dévastateur sur une charge de cavalerie, souffrait de deux côtes cassées et de lacérations sur les bras et sur les cuisses. Il se sentait las, sa concentration sur son métier de soldat souvent interrompue par des pensées domestiques. Comment sa mère, sa fille et sa femme s'en sortaient-elles en son absence ?

Il lui était difficile de penser à Eleanor comme à sa femme, car cette place avait toujours été tenue par Isabeau, mais pendant les nombreux milles de marche et les longues nuits solitaires passées dans les champs, il avait admis le fait que c'était Eleanor qui avait échangé des vœux sacrés avec lui et qui portait maintenant sa bague à son doigt. C'était Eleanor qui partageait son lit et Eleanor qui lui offrait le réconfort de son amour. Il était lui aussi fort tourmenté par leur séparation, les mots amers et le bruit de ses sanglots résonnant encore à ses oreilles.

Il n'avait jamais eu le moindre désir de la blesser, et même s'il la respectait et avait espéré que leur mariage serait fondé sur une simple amitié, il ne pouvait plus ignorer la passion qui faisait rage en lui et luttait pour exister. En outre, Eleanor lui était devenue très chère par la façon dont elle prenait soin de Joan et de sa mère, et la bonne humeur qu'elle montrait avec ce brigand de Toby le faisait toujours sourire. Il lui semblait qu'il y avait fort longtemps qu'il n'avait eu de raisons de sourire, son univers étant devenu si sombre, si froid et si silencieux depuis la mort d'Isabeau, mais il ne pouvait nier qu'Eleanor avait ouvert une fenêtre et laissé pénétrer le soleil.

Il ressassait ainsi, assis devant un feu entre les grands murs de pierre du château d'Edimbourg, quand le messager du roi arriva et qu'il apprit enfin les tragiques événements qui s'étaient déroulés chez lui. Il ouvrit le parchemin et lut ce qu'Eleanor avait écrit.

« A mon très cher et très respecté époux sire Troye de Valois, saluts de votre obéissante épouse Eleanor. Ceci est pour vous informer que par la volonté divine votre mère dame Anne de Valois est passée de ce monde dans l'autre. Sa maladie a été soudaine et rapide et elle s'est éteinte paisiblement. Nous attendons votre prompt retour. »

Il resta le regard fixe, caressant du pouce et de l'index le parchemin d'Eleanor, pensant à elle s'asseyant pour écrire ce billet, soupesant ses mots, les rédigeant de cette écriture élégante qu'il contemplait maintenant. Il en avait été ainsi quelques années plus tôt, quand on lui avait envoyé un message pour le prévenir de la mort d'Isabeau. Sa foi en Dieu s'était évanouie depuis longtemps, car quelle sorte de dieu reprenait des personnes aussi aimées et nécessaires qu'Isabeau, et maintenant sa mère ?

Poussant un soupir, il se leva, replia soigneusement la note qu'il plaça dans sa tunique de cuir et se mit en quête du roi.

Edward se tenait avec ses conseillers et ses commandants dans une chambre privée ; il étudiait les cartes étalées sur la table et questionnait ses officiers d'un ton rude sur les déplacements et le nombre de ses soldats, confronté à des décisions capitales. Les bateaux de ravitaillement n'étaient pas arrivés et ils ne disposaient que de maigres rations. En outre, des querelles avaient éclaté dans les rangs, des fantassins anglais et des archers gallois paraissant plus intéressés par d'anciens conflits et le désir de régler leurs comptes que par autre chose. Le roi avait conscience, également, que la désertion et la mutinerie couvaient alors que la faim et l'épuisement étendaient leurs méfaits.

— Nous avons besoin de provisions ! fulmina le souverain. Par Dieu, il nous faut nourrir ces hommes et consolider nos prises avant l'hiver !

Troye pénétra dans la pièce et se mit de côté parmi l'attroupement de courtisans et d'officiers ; les commandants militaires étaient couverts de boue et recrus de fatigue et Edward, surnommé « le Long » à cause de sa haute taille, les dominait de sa stature. Il frémissait de son énergie et de son impatience habituelles et pointa un doigt sur une carte.

— Il faut que des Anglais dignes de confiance tiennent Dirleton, ainsi que les deux petits châteaux de Lennoxmuir et de Currie.

Il se tourna vers son chancelier.

— Qui avons-nous à notre disposition ? Qu'en est-il de Ruthven ? Il conviendra pour Lennoxmuir, mais je ne laisserai pas l'évêque Bek à Dirleton, il est trop faible et trop mou !

— Ruthven a été tué à Stirling Bridge, sire, l'informa un secrétaire.

— Bon. Pourquoi pas Stratford, alors ? Ou Talbot ?

— Ils sont tous les deux par là. Je vais les faire quérir sur-le-champ, sire.

— Ni l'un ni l'autre ne sont mariés, autant que je me souvienne, déclara le roi d'un ton pensif. Nul doute que faire des enfants avec des Ecossaises ne fera pas de mal à notre sang et améliorera le leur.

Des coups d'œil furent échangés dans son dos, mais nul n'osa émettre des objections contre la politique qui consistait à forger des alliances avec l'ennemi par des mariages, une politique qui avait été menée depuis que Guillaume le Conquérant avait conquis les côtes saxonnes.

A ce moment-là Edward leva les yeux et aperçut Troye qui s'avançait, dans l'espoir d'attirer l'attention d'un courtisan et de demander une audience avec le roi.

— Ah, Valois ! s'exclama ce dernier, en lui faisant signe d'approcher. Que diriez-vous de prendre le château de Currie ? Je pense que vous le tiendrez bien pour moi, et j'adoucirai l'affaire avec une épouse écossaise et un titre de seigneur, ainsi qu'avec une récompense pour vos bons services.

Troye s'inclina et murmura :

— Je suis déjà marié, sire.

Edward fronça les sourcils et caressa sa barbe blanche, puis son visage s'éclaira et il hocha la tête.

— Ah oui, avec la charmante Eleanor.

Mais il ne renonça pas à son plan.

— Eh bien, faites quérir votre épouse et installez-la à Currie. Attend-elle un enfant ?

Troye répondit aussi calmement qu'il put, habitué aux manières directes de son suzerain.

— Pas que je sache, sire.

— Parfait. Vous trouverez Currie fort agréable, un bon château pour y élever une famille, et j'ai confiance que vous ne le laisserez pas retomber entre les mains de Wallace.

— Sire…

Troye lui jeta un coup d'œil tandis qu'il se détournait, ayant réglé l'affaire à sa satisfaction.

— Qu'y a-t-il, chevalier ? Parlez ! Ne voyez-vous pas que je suis fort occupé à mener une guerre ?

Il sourit et il y eut quelques rires obligeants pour saluer sa pointe d'humour face à une situation des plus graves.

— Sire, ma mère est morte récemment. Je requiers humblement de pouvoir prendre un congé pour rentrer à York.

— Je suis marri de l'apprendre, répondit Edward.

Pendant un moment, il réfléchit s'il souhaitait se séparer d'un de ses meilleurs soldats.

— Fort bien. Mais vous reviendrez dès que possible. Je vous veux avant Noël au château de Currie, accompagné de dame Eleanor, car nous montrerons à ces rebelles écossais que ma parole a force de loi et que les Anglais sont là pour rester.

Troye s'inclina.

— Merci, sire. Il en sera comme vous le voulez.

La journée tirait à sa fin, mais avant que le soleil se couche Troye et Dylan avaient endossé leur armure, s'étaient mis en selle et galopaient vers le sud. Toutefois, avec les côtes cassées de Troye et la fatigue des chevaux harassés par la campagne, ils durent ralentir leur allure. En chemin, Troye eut le temps de penser à l'avenir, qui semblait être en Ecosse. Que dirait Eleanor de ces nouvelles ? Considérant leur amère séparation, il avait le sentiment que ses projets n'incluaient pas la défense et la sauvegarde d'un château dans une région sauvage de l'Ecosse.

De fait, Eleanor s'inquiétait de ce qui l'attendait. Tandis que la rigueur hivernale s'installait, la charge de travail était doublée pour Simon qui devait ramasser du bois et le couper pour alimenter les feux, faire chauffer de l'eau et préparer les repas. Meg avait accouché plusieurs semaines à l'avance et même si Eleanor était soulagée que la naissance se soit bien passée, grâce à son expérience de sage-femme auprès de sa tante Beatrice, il leur manquait une paire de mains dans la maison. Et les fonds étaient très bas. Aucun revenu ne rentrait, maintenant que le négoce d'import-export de dame Anne avait été abandonné après sa mort. Eleanor puisait toujours dans sa dot, mais avec Troye absent et sans savoir où il était ni s'il avait l'intention de revenir, elle était fort soucieuse pour l'avenir.

Un après-midi, alors qu'elle était assise près d'un maigre feu à repriser les bas de Joan, on frappa à la porte d'entrée. Elle se leva et regarda prudemment par la fenêtre, mais elle ne put voir qui c'était. Elle était réticente à ouvrir la porte avec Simon dehors pour quérir du bois, Meg dans sa chambre pour s'occuper de son bébé et Joan enrhumée dormant en haut avec Agnes. Bien qu'elle soit seule, elle s'approcha de la porte qui était maintenant toujours barrée et demanda :

— Qui est là ?

— C'est moi, le haut magistrat, sire Malcolm Rix.

Le cœur d'Eleanor se serra et elle se mordit le pouce de contrariété en réfléchissant à ce qu'elle devait faire. Si seulement elle n'avait pas répondu ! Elle aurait pu feindre qu'il n'y avait personne à la maison. Lors de sa dernière visite, sire Malcolm avait été avide de lui rappeler les impôts dus par dame Anne et de lui dire combien il était désireux de l'aider. Il avait posé la main sur son épaule et l'avait serrée avec une familiarité qui avait alarmé Eleanor, et elle s'était juré de l'éviter à tout prix.

— Dame Eleanor, il neige et je vous ai apporté un gâteau aux prunes et du cognac pour la période de Noël.

Oh, par le ciel ! Eleanor soupira et ne vit d'autre solution que d'ouvrir et de sourire aussi gracieusement que possible. Elle se tint sur le seuil, espérant que sire Malcolm allait rapidement se retirer. Mais elle n'avait pas compté sur le fait qu'il passe sommairement devant elle et pénètre dans la grand-salle sans même un « avec votre permission ». Le vent d'hiver chassait toute la chaleur du feu et elle referma promptement la porte sur le courant d'air, se tournant avec lenteur pour faire face à son visiteur. Il posa son panier sur la table et arbora un sourire jovial avant d'ôter sa cape et sa coiffe ; puis il alla réchauffer ses mains et son large dos devant le feu. Eleanor se tint aussi loin de lui que la politesse le permettait.

— Peut-être que vous pourriez appeler votre servante pour qu'elle porte ce panier dans la cuisine, dit-il.

Eleanor évita son regard, murmura des remerciements polis et répondit en biaisant :

— Elle s'occupe de son bébé, pour l'instant. Je l'appellerai dans un moment.

Par quelques autres questions dont Eleanor ne se rendit compte que trop tard, sire Malcolm établit qu'elle était seule. Alors il ne perdit pas de temps et, d'un air impatient, les mains tremblant légèrement et le visage empourpré, il sortit de la tunique qui couvrait son gros ventre une liasse de documents. Il alla à la table et les étala dessus, puis il jeta un coup d'œil par-dessus son épaule à Eleanor.

— Comme vous le verrez, ma chère, ce sont les impôts dus à la cité de York. Ils correspondent au mouillage dans la rivière, au prélèvement du roi sur la laine et à d'autres paiements arrivés à échéance. Je suis sûr que vous ne voudrez pas que j'entre dans les détails. Mais ici, ajouta-t-il en pointant un doigt sur un chiffre, c'est la somme qui est due depuis longtemps.

Eleanor étouffa une exclamation, car le montant était considérable. C'était plus qu'elle ne possédait, même avec sa dot.

— Je… je ne comprends pas, balbutia-t-elle. C'est une affaire que vous devrez régler avec mon époux.

— Ah, fit sire Malcolm d'un ton sarcastique. Votre époux. Depuis combien de temps est-il absent ? Deux mois ? Trois mois ?

— Il rentrera bientôt, j'en suis sûre. Je l'ai fait prévenir.

— Vraiment. Mais il paraît que le roi connaît des revers en Ecosse. Beaucoup ont été tués et la famine est leur pire ennemi.

Eleanor était silencieuse, les yeux baissés, mais sa colère montait lentement devant ses insinuations.

— Je suis mariée, messire. Je ne puis rien faire pour l'instant.

— Eh bien…

Il se pencha vers elle et, d'une de ses grosses mains chaudes et moites, couvrit la sienne posée sur la table.

— Je suis certain que nous pouvons parvenir à… un arrangement quelconque.

Eleanor se crispa en s'écartant de lui, sentant son souffle désagréable sur sa joue, et son cœur bondit, alarmé.

— Je crains qu'il n'y ait rien à faire. Je n'ai pas l'argent pour payer ces impôts.

— Peut-être que vous avez autre chose à m'offrir que de l'argent, murmura-t-il en baissant les yeux sur elle, les paupières lourdes.

Il posa son regard sur la courbe de sa poitrine.

Eleanor essaya de lui arracher sa main, outragée par ce qu'il suggérait.

— Messire, je… je ne songerais jamais à… Et je suis une femme mariée !

Il eut un rire bref.

— Croyez-vous, dame Eleanor ? Je pense qu'il est plus probable que vous soyez veuve, comme moi. La vie est très dure pour une femme qui reste seule et sans argent, dans ce monde. Vous feriez bien d'accepter les offres d'amitié qui vous sont faites.

— Je vous en prie, allez-vous-en !

Eleanor sentait monter sa colère et sa peur, et elle essaya de nouveau de se libérer.

Mais il ne céda pas et elle poussa un petit cri quand il passa brusquement un bras autour de sa taille et l'attira à lui, la pressant contre la table tandis qu'il essayait de couvrir sa bouche de la sienne. Eleanor frémit de répulsion au contact de ses lèvres mouillées et charnues et elle le poussa de toutes ses forces, s'efforçant d'écarter d'elle sa masse corpulente, mais il était très lourd.

Du coin de l'œil, elle vit une ombre qui passait devant la fenêtre et elle pria que ce soit Simon de retour du bois. Lorsque sire Malcolm plaça une main sur sa poitrine et tenta de lui écarter les jambes, elle lutta désespérément, son appel au secours étouffé par son visage baveux. C'est alors que la porte d'entrée s'ouvrit en trombe et que des pieds bottés résonnèrent sur les dalles, pendant que quelqu'un se ruait dans la pièce. Elle entendit le sifflement d'une épée que l'on dégainait et ferma les yeux, sachant que ses prières étaient plus qu'exaucées — que c'était un miracle.

La pointe argentée d'un glaive se posa sur le double menton du haut magistrat. Avec un cri étranglé il s'écarta d'Eleanor, les mains levées, et se tourna pour faire face à Troye qu'il fixa d'un regard traqué. Libérée de son poids qui l'écrasait, Eleanor se redressa vivement et arrangea sa cotte, se tournant elle aussi pour contempler l'homme qui l'avait si souvent sauvée de situations difficiles, ses yeux se repaissant de son apparence qui lui avait tant manqué.

Sans dire un mot, utilisant simplement la pointe mortelle de son épée, Troye poussa leur visiteur indésirable vers la porte, et s'inclina devant lui avec un demi-sourire sardonique.

— Estimez-vous heureux que j'aie eu ma ration de tueries ces dernières semaines, messire. Maintenant, partez et ne vous avisez pas de reposer la main sur ma femme, ou de remettre le pied chez moi.

Sire Malcolm n'eut pas besoin d'un deuxième avertissement et s'élança dans le chemin, oubliant sa cape et sa coiffe, courant aussi vite que ses jambes robustes le lui permettaient.

Troye ferma la porte et rengaina son épée, puis se tourna vers Eleanor. Ils se dévisagèrent en silence pendant un long moment ; bien qu'il soit sale, pas rasé et que son visage soit émacié, à ses yeux il était toujours aussi cher et aussi beau. Toutefois, elle avait leur séparation à l'esprit et craignait ses pensées. Elle expliqua d'un trait :

— Troye, je… je n'ai rien fait pour l'encourager, de fait je faisais de mon mieux pour me débarrasser de lui, mais il était très lourd et… et ces dernières semaines tout a été si difficile, je ne savais plus que faire. Meg a eu un bébé, Simon et elle sont mariés, de grâce ne soyez pas fâché…

— Chut.

Troye sourit légèrement et leva une main pour endiguer son flot de paroles.

— Je suis désolé qu'il m'ait pris si longtemps pour rentrer et que vous soyez restée seule pour tout affronter.

Mais avant toute autre chose, je dois m'acquitter d'un devoir tant qu'il fait encore jour.

Eleanor fronça les sourcils et croisa les mains sur sa poitrine.

— De quoi s'agit-il ? demanda-t-elle d'une voix anxieuse.

— De dire adieu à ma mère.

— Bien sûr, murmura-t-elle.

Mais au fond de son cœur elle craignait qu'il ne l'écarte de nouveau tandis qu'il s'abandonnerait à son chagrin, et elle resta sur place, incertaine.

Troye ne put trouver les mots ni comprendre ce qu'il ressentait ou ce qu'il désirait, mais il lui tendit la main et dit :

— Montrez-moi le chemin, Eleanor.

Avec plaisir, elle alla chercher sa cape et rabattit son capuchon sur sa tête pour se protéger du vent glacial qui soufflait par cet après-midi d'hiver. La neige craqua sous leurs bottes tandis qu'ils marchaient vers le village, la tête baissée contre les flocons qui tombaient. Chaque inspiration que prenait Eleanor la brûlait, tant il faisait froid, mais elle ne tressaillit pas, tant sa joie de voir Troye de retour était grande.

Ils atteignirent le cimetière et elle le guida vers la nouvelle tombe située à côté de celle d'Isabeau. Elle expliqua vivement qu'une pierre tombale avait été commandée, mais que le tailleur de pierre ne l'avait pas terminée. Troye resta silencieux, contemplant le tas de terre noire qui blanchissait rapidement sous la neige.

— Elle n'était pas très âgée.

— Non, murmura Eleanor en l'observant du coin de

l'œil et en se demandant quels mots de réconfort elle pouvait lui offrir.

— Comment... ? demanda-t-il d'un ton hésitant.

— Elle a eu une attaque. Un matin elle s'est réveillée paralysée d'un côté, puis elle a sombré dans l'inconscience...

Elle s'arrêta, ne sachant pas s'il voulait entendre tous les tragiques détails.

— Et ensuite elle est morte, dit Troye d'une voix sèche. Je n'ai pas eu la chance de lui dire adieu. Comme pour Isabeau.

Son visage se figea en un masque dur tandis que la colère et la douleur se réveillaient en lui. Eleanor tendit la main et la posa sur son avant-bras, mais il se dégagea et tourna abruptement les talons pour partir. Il ramassa un bâton par terre et le lança en l'air, criant vers le ciel :

— Pourquoi ?

Eleanor le fixa, surprise par cet éclat chez un homme qu'elle était habituée à voir si discipliné.

— Peut-être..., commença-t-elle, sur le point de prononcer quelques mots de consolation.

— Non ! s'écria-t-il en pointant un doigt sur elle. Ne vous avisez point de m'offrir des platitudes dénuées de sens sur le fait que c'est la volonté de Dieu !

Elle recula, ouvrant de grands yeux devant la force de son courroux. Il se détourna d'elle, donnant des coups de pied dans la neige, jusqu'à ce que sa fureur s'apaise. Alors il lui refit face et la regarda par-delà la distance qui les séparait, demandant d'une voix plate :

— Quel bien cela a-t-il fait de prendre ma mère et mon Isabeau bien-aimée ? Hmm ? Votre Dieu peut-il répondre à cette question ?

Il la dévisagea pendant un long moment, durement, et donna la réponse lui-même, d'un ton morne.

— Non, bien sûr que non. J'ai posé cette question une centaine de fois et n'ai jamais reçu de réponse. Jamais.

Poussant un lourd soupir, il tourna brusquement les talons.

— Venez. Rentrons à la maison.

Eleanor marqua une pause avant de le suivre. Elle relut l'épitaphe d'Isabeau. *Epouse bien-aimée, chérie à jamais.* Comme Isabeau de Valois avait été fortunée ! D'avoir été aimée par Troye, et d'être toujours chérie par lui. Comme elle souhaitait être aimée autant !

Elle le regarda et vit dans ses yeux sombres les larmes qu'il retenait et qui brillaient comme des éclats de verre. Soudain, quand elle ne put plus s'abandonner à sa propre douleur, elle souffrit de la sienne. Elle ressentait son chagrin, un miroir du sien, et des pleurs silencieux coulèrent sur ses joues. Avec un petit bruit qui se passait de mots, elle lui ouvrit ses bras, et après un instant d'hésitation il se tourna et accepta son étreinte. Il se pencha et pressa son visage dans le creux lisse et chaud de son cou, ses larmes mouillant sa peau et ses cheveux tandis qu'elle enlaçait de ses bras minces ses larges épaules secouées de sanglots.

Il essaya de s'écarter, de s'arrêter, mais elle ne le laissa pas faire. Elle le tint contre elle et caressa sa nuque d'une main, l'apaisant de sa voix douce, l'encourageant à laisser s'ouvrir sa blessure purulente pour en chasser le poison. Et son chagrin si longtemps contenu fut comme un abcès qui éclatait.

— Comment peut-il en être ainsi ? demanda-t-il d'une voix étouffée. Comment Dieu a-t-il pu laisser arriver ces choses-là ? Des personnes si bonnes et si aimées. Il ne peut pas y avoir de Dieu, car sûrement s'Il nous aimait Il ne nous aurait pas éprouvés de la sorte.

Eleanor lui tapota l'épaule. Ni elle ni aucun être humain n'avait la réponse à ces questions. Il n'y avait pas de raison, pas d'explication, pas de logique. Il y avait seulement le don du réconfort d'une âme à l'autre. Ils restèrent enlacés pendant que Troye pleurait et que des larmes silencieuses roulaient sur les joues d'Eleanor. Son cœur était douloureux pour toutes les choses qui avaient été aimées et perdues, qui faisaient de chaque jour une noirceur à peine supportable, et la désespérance de cette situation privait l'âme de tout espoir.

Elle s'était sentie si seule, si abandonnée... Mais à présent, enfin, Troye lui était revenu et c'était un miracle en soi, un miracle qui devait sûrement prouver qu'il y avait un Dieu, plein d'amour et de miséricorde pour les créatures qu'Il avait créées. Les larmes qui inondaient ses joues lui faisaient mal, comme des cristaux de glace sortant de ses yeux.

Ils restèrent ainsi, seuls, isolés dans le cimetière tandis que le vent et la neige tournoyaient autour d'eux, étouffant le monde au-delà, les enfermant dans une minuscule portion d'univers. Enfin, Troye leva son visage de son cou, renifla et s'essuya le nez et les joues d'un coin de sa cape. Il rougit et évita son regard.

— Je suis désolé, dit-il avec raideur, en fixant la cime dénudée des arbres. Pardonnez-moi. Je n'ai jamais pleuré. Pas même quand on l'a enterrée.

— Pourquoi ?

Il la contempla alors avec un froncement de sourcils perplexe.

— Pourquoi ? Je... Je...

Il ne savait comment répondre à cette question, et il hésita sur l'explication à donner.

— Parce qu'à cette époque-là je ne pouvais le croire. Et… je suis un homme, un chevalier, je dois être fort. C'est de la faiblesse de montrer ses sentiments.

Eleanor posa une main sur son torse, sur son cœur.

— Ce n'est pas une faiblesse.

Elle sentit une petite étincelle de colère vaciller dans son esprit.

— Comment pourrait-il être une faiblesse de montrer que vous avez aimé quelqu'un ? Comment votre chagrin pourrait-il mériter autre chose que le respect ?

Troye baissa sur elle ses yeux rouges et gonflés et la contempla avec un sourire tremblant, puis posa doucement le bout de ses doigts sur sa joue glacée par les larmes.

— Je vis dans un monde d'hommes, Eleanor, un monde fort différent du vôtre. Tout le monde ne pense pas comme vous, avec la douceur d'une femme.

Il prit son visage entre ses mains.

— Venez, maintenant, dit-il d'un ton bref. Vous êtes gelée et ce n'est pas un temps à traîner dehors. Rentrons à la maison.

— Oui, acquiesça-t-elle en lui rendant son geste et en posant sa paume sur sa joue.

Pendant un moment ils se tinrent ainsi, homme et femme, unis par le seul contact de leurs mains, et cependant leurs yeux, miroirs de leur âme, se scrutaient profondément. Troye connaissait le pire qui était arrivé à Eleanor, et elle connaissait le pire qui lui était arrivé. Et ils étaient là, brisés et meurtris dans leur corps et dans leur âme, mais ils survivaient. Eleanor se demanda pourquoi.

— Il doit y avoir un Dieu, chuchota-t-elle, car Il nous a donnés l'un à l'autre.

Troye ne répondit pas, mais se détourna brusquement des tombes et s'éloigna. Elle se tourna aussi et lui emboîta le pas. Comme ils s'approchaient de l'église, elle le pria de s'arrêter et lui demanda sa dague. Il accéda à ses deux requêtes et l'observa pendant qu'elle se dirigeait vers la haie de houx vert foncé, chargée de baies rouges, qui ornait le porche. Elle coupa plusieurs rameaux et retourna aux tombes de dame Anne et d'Isabeau. Elle s'agenouilla et posa un bouquet sur chacune d'elles.

Une fois encore, elle lut l'épitaphe. *Epouse bien-aimée, chérie à jamais*. Elle pria en silence, avec ferveur : « Je vous en prie, laissez-le partir. Je l'aimerai, prendrai soin de lui et ne lui ferai jamais de mal. De grâce, Isabeau. De grâce, laissez-le partir et venir à moi. »

Ils rentrèrent lentement au manoir, comme ils l'avaient fait maintes fois auparavant, mais en cette fin d'après-midi hivernale ils sentaient tous les deux une différence. Il y avait une paix qui les entourait, ce n'était plus la tension bouillonnante et douloureuse qui avait toujours existé entre eux jusque-là. Et cependant, lorsqu'ils entrèrent dans la maison, la présence qui les séparait se refit sentir. Eleanor regarda autour d'elle, percevant qu'Isabeau était partout dans le manoir et que, tant qu'ils resteraient ici, elle serait toujours un souvenir auquel Troye se raccrocherait.

Dylan avait aidé Simon à couper du bois et la maison était maintenant chauffée par des feux ronflant dans toutes les cheminées. Meg s'affairait dans la cuisine, son bébé endormi dans un berceau de bois placé dans un coin, et ce soir-là ils s'assirent pour manger un repas chaud et consistant, le maître et le valet, la maîtresse et la servante rassemblés en une famille autour de la table usée de la cuisine. Ils échangèrent leurs nouvelles, bien qu'il y ait un sujet que Troye garda pour lui. Et même s'il avait pensé emmener toute sa maisonnée avec lui en Ecosse, il s'interrogeait maintenant sur la sagesse de cette décision.

Quand ils se furent restaurés et que la table fut débarrassée, Troye alla voir Joan et Eleanor se retira dans la grand-salle, fermant la porte de la cuisine et prenant sa couture sur ses genoux devant le feu crépitant. Son regard se posa dans le fauteuil vide en face d'elle, où dame Anne s'était si souvent assise quand elles passaient leurs soirées ensemble. Mais avant qu'elle ait le temps de ressentir la morsure de la solitude, Troye redescendit bruyamment l'escalier. Il s'arrêta un instant, jetant un coup d'œil à Eleanor, puis il ajouta des bûches dans le feu, vérifia que les contrevents étaient fermés à toutes les fenêtres, dit quelques mots à Dylan avant de l'envoyer dormir dans la cuisine, et revint enfin se poster d'un air embarrassé devant la cheminée. Il se chauffa les mains, pendant que le silence s'étirait. Eleanor lui décocha une œillade, avant de baisser les yeux sur son aiguille qui traçait des points inégaux dans la douce étoffe d'une cotte pour Joan.

Troye s'éclaircit la gorge.

— Le roi…

Eleanor le regarda, consciente de son hésitation, et lui sourit gentiment pour l'inciter à continuer.

— Oui ? Qu'est-ce que le roi a à dire ?

Il contempla un mur éloigné en fronçant les sourcils.

— Le roi m'a demandé de prendre des terres en Ecosse. De les défendre pour lui. Il adoucit la chose avec un titre et une récompense. Qu'en dites-vous ? demanda-t-il en ramenant les yeux sur elle.

Eleanor laissa choir sa couture sur ses genoux, tandis qu'elle soupesait ses mots.

— Est-ce que le roi demande, ou est-ce qu'il ordonne ?

Troye fixa un instant ses bottes, avec un sourire désabusé.

— Eh bien, c'est une requête qui ne peut se refuser.

— Et… êtes-vous impatient d'obéir ? s'enquit-elle avec une hésitation, ne sachant pas trop ce qu'il essayait de lui dire.

Il croisa son regard, fronçant légèrement les sourcils.

— Je n'ai pas d'autre choix.

— Je vois.

Elle sentit son cœur manquer quelques battements, la peur s'immisçant dans ses veines tandis qu'elle redoutait les mots qu'il semblait réticent à prononcer. Elle les exprima à sa place.

— Eh bien, dans ce cas, vous devez partir. Si cela ne vous ennuie pas, messire, je vous demanderai simplement de pourvoir aux besoins de votre famille. Il y a des impôts à payer et il faudrait des serfs mâles pour nous protéger, Joan et moi, de…

Sa voix se brisa tout à coup, tandis qu'elle envisageait un avenir sans Troye.

— Je… je vous demanderai aussi de pouvoir…

Elle renifla, agacée de sa faiblesse.

— De pouvoir retourner dans ma famille dans le Somerset, je vous prie.

— Quoi ?

Troye la regarda fixement.

— Je ne puis rester seule ici !

Il vint à l'esprit de Troye qu'elle avait mal compris et il s'empressa d'expliquer :

— Non, de fait vous ne pouvez pas rentrer dans votre famille.

Il ignora son exclamation.

— Le roi souhaite que j'emmène mon épouse avec moi en Ecosse. Que nous nous y installions et y fondions une famille.

Eleanor le dévisagea fixement, puis jeta sa couture de côté et se mit vivement sur pied.

— En est-il ainsi ? lança-t-elle, le problème qui la contrariait tellement et qui pesait sur leur mariage relevant soudain sa tête menaçante. Et de quelle épouse s'agira-t-il, Troye ?

— Eleanor..., grommela-t-il d'un ton d'avertissement.

— Non, Troye, je n'irai point ! Je ne veux pas vivre avec vous, coucher avec vous et enfanter comme... comme une vache avec un taureau, juste pour contenter le roi !

— Ce n'est pas ce que vous pensez...

Il tendit les mains et essaya de l'enlacer, mais elle leva les bras et se dégagea brusquement.

— Vraiment ? Je crois que si, Troye ! Depuis le premier jour où nous avons été mariés vous n'avez pas eu de sentiments pour moi, et vous avez couché avec moi comme vous l'auriez fait avec une ribaude ! Sans amour, sans tendresse et sans passion !

Il fit un pas vers elle, la voix ferme.

— Cessez. Cela me chagrine de vous entendre parler de la sorte.

— Eh bien moi, cela me chagrine d'être traitée ainsi ! Je ne le ferai pas, Troye, je n'irai pas avec vous en Ecosse et ne vous laisserai pas utiliser mon corps pour satisfaire le roi d'Angleterre !

— Eleanor, je vous en prie…

Les côtes de Troye le faisaient souffrir, mais quand elle voulut s'écarter de lui il l'attrapa et l'attira à lui en réprimant un grognement de douleur.

— Ecoutez-moi, de grâce.

Il saisit son menton entre ses doigts et la força à le regarder, la maîtrisant tandis qu'elle essayait de se libérer.

— Je regrette la façon dont les choses se sont passées entre nous, mais il n'est pas vrai que je n'ai pas de sentiments pour vous. Il n'est pas facile d'oublier… le passé, mais vous m'avez manqué pendant ces mois loin de la maison et je souhaite me faire pardonner. En Ecosse, loin d'ici, nous pourrions prendre un nouveau départ.

Eleanor se tendait dans son étreinte, s'arc-boutant pour l'éviter, réticente à croire qu'il ne la blesserait pas comme il l'avait fait auparavant. Il l'attira plus près et baissa la tête et les épaules pour se pencher sur elle. Elle sentit la chaleur et la force de son corps musclé, les fermes contours de ses lèvres qui capturèrent les siennes. Elle céda, alors, s'appuyant contre son torse tandis que sa bouche bougeait avec fermeté et douceur sur la sienne. Quand elle entrouvrit les lèvres et l'accepta, il glissa sa langue dans sa bouche et chercha la sienne, lui arrachant une réponse.

Le corps d'Eleanor se souvenait du contact de celui de Troye, en connaissait chaque contour, et une chaleur intense flambait en elle. Il approfondit son baiser, lui soutenant la tête d'une main, et elle pressa ses seins sensibles contre son torse, nouant les bras autour de son dos, ses hanches se mouvant sur les siennes tandis qu'elle percevait la dureté de son désir. Et cependant, alors qu'elle se cramponnait à lui et qu'il grognait, tressaillant et essayant de se dégager, elle s'arracha à la brume de la passion et prit conscience qu'il souffrait.

— Troye…

Elle s'écarta et leva les yeux vers lui, voyant sa grimace, puis elle les abaissa et sentit l'épaisseur de bandages sous sa tunique.

— Vous êtes blessé ! Pourquoi n'avez-vous rien dit ?

Il essaya de la ramener à lui.

— Ce n'est rien. Juste quelques côtes cassées.

— Des côtes cassées ! s'exclama Eleanor, choquée. Vous devriez être au lit !

Il lui sourit, son regard s'attardant sur ses lèvres rougies par son baiser, puis s'abaissant vers la courbe de sa poitrine. Il la tint fermement par les hanches et la ramena à lui.

— Oui.

Sa voix fut un chaud murmure tandis qu'il embrassait son cou, conscient que cela faisait si longtemps qu'il n'avait pas courtisé une femme qu'il ne savait presque plus comment s'y prendre. Néanmoins il essaya, caressant l'oreille d'Eleanor de ses lèvres en lui chuchotant :

— Oui, c'est un lit qu'il me faut.

Malgré la fièvre que ses baisers éveillaient dans son sang, Eleanor craignait encore de se rendre à son désir alors que c'était de l'amour qu'elle voulait. Elle prit l'excuse de ses blessures pour retarder les choses.

— Vous avez besoin d'attention, messire…

Il lui taquina l'oreille, repoussant les mèches soyeuses de ses cheveux.

— Bah ! Vous sentez mauvais, et j'espère seulement que c'est de la saleté et non des plaies infectées.

Troye soupira et feignit d'être offensé.

— Ma dame ajoute à mes blessures.

— Sottise. Montez donc dans notre chambre.

Eleanor le poussa vers l'escalier et se rendit en hâte dans la cuisine où elle réveilla les serviteurs, les pressant de faire chauffer de l'eau et d'apporter la baignoire dans la chambre de maître.

Ils se montrèrent assez peu contents de ces ordres, mais ils obéirent. Une fois que tout fut en place, la baignoire pleine d'eau chaude fumant devant la cheminée, Eleanor remercia Dylan et Simon et les congédia.

— Devons-nous revenir pour vider l'eau, ma dame ? demanda Simon en jetant un coup d'œil curieux à Troye qui se déshabillait.

— Non, répondit-elle, consciente elle aussi que son mari se dévêtait. Cela attendra demain.

Elle leur souhaita une bonne nuit et ferma la porte. Puis elle alla à son coffret de remèdes et chercha des onguents à appliquer sur les coupures et les éraflures de Troye. Elle l'observa du coin de l'œil, soucieuse de le voir si amaigri et si meurtri. Elle pouvait seulement imaginer la rudesse d'une vie de soldat, et elle aspirait à le tenir dans le doux réconfort de ses bras.

Troye se coula dans son bain chaud en poussant un grognement de plaisir. Il se lava avec la barre de savon à la lavande qu'elle lui donna, remarquant avec ironie qu'il allait être parfumé comme une femme.

— Cela vaut mieux que d'empester comme une porcherie, rétorqua Eleanor.

— La langue de ma dame est aiguisée, ce soir, répondit Troye en la contemplant d'un air pensif tandis qu'il se renversait en arrière pour jouir de son bain.

Eleanor lui semblait différente… plus adulte, plus femme.

Il ne pouvait tout à fait mettre le doigt sur les changements survenus en elle, mais ses soupçons étaient éveillés, et il déclara d'un ton détaché :

— Je suis désolé que vous soyez restée seule durant ces derniers mois, avec des hommes du genre de sire Malcolm à affronter.

Elle disposait ses pots d'onguent sur la table. Elle s'arrêta et lui jeta un coup d'œil à travers la pièce.

— Cela n'a pas été facile.

— J'ai appris par sire Charteris qu'il vous a prodigué son aide.

— Certes. C'est un gentilhomme fort aimable.

— Et… y en a-t-il eu d'autres ?

— D'autres quoi ?

— Des gentilshommes ?

— Oh, de fait, j'en ai été envahie ! ironisa Eleanor.

De l'eau gicla quand Troye se redressa sur son séant.

— Nommez-les-moi !

— Ils ont été si nombreux que je ne puis me souvenir de leur nom.

Troye se leva et sortit de la baignoire, nu et puissant, pour la rejoindre à grandes enjambées, sans se soucier de l'eau qu'il semait sur le plancher. Il l'attrapa par le poignet et l'attira brusquement à lui.

— Avez-vous couché avec d'autres hommes, Eleanor ?

Elle se rappela tardivement sa jalousie, et poussa un petit cri en essayant de se dégager et en fixant les yeux sur lui.

— Pourquoi me dites-vous une chose pareille ?

Il abaissa son regard sur ses lèvres roses et sur la courbe de sa poitrine, qui lui semblait plus pleine que dans son souvenir. Attendait-elle un enfant ? D'un autre homme ?

— Il est connu que pendant qu'un chevalier est loin de chez lui d'autres hommes en profitent. Et vous paraissez… différente, comme si… — il s'arrêta, cherchant à préciser sa pensée — comme si vous aviez découvert les secrets de la féminité.

Il plongea son regard sombre et sourcilleux dans les yeux d'Eleanor.

— Or je sais que vous n'avez pas expérimenté cela avec moi.

Elle rougit violemment. C'était vrai, elle avait fait l'expérience de sa féminité, et elle aurait dû se douter que Troye s'en rendrait compte. Mais comment lui avouer qu'elle avait fait cette troublante découverte toute seule ? C'était quelque chose de défendu, et elle abaissa ses cils en se dérobant à son regard pénétrant.

— Je n'ai couché avec aucun homme autre que vous. Je puis vous le jurer, Troye.

Il la dévisagea pendant un long moment, durement, puis il lâcha son poignet et parut accepter sa parole. D'un geste vif, pour le détourner de ce sujet, elle se saisit d'un linge et le sécha, après quoi elle appliqua du baume à l'arnica sur ses blessures et ceignit ses côtes d'un bandage propre. Quand elle eut fini, il la remercia et se glissa dans le lit. Il s'allongea avec un soupir, épuisé.

Eleanor s'affaira dans la chambre, mettant de l'ordre, repoussant le moment où elle devrait se dévêtir et se coucher près de lui.

— Venez vous coucher, Eleanor, ordonna-t-il, à bout de patience et conscient de ses hésitations. Ne craignez rien, je ne suis pas en état de jouer les taureaux. Il se fait tard et il est temps de dormir.

Eleanor souffla les chandelles et ôta sa cotte et ses souliers, puis s'assit sur le bord du lit pour quitter ses chausses. Ensuite, vêtue de sa chemise, elle souleva les couvertures et se coula près de lui. Il était si chaud, et son odeur virile et musquée masquait le parfum du savon. Elle s'allongea sur le dos, ne sachant pas comment elle devrait réagir s'il la touchait. Elle avait envie de lui, mais pas ici, pas dans ce lit, pas dans cette maison. Elle sursauta presque quand elle sentit sa main se poser sur son bras.

— Eleanor ?

— Hmm ?

— Je...

Il ne savait comment exprimer ses pensées, ses sentiments, alors il se pencha et pressa un baiser au creux de son épaule, sa peau lisse et douce sous ses lèvres.

— Je pensais... peut-être... C'est-à-dire...

Il s'éclaircit la gorge, agacé par son manque de pratique pour courtiser une femme. Il essaya une autre approche.

— Vous êtes fort belle, Eleanor.

Il fit glisser sa main de son épaule sur la longueur de son corps, caressant ses seins magnifiques, la courbe de sa taille fine et de ses hanches si féminines.

— Et fort désirable...

Eleanor soupira, résignée à accomplir son devoir conjugal. Elle détourna légèrement la tête en lui ouvrant ses cuisses et murmura d'une voix raide :

— Je suis à votre disposition, messire.

Il émit un juron étouffé et tendit la main pour saisir sa mâchoire et tourner son visage vers lui, regrettant de ne pouvoir voir ses yeux dans le noir.

— Ce n'est pas ce que je voulais dire ! En outre, avec mes côtes cassées, je suis loin d'être capable de vous prendre.

— Voulez-vous que je me mette sur vous ?

Elle se tourna à moitié vers lui, soulevant l'ourlet de sa chemise.

— Non !

Il encercla son poignet de ses doigts et rabattit sa chemise sur ses jambes, même si le fait de la sentir si près excitait son désir.

— Ce que j'essaie de vous dire, Eleanor…

Il passa une main dans ses cheveux encore humides, se demandant pourquoi il balbutiait comme un blanc-bec au lieu de s'exprimer comme un homme adulte.

— Je… je veux… recommencer au début… vous courtiser… vous séduire. Voyons voir si, peut-être, nous pouvons nous aimer comme des époux le devraient.

Eleanor se tourna vers lui et murmura d'une voix douce :

— Je vous aime, Troye. Je vous ai toujours aimé.

Il tendit une main et lui caressa doucement la joue de son pouce.

— Je sais, murmura-t-il à son tour. Je ne puis comprendre pourquoi, car qu'ai-je fait pour que vous m'aimiez ?

— L'amour n'a pas besoin de raisons. Il est, tout simplement.

— Oui.

Il songea un instant à Isabeau et sentit au silence d'Eleanor qu'elle savait vers quoi dérivaient ses pensées.

— Je ne puis cesser de l'aimer. Elle sera toujours une part de moi. Comprenez-vous ?

Eleanor hocha la tête, terrifiée qu'il prononce les mots qui les sépareraient à jamais, et elle trembla, retenant les larmes qui menaçaient.

Il la sentit frissonner et il l'enlaça, la serrant contre lui, embrassant sa tempe, sa joue, ses lèvres.

— Mais je peux commencer à accepter qu'elle soit mon passé. Et vous êtes l'avenir. J'ai besoin de temps, Eleanor, je vous en prie, de temps pour lâcher prise et pour m'habituer à vous. Il ne me sera pas impossible de vous aimer, car je vous tiens en grand respect et je vous admire, et j'espère que nous sommes de bons amis, mais l'amour est quelque chose que je dois réapprendre à ressentir.

C'était plus que ce qu'elle avait jamais espéré. Eleanor hocha la tête avec un sourire tremblant, incapable de se fier à sa voix pour prononcer un mot. Ils restèrent longtemps dans les bras l'un de l'autre et finirent par s'endormir.

14.

Troye ne perdit pas de temps, maintenant que la décision avait été prise, pour rassembler sa famille et ses possessions dans la perspective de leur installation en Ecosse. Il était poussé par le besoin de mettre le passé derrière lui et de prendre un nouveau départ, comme il l'avait promis à Eleanor, mais il restait entravé par le fait qu'il ne pouvait supporter d'oublier Isabeau. Chaque fois qu'il regardait Joan elle la lui rappelait, et le manoir portait les traces silencieuses de leur amour et de leur mariage. Leur relation avait été longue, remontant à son enfance, et il avait l'impression qu'il ne pouvait pas plus oublier Isabeau qu'il ne pouvait s'oublier lui-même.

Toutefois, il devait penser à Eleanor, maintenant. Il ne souhaitait pas la blesser avec les souvenirs d'une femme qu'elle n'avait jamais connue et il désirait vraiment qu'ils soient heureux ensemble. C'est ainsi qu'il dut faire un compromis, lequel sema la consternation parmi ses voisins et ses amis. Il décida d'emmener en Ecosse avec lui Eleanor, Joan et sa nourrice Agnes, mais de laisser Simon et Meg au manoir et de couper tous ses liens avec York. La maison était une charge qu'il ne voulait plus supporter, aussi la donna-t-il au jeune couple de serviteurs qui étaient restés fidèles et loyaux envers Eleanor durant sa période difficile. Il en fit des personnes libres, qui n'étaient plus au service de la famille Valois.

— A une condition, dit-il aux deux jeunes parents ahuris en leur remettant les actes. Que vous gardiez le coffre de ma défunte épouse. Un jour, Joan voudra connaître son passé et sa mère et elle viendra vous le réclamer.

Simon prit les parchemins dans sa main, fixant le ruban rouge qui les liait, totalement anéanti par la générosité de Troye, jusqu'à ce que Meg lui donne un coup de coude. Ils offrirent alors tous les deux des remerciements à profusion, les mots ne suffisant pas à exprimer leur gratitude devant un tel don. Mais Troye s'était déjà détourné, concentrant son attention sur le prochain obstacle qui se dressait entre lui et l'Ecosse.

Eleanor consacra toute sa journée à trier ses vêtements et ses biens, ainsi que ceux de Joan, pour décider de ce qu'ils emporteraient avec eux. Elle demandait constamment à Troye s'ils auraient besoin de ceci, ou de cela, mais il restait vague, car il ne savait pas ce qui les attendait au château de Currie.

— Et qu'en est-il des Ecossais qui vivent là ? s'enquit Eleanor en fronçant les sourcils d'un air soucieux. Ne seront-ils pas fâchés de voir un chevalier anglais prendre le commandement de leur forteresse ? Serons-nous en sécurité ?

Troye la dévisagea, s'avisant qu'elle comprenait fort peu la situation. Il s'assit sur une chaise pour trier un coffret de lettres ayant trait aux affaires de sa mère, puis s'arrêta un moment.

— Je ne vous mentirai pas, Eleanor. Nous nous rendons dans un territoire hostile, mais j'aurai une compagnie de chevaliers et au moins cinquante fantassins pour tenir Currie. Ne craignez rien concernant les Ecossais qui vivaient là, car soit ils ont été tués au combat, soit ils se sont enfuis. C'est pour cela que le roi installe ses gens dans de tels lieux : pour qu'ils ne retombent pas entre les mains des rebelles.

Eleanor se montra troublée.

— Mais… c'est un château écossais, en Ecosse ! C'est sûrement le droit des Ecossais de le garder ?

Troye souffla et leva les yeux au ciel.

— Par Dieu, Eleanor, c'est une trahison de parler ainsi ! Ne redites jamais une chose pareille.

Elle fit la moue, et il faillit rire devant son air belliqueux.

— Eh bien, je me soucie peu des grands desseins du roi. Ils me semblent injustes, et nul doute que ce sont les femmes et les enfants qui ont le plus à en souffrir.

Troye secoua la tête.

— Les Ecossais sont résistants. Ils survivront.

Eleanor rangea le chandelier qu'elle avait enveloppé dans un morceau de tissu dans un coffre de bois qui devait être emporté dans ce distant château écossais.

— Et si nous ne partions pas ? Le roi serait-il courroucé ?

— Oui.

— Mais il ne peut sûrement pas vous forcer à vous rendre dans ce château… de Currie.

Troye la regarda fixement.

— J'ai le devoir d'obéir au roi, Eleanor. Je ne lui manquerai jamais. En outre, où irions-nous ?

Elle baissa les yeux et murmura :

— Nous pourrions aller dans le Sud, près de ma famille.

Il mit le coffret de côté, se leva et traversa la pièce pour la rejoindre. Il posa une main sur sa taille et, de l'autre, releva son menton pour pouvoir la regarder dans les yeux.

— Est-ce votre souhait de ne pas venir avec moi en Ecosse ?

Elle hésita.

— Je… j'avoue que je n'ai pas grand désir de vivre dans un pays troublé par la guerre, où nous serons des étrangers, un pays qui est paraît-il sauvage, froid et humide… Mais j'irai partout où vous irez.

Il sourit, alors, et se pencha pour poser un doux baiser sur ses lèvres. Eleanor ferma les yeux, savourant le contact de sa bouche sur la sienne. Bien qu'ils n'aient pas encore repris leurs relations conjugales, souvent ces derniers jours Troye s'était montré fort attentif, lui donnant un baiser par-ci, une étreinte par-là, un sourire, lui touchant la main à maintes occasions. En toute honnêteté, elle était nerveuse à l'idée du moment où il ferait valoir ses droits sur elle. Elle savait qu'elle pouvait en attendre du plaisir, mais Troye serait-il patient, et tendre, et disposé à lui donner ce plaisir ? Quel espoir y aurait-il pour leur mariage s'il ne le pouvait pas ?

Durant les quelques jours qui précédèrent leur départ, elle fut heureuse qu'il soit trop occupé et trop gêné par ses côtes cassées pour tenter de s'accoupler avec elle, et il parut se satisfaire d'un simple baiser pour lui souhaiter une bonne nuit.

Enfin, ils se levèrent un jour à l'aurore, et Simon aida Dylan à charger le chariot avec les coffres, les malles et les sacoches en cuir contenant à boire et à manger, des draps pour les lits, des fourrures et des couvertures. Ils prirent également la bible familiale qu'Eleanor avait souvent lue à dame Anne, quelques objets de valeur comme des chandeliers, des plumes, de l'encre et des livres. Ils emportèrent des vêtements et les quelques jouets de bois de Joan, le chien Toby, la nourrice Agnes, mais ils laissèrent derrière eux beaucoup de leur ancienne vie et de leurs possessions. Le coffre de noces d'Isabeau resta dans la chambre, fermé, pour attendre le jour éloigné où Joan viendrait réclamer son héritage.

Eleanor monta Luz et Dylan s'installa pour conduire le chariot, son propre cheval attaché à l'arrière. Agnes et Joan s'assirent à côté de lui sur le dur banc de bois, emmitouflées dans d'épaisses peaux d'ours, ni l'une ni l'autre ne voyant le long voyage qui les attendait d'un bon œil, l'une parce qu'elle était trop vieille et l'autre parce qu'elle était trop jeune.

Troye resta silencieux en se mettant en selle sur Merlin et en prenant la bride du puissant destrier. Il vérifia qu'ils étaient tous prêts à partir, puis il jeta un coup d'œil vers les fenêtres du manoir, salua d'un signe de tête Simon et Meg qui se tenaient sur le seuil et se tourna vers la route. Eleanor lança elle aussi un regard vers la maison, cria ses adieux, puis elle poussa sa jument en avant et prit place à côté de son mari tandis qu'ils quittaient York.

Ce fut un voyage long et pénible. Ils passèrent les nuits dans des auberges et des châteaux amis, car le temps était trop froid, avec du vent et de la neige, pour qu'ils puissent camper dehors. Eleanor insista pour que Joan dorme avec eux, car elle était fort perturbée par les rigueurs du trajet et se raccrochait à elle, se montrant grincheuse à la moindre occasion. Troye accepta volontiers pour des raisons très différentes, conscient qu'il était des dangers d'un enlèvement et de la fragilité de leur mariage. Bien qu'il s'efforçât de donner à Eleanor une attention ardente, elle semblait esquiver toute intimité, une réaction qui le laissait perplexe et l'inquiétait. Ce n'était pas surprenant, toutefois, étant donné que ses expériences du lit conjugal n'avaient pas été ce qu'elles auraient dû être, ce dont il ne pouvait blâmer personne d'autre que lui-même. Pour l'heure il ne pouvait pas faire grand-chose à ce sujet, mais lorsqu'ils seraient installés entre les solides murailles du château de Currie, il pourrait s'atteler à l'épineuse question de la satisfaction de sa femme. En attendant, cela lui fournissait un thème de réflexion des plus intéressants et des plus provocants, et il chevauchait en tête de leur petit groupe avec un léger sourire sur les lèvres.

A Berwick-sur-Tweed, ils rencontrèrent une escorte qui les accompagna à Edimbourg, lourdement armée, avec des chevaliers chevauchant à l'avant et des archers gallois et gascons suivant à pied à l'arrière. Eleanor dut fermement contenir Luz, rendue nerveuse par tous les destriers, par le cliquetis des armures et des lances et par l'atmosphère tendue qui enveloppait leur groupe tandis qu'ils traversaient des contrées dangereuses. A tout moment, Eleanor s'attendait à voir de sauvages Ecossais en kilt descendre des collines pour les attaquer, mais ils atteignirent leur destination sans problème. La forteresse d'Edimbourg, campée sur son éperon rocheux, offrait un spectacle hostile — et ce n'était pas mieux à l'intérieur de ses murs sombres, dans les salles parcourues de courants d'air.

Ils y restèrent plusieurs jours, pendant que Troye organisait les forces qui les conduiraient jusqu'au château de Currie. Situé à dix milles seulement au sud-ouest d'Edimbourg, le petit château était l'un de ceux qui entouraient la capitale et avait une valeur stratégique. Eleanor était heureuse qu'ils doivent bientôt partir, car ce n'était pas un plaisir d'être confinée avec une nourrice gémissante, une enfant agitée et des centaines de soldats qui semblaient aussi enclins à s'énerver et à se quereller que la jeune Joan.

Quand le jour de leur départ pour Currie se leva, brillant et clair, elle eut le sentiment que c'était de bon augure. Il faisait froid et la neige étincelante recouvrait le sol, mais le ciel était d'un bleu vif et le soleil brillait. Son cœur devint plus léger tandis qu'ils voyageaient encadrés par leurs chevaliers et une force imposante d'une cinquantaine d'archers et de fantassins, longeant promptement des vallons, jusqu'à ce qu'elle aperçoive enfin sa nouvelle demeure.

Le château se dressait à côté d'un loch, près d'une colline qui resplendirait en été des fleurs jaunes et roses des genêts et de la bruyère, mais qui offrait pour l'instant un décor immaculé. A première vue Eleanor trouva que les murs de granit sans tours ni créneaux étaient fort austères, mais une fois qu'ils furent dans la cour intérieure, les portes fermées, elle jugea que la petite forteresse avait un certain charme. Une volée de marches menait à la grand-salle et elle fut heureusement surprise par les murs ornés de lambris en chêne et de tapisseries, les feux qui brûlaient dans toutes les cheminées et les pièces fraîchement blanchies à la chaux. Ses craintes de trouver fort peu de confort n'étaient pas fondées ; de fait, il y avait assez de chaises et de tables, de lits et de coffres, le tout dans un beau chêne sombre et sculpté.

Troye s'était donné beaucoup de mal pour envoyer une troupe en avant afin de préparer le château à les accueillir. Ses ordres avaient été très fermes : débarrasser les débris de la bataille et rendre les lieux habitables pour sa femme et sa fille. Le seigneur de Currie et ses fils avaient été tués, son épouse et sa fille avaient été prises en otage par le roi Edward, ses serviteurs s'étaient enfuis dans les collines pour rejoindre Wallace. Bien qu'il sût qu'Eleanor était grandement troublée par la conquête, Troye avait juré loyauté au roi. On lui avait confié la défense de Currie et il le défendrait, nullement gêné par sa conscience.

Dès leur arrivée, sa première priorité fut précisément d'organiser leur défense. Il posta des gardes nuit et jour et dépêcha des éclaireurs pour vérifier les alentours. Nul n'était autorisé à passer devant le château ou à y entrer sans une inspection minutieuse. Tous les serviteurs engagés pour y travailler étaient des Anglais qui escortaient ses troupes, et ces femmes et ces enfants étaient fort contents d'avoir la chance d'échapper aux rigueurs de l'hiver ; il ne doutait pas de leur loyauté.

Ce fut une période très occupée, et maintes nuits Troye n'alla pas se coucher avant une heure tardive. Eleanor était généralement endormie, avec Joan blottie contre son dos. Quand il se dévêtait il contemplait ce charmant tableau, mais même si au début il fut satisfait de voir que sa femme et sa fille étaient si attachées l'une à l'autre, au bout de quelques semaines il commença à s'irriter de la barrière qu'il y avait entre lui et la douce chaleur d'Eleanor.

Le lendemain, il convoqua Agnes et lui déclara clairement que Joan devait dormir dans sa chambre, et non dans le lit de sa belle-mère. Agnes fit une révérence et rougit comme une écrevisse en s'avisant de ce qui agaçait tellement son maître.

Toute cette journée, Troye rechigna à accomplir ses devoirs, son esprit dérivant souvent vers l'agréable pensée de dormir cette nuit-là avec Eleanor, de la tenir dans ses bras et de lui faire l'amour. Il passa en revue toutes sortes de choses, se surprenant lui-même par son imagination et son ardeur. Il se demanda sur quelles parties de son corps svelte et doux elle apprécierait le plus le contact de ses lèvres, de ses doigts, de sa langue…

— Messire !

Troye sursauta quand l'un des huissiers d'armes attira son attention. Il rougit aussi violemment que la nourrice et traversa la cour à grands pas pour le rejoindre. Et puis, enfin, la journée s'acheva et il s'assit dans la grand-salle pour profiter de son souper, Eleanor près de lui. Il lui jeta un coup d'œil de côté, notant combien ses cheveux brillaient, tombant dans son dos telle une bannière soyeuse, combien sa peau était claire et douce, la courbe de sa bouche gracieuse et tentante.

Eleanor était anxieuse que Troye approuve sa conduite du château, car elle n'avait jamais eu auparavant la responsabilité d'une si grande demeure — même si sa mère l'avait bien éduquée en ce sens et si le château d'Ashton avait été peuplé de chevaliers, de pages, d'écuyers et de serviteurs comme l'était Currie. La façon dont elle s'était si vite sentie chez elle entre les murs de cet austère château écossais, situé dans un glen à des milles de tout, lui semblait étrange ;

de fait, elle s'y sentait beaucoup mieux qu'elle ne s'était jamais sentie dans le manoir de York.

— Goûtez ce plat, messire, dit-elle à son époux. Il se nomme *haggis* et il est fort populaire chez les Ecossais.

Troye considéra le plat d'un air soupçonneux.

— D'où vient-il ? Vous savez fort bien que nous devons être prudents avec toutes nos provisions. Les Ecossais n'hésiteraient pas à tous nous empoisonner s'ils le pouvaient.

— Ne craignez rien. Il vient d'Edimbourg et le cuisinier m'a assuré qu'il était bien fait.

Troye découpa un morceau et le mâcha, acceptant un gobelet de cervoise d'un serviteur debout près de son coude. Il hocha la tête et fit des bruits appréciateurs pour complaire à Eleanor, même si, pour être honnête, cette chère lui semblait infecte. Sa récompense fut son sourire ravi et il parcourut son visage du regard, stupéfait une fois de plus de n'avoir pas remarqué plus tôt combien elle était ravissante.

Il l'observa pendant qu'elle mangeait le jambon et le faisan qu'il coupait pour elle et buvait le vin de sureau qu'ils avaient apporté d'Angleterre. Puis sa patience commença à s'amenuiser et il lui chuchota à l'oreille :

— Retirons-nous dans notre chambre.

Eleanor s'arrêta et posa son hanap, un peu étonnée du son rauque de sa voix et de la chaleur de sa main posée sur sa cuisse, sous la table. Elle sentit son cou s'empourprer et elle baissa ses cils, se demandant s'il voulait dire ce qu'elle pensait qu'il voulait dire.

— Venez, Eleanor, la pressa-t-il. Cela a été trop long.

Elle n'eut plus de doute sur ce qu'il avait derrière la tête et, même si son cœur battait très fort de nervosité, elle éprouva également le chaud rayonnement de l'excitation. Elle se leva avec modestie, sans le regarder, et posa une main sur son bras tandis qu'il l'escortait hors de la grand-salle.

Ils montèrent l'escalier ensemble, en silence. Quand ils furent dans leur chambre, Troye ferma la porte et la barra derrière eux. Elcanor jeta un coup d'œil au lit, s'attendant à trouver Joan endormie au milieu, comme d'habitude. Mais il était vide et elle se tourna vers Troye, qui sourit légèrement à la question présente dans ses yeux.

— Oui, elle est aussi bien dans sa chambre. Et maintenant, ajouta-t-il en se plaçant devant elle et en lui prenant la taille, c'est mon tour de dormir avec vous.

Consciente du double sens de ses paroles, elle sourit, mais elle dut se forcer à rester immobile près du lit et à ne pas s'esquiver timidement, rongée par les doutes. Elle aimait Troye, elle était sienne, elle avait le droit de le toucher et de le tenir comme il avait le droit de la toucher et de la tenir, et cependant, s'il n'y avait pas d'amour dans ses gestes, elle n'avait pas envie qu'il le fasse. Son regard tomba sur son torse musclé, tandis qu'il la dominait de la tête et des épaules. Les flammes crépitaient dans la cheminée et jetaient des reflets dorés dans leur chambre. Il la regardait, et elle le regardait.

Ils hésitèrent, et finalement ce fut Eleanor qui fit le premier pas et posa les doigts sur sa tunique. Les mains tremblantes, elle la délaça, puis délaça sa chemise. Quand elle écarta les vêtements, elle sentit ses lèvres s'entrouvrir à la vue de son torse magnifique. La masse ferme et sculptée de ses bras, la toison brune qui s'étalait entre ses seins et descendait vers son ventre, les aplats de son estomac… Comme il était beau, à ses yeux !

Se penchant en avant, elle pressa ses lèvres sur sa gorge et les fit descendre pour couvrir un mamelon plat et dur qu'elle taquina de ses dents, avant d'embrasser ses côtes et d'ouvrir la bouche pour baiser sa chair musclée. Elle sentit qu'il inspirait vivement, mais il resta immobile, sans la toucher. Elle posa les doigts sur ses chausses pour les délacer, ses paumes effleurant la longueur de son sexe raidi par le désir. Elle fit glisser le vêtement et s'agenouilla pour le tirer le long de ses jambes ; il s'en débarrassa. Elle leva les yeux et rougit violemment à la vue de son corps nu, mais son amour et son désir de lui donner du plaisir étaient tels qu'elle ne recula pas.

Alors qu'Eleanor était agenouillée à ses pieds, l'incertitude et le désir bataillant dans ses yeux, Troye se pencha et la releva en plaçant ses mains sous ses coudes. Il se mit à défaire et à ôter ses vêtements, jusqu'à ce qu'ils se retrouvent tous les deux nus dans les bras l'un de l'autre.

Eleanor ferma les yeux et s'abandonna à l'exquise douceur du baiser de Troye sur la peau tendre et vulnérable de son épaule. Elle renversa le cou en arrière, ses seins caressant son torse tandis qu'il embrassait son oreille. Ses jambes flanchaient, elle sentait une chaleur moite la consumer. Il referma la bouche sur la pointe d'un sein et elle gémit de plaisir. Elle glissa les bras dans son dos et se pressa contre la chaleur et la solidité de son corps, savourant le contact de ses épaules sous ses mains, puis laissant descendre ses doigts jusqu'à ses fesses musclées. Il se plaqua plus étroitement contre elle, sa virilité palpitant contre son ventre. D'une main Eleanor le caressa, puis referma ses doigts sur lui. Il grogna, sa bouche suçant plus fort son mamelon, après quoi il se dirigea vers le lit sur lequel ils tombèrent tous les deux.

Ils restèrent allongés côte à côte et Troye caressa d'une main le corps d'Eleanor, avant de remonter, son regard suivant le tracé de ses doigts, la lueur du feu lui révélant la beauté de sa femme. Il se pencha et l'embrassa, parcourant doucement son ventre plat, puis explorant ses seins, sa bouche semant des baisers, la touchant et la goûtant.

Eleanor se sentait faible sous les ondes de plaisir qui affluaient dans ses veines. Elle caressait Troye, faisant glisser ses doigts sur les muscles durs de ses épaules et de ses bras, descendant, suivant le contour de ses cuisses puissantes tendues au-dessus d'elle. Il n'y avait pas de bruit à l'exception de leurs soupirs et de leurs exclamations étouffées, qui s'accéléraient en halètements de plaisir et petits cris de ravissement. Elle se sentit un peu sur ses gardes quand Troye glissa les mains sous ses fesses et lui écarta les cuisses, puis se crispa lorsqu'il s'agenouilla entre ses jambes et embrassa délicatement sa féminité. Elle posa une main sur son épaule, cherchant à le repousser, mais il la rassura d'un murmure, lui promettant de ne pas lui faire mal, mais seulement de lui donner du plaisir comme elle n'en avait jamais connu auparavant. A ces mots elle se détendit et il saisit plus fermement son postérieur, la soulevant légèrement tandis que sa langue la taquinait et la caressait. Eleanor retint son souffle, arquant son cou et son dos alors que la volupté se répandait dans son corps comme du miel fondu.

Troye baisa l'intérieur de ses cuisses et revint à son ventre, à sa poitrine et à sa bouche, ses doigts remplaçant sa langue au creux de son intimité, l'encourageant, conscient qu'elle était à présent brûlante, gonflée et moite de désir. Toutefois il se contint, voulant que ce soit comme si ils étaient ensemble pour la première fois, souhaitant effacer tout souvenir qu'elle pouvait avoir de leurs précédentes étreintes, quand il l'avait prise sans précaution. Il désirait qu'elle connaisse la satisfaction avant lui, et donc il attendit.

Eleanor se tendait et remuait sous lui, le touchant de ses doigts et de ses lèvres, savourant le contact de sa toison brune sur ses seins et le poids de son corps sur elle. Elle soupirait, gémissait sous le plaisir de ses caresses, tout en s'étonnant qu'il ne la pénètre toujours pas. Elle ne sentait que ses doigts qui bougeaient lentement et doucement sur elle, et elle eut le frisson quand elle entendit sa voix rauque lui demander à l'oreille, dans un murmure altéré, si elle aimait ce qu'il lui faisait.

— Oui, répondit-elle dans un soupir, en rougissant vivement et en s'accrochant à ses larges épaules.

Il embrassa son cou, son oreille.

— Et maintenant ? chuchota-t-il en accroissant son rythme et sa pression, tandis qu'il sentait son corps répondre, s'ouvrir, humide de la rosée de la passion. Plus vite ? Plus fort ?

Incapable d'émettre un mot, elle hocha simplement la tête, puis des murmures s'échappèrent de ses lèvres quand son corps se crispa sous l'effet de la joie la plus exquise qu'elle avait jamais ressentie. A ce moment-là, Troye lui écarta les jambes et entra en elle. Il couvrit sa bouche de la sienne, étouffant ses exclamations de volupté, la pénétrant avec douceur. Il s'appuya sur ses coudes et contrôla ses élans pour s'accorder à elle, ses hanches remuant lentement et précautionneusement.

Juste comme elle pensait que c'était fini, les hanches d'Eleanor se soulevèrent sous l'effet d'un besoin urgent et Troye s'enfonça plus profondément en elle, avec plus de force, jusqu'à ce que le grand lit à baldaquin soit secoué et craque sous la fièvre de leur union. Il grogna et poussa une exclamation tandis qu'Eleanor plantait ses ongles dans son dos et qu'une autre vague d'extase la submergeait. Ils étaient tous les deux couverts de sueur, les muscles douloureux et la peau à vif. Eleanor était stupéfaite de la façon dont son corps avait réagi à l'étreinte de Troye. Elle était sûre que même s'il n'avait pas prononcé de mots d'amour, ils avaient partagé cette fois quelque chose qui dépassait le simple accouplement d'un homme et d'une femme.

Troye roula sur le dos avec un profond soupir de satisfaction et lui prit la main, mêlant intimement ses doigts aux siens. Puis il s'avisa de son silence et se tourna sur le côté pour la contempler, son regard s'attardant sur le désordre de ses cheveux humides et sur son visage et son cou roses d'excitation. En l'observant, en voyant le rayonnement de ses yeux et la douceur gonflée de sa bouche rougie par ses baisers, il ne douta pas qu'elle avait atteint elle aussi le contentement suprême. Doucement, il caressa ses côtes du bout des doigts et elle frémit, se tournant vers lui avec un tendre sourire.

Elle se mit sur le côté et mêla ses jambes aux siennes, se blottissant contre son torse.

— Cela vous plairait-il, Troye, chuchota-t-elle, si à la suite de cette nuit je portais votre enfant ?

Pendant un moment il eut l'air déconcerté, car cette pensée ne lui était pas venue à l'esprit, puis, voyant l'expression de ses yeux, il se pencha vers elle et posa un baiser sur son épaule.

— Oui, cela me plairait.

— J'espère que ce sera un garçon.

Elle pressa sa paume sur son ventre et leva timidement son regard vers lui, souriant avec espoir.

— J'aimerais vous donner un fils.

La large main de Troye couvrit la sienne et il sourit à son tour.

— En cet instant, ma semence crée peut-être une nouvelle vie en vous.

Le sourire d'Eleanor s'accentua tandis que la main de Troye caressait la sienne et qu'il pressait des baisers dans son cou. Elle murmura d'un air espiègle, son corps s'arquant sous ses caresses :

— Est-ce que mon seigneur souhaite s'en assurer par… une autre tentative ?

Troye rit, la prit dans ses bras et l'attira sur lui.

— Oui, ma dame, commençons notre nouvelle vie ensemble. Une fois encore.

Épilogue

Londres, trois ans plus tard

Eleanor cheminait dans le jardin, le soleil estival brillant sur les massifs de fleurs plantés de roses roses et de lavande, tandis que l'après-midi touchait à sa fin et qu'une brise rafraîchissante montait des eaux sombres de la Tamise au bas de la pelouse. Elle s'arrêta pour contempler la façade de la maison, percevant les faibles cris d'un bébé à travers une fenêtre ouverte à l'étage. Elle se détourna et retourna vers la demeure, mais s'arrêta encore quand elle entendit un bruit de voix et que les cris du bébé se changèrent en doux gloussements de plaisir.

Par la fenêtre ouverte, elle aperçut Troye qui tenait leur fils dans ses bras. Au même moment, il la vit aussi et leva la main pour lui faire signe. Eleanor lui répondit et hâta le pas, levant les yeux quand une fillette sortit en courant de la porte du parloir.

— Père est rentré ! s'écria Joan, ses longs cheveux noirs tressés en une natte qui volait derrière elle avec ses jupes.

Elle se précipita vers Eleanor, se rangea à son côté et glissa son bras sous le sien.

— Il est monté lever Harry, fit-elle avec une petite moue. C'était mon tour de le prendre quand il se réveillerait.

Eleanor se mit à rire et enlaça sa belle-fille.

— Vous aurez beaucoup d'autres occasions de le faire. Il n'a que cinq mois.

Troye émergea de la porte avant qu'elles l'atteignent, et par un accord tacite la petite famille fit demi-tour et alla s'asseoir dans l'herbe, sous les branches d'un chêne. Eleanor s'installa avec le petit Harry — baptisé Henry d'après son père — sur ses genoux, embrassant sa joue ronde et laiteuse tandis qu'il se blottissait contre elle, mais ouvrant un bras pour permettre à la jeune Joan de s'appuyer sur son flanc.

Troye les contempla, sa femme et sa fille ravissantes, son fils fort beau, et il mesura sa chance. Il tendit une main pour caresser la joue d'Eleanor.

— Fait-il assez chaud pour vous, aujourd'hui ?

Eleanor leva les yeux en souriant, rencontrant son regard sombre plein d'une tendre inquiétude. Elle rit, car le fait qu'elle n'ait pas supporté l'âpre froidure de l'Ecosse était une plaisanterie entre eux. Ils avaient enduré aussi longtemps que possible l'hostilité de cette terre, mais quand les traités de paix avaient été signés, Troye avait cédé à ses supplications et demandé au roi de le libérer de ses obligations. Très rapidement, ils avaient acheté cette maison en colombage près du fleuve, pas trop loin du palais de Westminster et de la Tour blanche où Troye avait reçu la mission de former les jeunes cadets, ne devant jamais retourner à la guerre.

— J'ai chaud, murmura doucement Eleanor en se penchant

vers lui, tandis qu'il caressait avec tendresse les longues mèches de ses cheveux.

Elle lui décocha un regard suggestif.

— C'est votre amour qui me réchauffe.

Il rougit presque, restant un soldat dans l'âme, et Joan rit, sentant que ses parents allaient se comporter comme des sots. Elle partit en courant pour aller chercher Toby, afin qu'il partage avec eux ce moment de détente.

Eleanor serra le bébé contre elle et caressa la joue de son mari.

— Je vous aime.

Les yeux de Troye n'étaient plus assombris par le chagrin. Il la contempla tendrement et se pencha pour embrasser ses lèvres.

— Je vous aime aussi.

Le 1er mars

Rédemption - M.J. Rose • N°318

Psychothérapeute à Manhattan, Morgan Snow est confrontée à la disparition de Cleo Thane, une call-girl de luxe qui comptait parmi ses patientes. Une disparition d'autant plus inquiétante qu'elle survient au moment où un tueur en série s'en prend aux prostituées de la ville dans le but de sauver leur âme...

Noire révélation - Brenda Novak • N°319

Madeline n'avait que 16 ans lorsque son père, le respectable Révérend Barker, a mystérieusement disparu. Vingt ans plus tard, au moment où la voiture de son père est retrouvée, Madeline espère découvrir la vérité sur la nuit du drame. Mais de sulfureux indices sont retrouvés dans la voiture, qui laissent Madeline perplexe, et réveillent de douloureux souvenirs.

Noces de sang - Carla Neggers • N°320

Abigail Browning est veuve. Car l'homme qu'elle aimait a été assassiné pendant leur lune de miel, sur une île du Maine... Sept ans plus tard, elle est devenue flic et ne parvient pas à oublier ce crime, resté impuni. Jusqu'au jour où un appel anonyme la pousse à retourner sur l'île et à affronter le passé de son mari défunt...

Intention mortelle - Karen Harper • N°321

Lauren Taylor se fige lorsqu'elle découvre dans un journal le portrait-robot d'un pyromane recherché par toute la police du pays : elle connaît cet homme. C'est elle qui l'a introduit dans son village isolé du Montana, grâce à son avion de tourisme. Un homme responsable de dix incendies criminels. Un homme qui aime s'attaquer aux femmes seules et les voir brûler vives...

Un printemps à Blossom Street - Debbie Macomber • N°322

Lorsque Lydia Hoffman ouvre sa boutique sur Blossom Street, elle réalise son rêve de toujours. Car à travers la laine qu'elle y vend et les ateliers de tricot qu'elle anime, c'est son goût de la vie qu'elle transmet. L'envie d'avancer envers et contre tout qui guide son existence depuis qu'elle a vaincu la maladie. La boutique devient le rendez-vous privilégié de trois femmes — Jacqueline la bourgeoise, Carol, la jeune mariée en mal d'enfant et Alix la rebelle — qui, par delà leurs différences, vont se découvrir bien plus proches qu'elles ne le croyaient...

La dame au fleuret - Elaine Coffman • N°323

Ecosse et France, 1746

Lady Kenna Lennox doit fuir ses Highlands natales pour échapper à l'ennemi juré de sa famille, lord Ramsay, qui a assassiné son père et ses trois frères. Résolue à venger les siens, elle décide de se rendre à Paris pour apprendre à y manier l'épée avec le meilleur maître d'armes d'Europe, et de rentrer en Ecosse afin d'y affronter lord Ramsay en duel. Forte de cette résolution, elle se rend au port d'Edimbourg par un jour de neige, et use de son charme pour persuader un ombrageux capitaine corsaire, cloué à quai par la tempête, de l'embarquer à son bord...

Neige de sang - Rachel Lee • N°324 *(réédition)*

Quand l'avion où se trouvaient son mari et ses deux enfants explose, Jennifer ne songe plus qu'à mourir à son tour. Suicide ? Il n'en est pas question : ses parents en nourriraient une terrible culpabilité. Elle fait donc appel à un tueur à gages, avant d'apprendre que l'enquête sur la mort de sa famille a conclu à un attentat. Qui se cache derrière ce plan diabolique ? Jennifer va devoir faire vite pour le découvrir, avec l'aide de l'homme qui lui a révélé l'existence du mystérieux tueur. Un tueur embusqué déjà lancé à ses trousses, et que rien ni personne ne peut plus arrêter...

Le venin - Erica Spindler • N°325 *(réédition)*

Enceinte d'un ancien amant de sa mère, un homme pervers et violent, Julianna prend la fuite et décide de faire adopter l'enfant. Mais pas par n'importe qui. Par Richard et Kate Ryan, un couple parfait à ses yeux, à travers lequel elle vit par procuration. Jusqu'au jour où elle décide de s'immiscer réellement dans leur vie. En épiant Kate, elle s'efforce alors de lui ressembler au point de lui voler son identité et sa place dans le cœur de son mari...

L'ennemi sans visage - Heather Graham • N°326 *(réédition)*

Le soir du meurtre de sa mère, la petite Madison a douze ans. Avant de s'évanouir, elle sent l'étreinte glacée de la mort dans le cœur de sa mère, elle voit le sang couler... Douze ans plus tard, elle est de nouveau la proie de visions au moment où des meurtres se produisent. Mais jamais elle ne voit le visage de l'assassin. Les visions enferment Madison dans le cercle de la terreur, tandis que le serial killer se rapproche d'elle. Car ce n'est pas par hasard qu'il choisit chaque fois des femmes rousses, belles, et tatouées d'une rose. Comme elle...

L'ASTROLOGIE EN DIRECT
TOUT AU LONG
DE L'ANNÉE.

(France métropolitaine uniquement)

Par téléphone 08.92.68.41.01

0,34 € la minute (Serveur JET MULTIMÉDIA).

Composé et édité par les
éditions Harlequin
Achevé d'imprimer en janvier 2008

BUSSIÈRE
GROUPE CPI

à Saint-Amand-Montrond (Cher)
Dépôt légal : février 2008
N° d'imprimeur : 71956 — N° d'éditeur : 13306

Imprimé en France